Stefanie Schreiber

Tatort
Weiße Düne
in St. Peter-Ording

Für Mama und Papa in Liebe

Obwohl Ihr als Urlaubsziel die Ostsee bevorzugt habt,
fand ich meinen Weg nach Sankt Peter-Ording.

Alles andere verdanke ich Euch!

Stefanie Schreiber

Tatort
Weiße Düne
in St. Peter-Ording

Der fünfte Fall für Torge Trulsen
und Charlotte Wiesinger

Kriminalroman

servitus Verlag
edition Unterhaltung

Ein kleines Lexikon norddeutscher Begriffe finden Sie am Ende des Buches.

Prolog

Noch nie in ihrem Leben hatte sie einem Termin so entgegengefiebert wie dieser Testamentseröffnung.
Die letzten Wochen waren schrecklich gewesen. Wie oft hatte sie sich alleingelassen gefühlt, hatte sich jemanden gewünscht, der diese dunklen Stunden mit ihr durchstand – und den ganzen Papierkram! Niemals hätte sie vermutet, dass die Vorbereitung einer Beerdigung so viele Entscheidungen von ihr fordern würde und das Ende eines Lebens nichts als Bürokratie bedeutete.
Dabei blieb viel zu wenig Raum, um zu begreifen, Abschied zu nehmen und zu trauern.
Gerade als sie all diese großartigen Pläne schmiedeten, musste der schreckliche Unfall passieren! Ein Betrunkener verlor die Kontrolle über seinen Wagen – bei hoher Geschwindigkeit. Jede Hilfe kam zu spät, keine Chance zu überleben! Warum nur? Warum?

Nun würde es keine gemeinsamen Reisen mehr geben, keine gemeinsamen Erlebnisse, kein gemeinsames Leben.
Dabei sollte gerade alles besser werden. Endlich drückten die Geldsorgen nicht mehr so sehr, seit auch sie einen Job gefunden hatte. Dadurch waren sie nicht mehr ständig in Streit geraten. Sie hatte sich freier gefühlt, auch wenn die stets präsente Frage trotzdem an ihr nagte. Was immer sie anstellte, sie erhielt keine Antwort. Ständig nur ausweichende Begründungen, die im Grunde keine waren. Es gab so viel, was sie nicht verstand, weil kein Gespräch darüber den gewünschten Verlauf nahm. Eine Weile war sie deswegen frustriert gewesen, wollte eine Aufklärung erzwingen, doch immer wieder gegen Mauern zu rennen, ohne sie durchbrechen zu können, war einfach viel zu anstrengend. Das hatte sie schließlich eingesehen und auf die Zeit gesetzt. Irgendwann wäre diese sicherlich reif. Irgendwann war für alles der richtige Augenblick gekommen. Wahrscheinlich brauchte sie einfach mehr Geduld.
Doch dann geschah der Unfall und die Zeit war abgelaufen. Es war unwiederbringlich vorbei. Der heutige Tag war ihre letzte Chance, es noch in Erfahrung zu bringen. Sonst war nicht nur der Leichnam, sondern auch jede Hoffnung tot und begraben.
Würde sie bei der Bekanntgabe des letzten Willens die ersehnte Information erhalten?

Gloria in SPO | Donnerstag, den 01. April

Selten hatte Gloria von Brandenburg ihren Koffer für eine Reise mit so viel Vorfreude gepackt wie dieses Mal. Obwohl die Lifestyle-Journalistin nicht nur gern, sondern auch häufig unterwegs war, konnte sie es kaum erwarten, sich ins Auto zu setzen und loszufahren. Seit dem letzten Urlaub in Sankt Peter-Ording, zu dem ihr Mann Herbert sie quasi noch zwingen musste, war sie ein erklärter Fan der Nordseegemeinde. Sowohl der traumhafte Strand mit den imposanten Pfahlbauten als auch die pragmatischen Nordfriesen hatten einen Platz in ihrem Herzen erobert. Das galt natürlich insbesondere für den attraktiven Kommissar Knud Petersen, dessen gutmütiges Grienen sie einfach unwiderstehlich fand. Als sie sich im Sommer zufällig am Strand begegneten und dann zusammen den Abend verbrachten, fühlte sie sich stark zu ihm hingezogen. Mehr war daraus nicht geworden, weil ihr Mann in der Ferienanlage *Weiße Düne* auf sie wartete. Außerdem war sich Gloria ziemlich sicher, dass Knud für seine Kollegin Charlotte Wiesinger schwärmte. Ob diese seine Gefühle erwiderte, hatte sie bisher nicht herausbekommen.

Na ja, das war jetzt erst einmal zweitrangig. Aufregend war das großartige Event, auf das sie sich bestens vorbereitet hatte: Es war der Managerin der *Weißen Düne*, Marina Lessing, tatsächlich gelungen, die große Modenschau, bei der die Stardesigner Hubertus Hohenfels und Titus Seidensticker alljährlich ihre neuen Kollektionen aus dem Bereich Haute Couture vorstellten, nach Sankt Peter-Ording zu holen. Was in den letzten Jahren an wechselnden Schauplätzen stets als Duell der Altmeister stattgefunden hatte, würde an diesem Wochenende frischen Wind durch eine neue aufstrebende Designerin bekommen.

Isabella Caspari war aufgrund ihrer ersten internationalen Erfolge ebenfalls eingeladen worden, ihre Modelle vorzustellen. Gloria war gespannt, wie sie sich neben den etablierten Platzhirschen behaupten konnte. Nach ihrer Meinung war es längst überfällig, auch einer Frau die Gelegenheit zu geben, ihre Arbeit zu präsentieren – immerhin ging es um Garderobe für das weibliche Geschlecht. Neben den gehobenen Kreationen bot das Nachwuchstalent ebenfalls Prêt-á-Porter-Mode an, die am Folgetag in einer weiteren Veranstaltung gezeigt werden sollte. Auch wenn die Journalistin in erster Linie beruflich vor Ort sein würde, um darüber zu berichten, musste sie zugeben, sich auf die für jederfrau tragbare Kleidung besonders zu freuen. Vielleicht war ja sogar etwas für sie dabei. Wenn sie es richtig recherchiert hatte, würde dieser Teil allein von Isabella Caspari bestritten werden, was den großen Meistern ein Dorn im Auge sein musste. Außerdem engagierte die Jungdesignerin keine Magermodels, was ihr ebenfalls viel Anerkennung eingebracht hatte. Ein neuer Stern am Modehimmel, der die Branche nicht nur aufmischte, sondern auch ein wenig revolutionierte. Gloria war gespannt!

„Musst du denn wirklich schon heute los? Die große Show findet doch erst am Sonntag statt!“, maulte Herbert unzufrieden beim vorerst letzten gemeinsamen Frühstück, nachdem sie die gepackten Koffer in ihrem Wagen verstaut hatte. „Es würde doch vollkommen reichen, wenn du am Samstag anreist.“

Gloria betrachtete ihren Mann mit einem milden Lächeln. Natürlich passte es ihm nicht, sie zum ersten Mal allein zu seinem ganz speziellen Sehnsuchtsort fahren zu lassen. „Du hättest ja den Wochenendtrip mit deinen Skatbrüdern absagen können, um mich an die Nordsee zu begleiten“, antwortete sie gelassen, obwohl ihre Aussage eine Provokation bedeutete.

„Warum muss diese Modenschau ausgerechnet zu Ostern stattfinden? Das ist immerhin ein Fest, welches mit der Familie gefeiert wird“, brummelte Herbert weiter, ohne auf ihren Einwand einzugehen.

„Ja, genau. Deshalb begehst du es auch seit Jahren mit deinen Kumpels.“

Ihr Mann überhörte geflissentlich die Spitze, vermutlich, um die letzte Stunde nicht mit einem Streit zu vergeuden. Außerdem war er sich wohl seiner haarsträubenden Argumentation bewusst. Gloria könnte ihm im Gegenzuge Vorhaltungen machen, was sie allerdings so gut wie nie tat.

„Ich kann ihnen nicht absagen, das weißt du doch. Und dieser Rummel um das schönste Kleid der Saison ist sowieso nichts für mich“, lenkte er ein. „Trotzdem beneide ich dich um deinen Ausflug nach Sankt Peter. Musst du denn wirklich schon heute fahren?“, wiederholte er seine

Frage, indem er seinen treuen Blick aufsetzte, der die Journalistin zum Lachen brachte.
„Bestimmt reisen etliche prominente Besucher bereits ein oder zwei Tage früher an. Vielleicht sogar die Designer selbst mit ihren Models, um die Location zu begutachten und Abläufe zu proben. Ich bin fest entschlossen, die interessantesten Interviews zu führen, die von den besten Fotos begleitet werden. Nun hör schon auf zu quaken und guck mich nicht mit diesem Hundeblick an. Es sind doch nur ein paar Tage, dann bin ich ja wieder da. Wenn du erst deine Karten in der Hand hältst, wird du mich schnell vergessen."
Herbert nickte ergeben. „Du hast ja recht. Ich wünsche dir eine schöne Zeit an meinem Lieblingsort. Ich kann es eben nicht erwarten, selbst wieder dort zu sein. Wohnst du direkt in der *Weißen Düne*?"
Gloria freute sich, dass er sich endlich öffnete, mit ihr über dieses Thema zu reden. „Ja, ich habe den gleichen Bungalow gebucht, den wir im letzten Sommer gemeinsam hatten. Er kostet zwar etwas mehr, aber auf den Blick in die Dünen wollte ich einfach nicht verzichten", antwortete sie mit vor Begeisterung geröteten Wangen.
Und dann war sie endlich auf dem Weg.
Obwohl der Osterverkehr meist schon am Donnerstag einsetzte, hatte sie das Glück, fast staufrei bis zum Autobahnende in Heide zu gelangen. Ein Gefühl der Freiheit erfasste sie, als sie den Blick über die platte Landschaft schweifen ließ, die hier in Dithmarschen stark von den zahlreichen Windrädern geprägt war. Da sie nun alle Zeit der Welt hatte, drosselte sie das Tempo und fuhr entspannt bis zu dem beliebten Feriendorf am Ende der Halbinsel Eiderstedt. Obwohl sie erst zum zweiten Mal in der *Weißen Düne* Quartier bezog, fühlte es sich an wie

nach Hause kommen. Der hochwertig ausgestattete Bungalow mit Blick in Richtung Wasserkante war perfekt vorbereitet und ließ keine Wünsche offen.
Trotzdem konnte sie es kaum erwarten, an den Strand zu gehen, um das Rauschen der Wellen zu hören, die ihr kraftvoll entgegenrollten. Schnell hängte sie die feinere Robe aus dem Kleidersack in den Schrank. Einen Moment überlegte sie, ob sie auch ihren Koffer auspacken sollte, entschied sich aber dagegen. Dafür war später noch genug Zeit. Jetzt wollte sie erst einmal die Pfahlbauten und Strandkörbe wiedersehen. Sie schnappte sich ihren kleinen Lederrucksack, den sie sich extra für diese Reise zugelegt hatte. Er sah nicht nur schick aus, sondern gab ihr die Möglichkeit, mit freien Händen sowohl bei der Arbeit als auch in der Freizeit zu agieren.
Mit leichter Enttäuschung wurde sie von der im Sonnenschein glänzenden Wattfläche empfangen. Ohne den Tidekalender befragt zu haben, war sie einfach davon ausgegangen, gleich von Wind und Wellen begrüßt zu werden. Doch von der Ebbe ließ sie sich die Laune nicht verderben. Während sie mit nackten Füßen durch den warmen, weichen Sand stapfte, erinnerte sie sich unwillkürlich an die Diskussion, die sie im letzten Jahr mit Herbert über das Barfußlaufen im Watt geführt hatte. Vielleicht gehörte es zum echten Ankommen als erklärter Sankt-Peter-Ording-Fan dazu, dies zumindest einmal auszuprobieren. Unschlüssig blieb sie an der Kante stehen und warf einen kritischen Blick auf ein Paar, das gerade lachend bis zu den Knöcheln im Schlick einsank.
Das könnte sie auch später noch versuchen! Fürs Erste war sie damit zufrieden, den Sand unter ihren Füßen zu spüren. Der Wind spielte mit ihren Haaren und ließ eine Gänsehaut über ihre Arme kribbeln. Auch wenn die Sonne herrlich schien, war es doch erst Frühling. Gloria

zog die leichte Jacke über, die sie im windgeschützten Bereich der *Weißen Düne* nicht mehr gebraucht hatte. Mit jedem Schritt fühlte sie sich beschwingter. Obwohl sie eigentlich zum Arbeiten angereist war, kam Urlaubsstimmung auf. Ihr war nicht bewusst gewesen, wie sehr sie diese Landschaft schon vermisst hatte. Heute würde sie sich einfach für einige Stunden freinehmen, um ein wenig Kraft zu tanken. Die letzten Wochen waren anstrengend gewesen, ein Auftrag folgte auf den anderen. Da hatte sie es sich verdient, wenigstens für ein paar Stunden die Seele baumeln zu lassen.
Ihr ausgiebiger Spaziergang führte sie weit in den Norden Richtung Westerhever. Der mächtige Leuchtturm strahlte geradezu im herrlichen Sonnenlicht. Als sie versucht war, einige Muscheln aufzuheben, musste sie wieder an das Zusammentreffen mit Knud im letzten Sommer denken. Mit einem Lächeln auf den Lippen ließ sie sie liegen und setzte ihren Weg fort. Ein wenig ärgerte sie sich, nicht ihre hochwertige Kamera mitgenommen zu haben. Mit dem Handy würde sie diese besondere Stimmung längst nicht einfangen können.
Etliche der Ostergäste schienen bereits angereist zu sein, aber wie üblich verteilten sie sich auf dem weitläufigen Strand. Vielleicht sollte sie auch mit Herbert einmal in der Nebensaison hierher kommen. Die Atmosphäre war bei Weitem entspannter als im Gewühl der sommerlichen Hauptreisezeit. Als sie schließlich ein leichtes Hungergefühl verspürte, kehrte sie um. Erst jetzt sah sie, wie weit sie sich von den Pfahlbauten entfernt hatte. Mit Glück ergatterte sie ein windgeschütztes Plätzchen in der Strandbar *54° Nord*. Dort konnte sie sich stärken, bevor sie zur *Weißen Düne* zurückkehrte. Der Blick von der Terrasse war selbst bei Niedrigwasser einmalig. Im Anschluss wollte sie ihren Koffer auspacken und schauen,

ob bereits die ersten Designer oder Models angereist waren. Zufrieden mit ihrem Plan stapfte sie durch den Sand. Die Entspannung tat ihr gut, aber die Vorfreude auf das bevorstehende Event stieg ebenfalls.

Als sie gestärkt von leckerem Fisch sowie einem Glas Chardonnay in die Ferienanlage zurückkehrte, war der späte Nachmittag angebrochen. Obwohl ein duftendes Schaumbad ihr sicherlich gutgetan hätte, spürte sie die Ungeduld wachsen. Eine schnelle Dusche musste ausreichen, um den Sand von ihrem Körper zu spülen. Sie war einfach zu gespannt, ob sie bereits einige Prominente in der *Weißen Düne* antreffen konnte. Vielleicht war es außerdem möglich, einen Blick in den großen Festsaal zu werfen und einige Fotos von den Vorbereitungen zu schießen, das kam bei ihren Lesern immer bestens an. Alle hatten dadurch den Eindruck, vom ersten Moment an dabei zu sein.

Stirnrunzelnd betrachtete Gloria die Tür zu ihrem Bungalow, als sie diesen erreichte - sie war lediglich angelehnt! Was hatte denn das zu bedeuten? Für einen Augenblick war sie nicht in der Lage, sich zu bewegen. War sie in ihrer Vorfreude, endlich an den Strand zu kommen, so nachlässig gewesen? Das konnte sie sich beim besten Willen nicht vorstellen!

Sollte sie einfach hineingehen, um nachzuschauen oder lieber Hilfe holen? Sie machte sich allerdings komplett lächerlich, wenn es doch ihre eigene Schuld war.

Vielleicht sollte sie sich bei Torge Trulsen melden. Der Hausmeister der Ferienanlage war jederzeit hilfsbereit und würde sie nicht auslachen, wenn es sich lediglich um ihre Schusseligkeit handelte. Im letzten Sommer, als seine Enkelin entführt wurde, hatte die Journalistin

nicht nur ihn, sondern auch seine Frau tatkräftig unterstützt. Torge würde sich sicherlich gerne mit so einer Kleinigkeit revanchieren. Unschlüssig stand Gloria weiterhin vor der Tür und kam sich langsam lächerlich vor. Immerhin war es helllichter Tag! Da hatte sie sich schon in brenzligeren Situationen befunden! Ihre Zweifel verwerfend betrat sie beherzt den Bungalow. In dem kleinen Flur sah alles so aus, wie sie es verlassen hatte. Leise bewegte sie sich in Richtung des geräumigen Wohn- und Esszimmers, die Verbindungstür war ebenfalls nur angelehnt. Sie lauschte, war jedoch von Stille umgeben. Zögernd betrat sie den Raum. Auch hier konnte sie nichts Ungewöhnliches entdecken.
Gloria entspannte sich ein wenig. Erst als sie einen tiefen Atemzug nahm, merkte sie, dass sie die ganze Zeit die Luft angehalten hatte. Trotzdem konnte sie sich nicht vorstellen, den Bungalow auf diese Weise verlassen zu haben. Dafür verreiste sie zu oft. Die Sorgfalt, die dem Schutz ihres Eigentums diente, war ihr in Fleisch und Blut übergegangen.
War jemand in das Ferienhaus eingedrungen? Sah es nur deshalb so ordentlich aus, weil jeder auf einen Blick erfassen konnte, dass hier noch keine persönlichen Sachen lagen? Sie hatte ihr gesamtes Gepäck in einem der Schlafzimmer abgestellt. Vielleicht irrte sie sich doch nicht! Unwillkürlich beschleunigte sich ihr Herzschlag, ihre Handflächen wurden feucht. Kurz überlegte sie erneut, ob sie bei Torge anrufen sollte, ließ es aber bleiben. Wenn es sich um einen Einbrecher auf Beutezug handelte, würde er sich bestimmt nicht an einer Frau mittleren Alters vergreifen - auch wenn sie sehr auf ihr Äußeres achtete und häufig auf maximal Mitte vierzig geschätzt wurde. Trotz ihrer schlanken Figur hatte sie kaum Falten, was ihrer gesunden Ernährung sowie ihrer Disziplin

bei der Durchführung des persönlichen Sportprogramms geschuldet war.
Sie schob die Gedanken beiseite. Erneutes Verzögern brachte sie nicht weiter. Entweder holte sie sich jetzt Hilfe oder sie stellte sich der Herausforderung und ging der Sache selbst auf den Grund. Zitternd setzte sie einen Fuß vor den anderen. Alles an ihr sehnte sich danach, den Bungalow fluchtartig zu verlassen. Doch Gloria wäre in ihrer Karriere nicht so weit gekommen, wenn nicht auch Mut und Unerschrockenheit zu ihren Tugenden gehörten. Sich straffend atmete sie noch einmal tief durch. Entschlossen bekämpfte sie ihr Unwohlsein, indem sie mit forschen Schritten zum ersten Schlafzimmer marschierte und ohne weiteres Zaudern die Tür aufstieß.
Der Anblick ihres offenen, durchwühlten Koffers auf dem breiten Bett versetzte ihr trotzdem einen Schock. Sie hatte sich also nicht geirrt! Jemand war in ihr kleines Reich eingedrungen. Das Zittern kehrte schlagartig zurück. Nur mit Mühe hielt sie sich auf den Beinen, indem sie sich an dem Türgriff festklammerte. Ihre Gedanken rasten. Der Täter war längst verschwunden, aber was hatte er alles gestohlen?
Ihre Knie gaben nach, als ihr die leere Notebooktasche ins Auge fiel. Kraftlos rutschte Gloria am Türrahmen herunter und landete unsanft auf ihrem Allerwertesten. Vermutlich hatte er außerdem ihre Spiegelreflex mitgenommen. Hätte sie die bloß in den kleinen Tresor gelegt! Aber dafür war es jetzt zu spät. Mit so einem Übergriff hatte sie einfach nicht gerechnet. Einen Moment fühlte sie sich zu erschöpft, um wieder aufstehen zu können. Kraftlos legte sie ihren Kopf auf die Knie. Die Stille war einem Rauschen gewichen, das vermutlich nur sie hörte.

Gerade noch war sie voller aufgeregter Erwartung gewesen und nun saß sie hier - quasi am Boden der Tatsachen angekommen.
Die aufwallende Wut gab ihr neue Kraft. Seit Monaten bereitete sie sich auf die großen Modenschauen vor. Das würde sie sich nicht durch so einen gemeinen Übergriff verderben lassen! Als sie sich aufrappelte, spürte sie leichten Schwindel, das Rauschen in ihren Ohren verschwand allerdings schnell wieder. Kurz war sie versucht nachzuschauen, was der Einbrecher alles mitgenommen hatte, entschied sich dann aber dagegen. Vermutlich waren der tragbare Computer und die Kamera weg. Es war bestimmt besser, wenn sie den Einbruch erst meldete, bevor sie mögliche Spuren zerstörte. Eine Welle der Erleichterung durchfuhr sie, als ihr bewusst wurde, dass sich der wenige Schmuck, den sie eingepackt hatte, in dem kleinen Rucksack befand, der sie an den Strand begleitet hatte.
Um sich ein wenig zu sammeln, bereitete Gloria einen doppelten Espresso zu, den sie im Stehen trank. Sollte sie den Diebstahl an der Rezeption melden oder gleich zu dem Polizeirevier in Sankt Peter-Ording fahren? Vermutlich war ja nicht nur in ihr Ferienhaus eingebrochen worden. Nachdem sie ihr Erscheinungsbild überprüft hatte, beschloss sie, erst einmal die Hotelleitung zu informieren. Die Kommissare würden dann bestimmt hinzugezogen werden.

Als Gloria kurz darauf in der imposanten Eingangshalle eintraf, herrschte an der Rezeption Hochbetrieb. Die Ostergäste trafen ein. Kurz überlegte Gloria, ob sie sich in die Schlange einreihen sollte, entschied sich aber dagegen. Mit wenigen Schritten konnte sie das kleine Kabuff des Hausmeisters erreichen. Torges fensterloses

Büro, das lediglich sechs Quadratmeter maß, befand sich in einem kleinen Gang auf der anderen Seite der Lobby. Vielleicht entdeckte sie ihn dort bei der Arbeit. Entweder meldete sie mit ihm zusammen den Übergriff bei der Hotelmanagerin Marina Lessing, oder sie nutzte wenigstens die Gelegenheit, ihn zu begrüßen. Nach den dramatischen Ereignissen im letzten Sommer hatte sie mit ihm keinen Kontakt mehr gehabt. Sie hoffte sehr, er würde sich mittlerweile davon erholt haben.

Wieder war sie von dem mächtigen Brunnen beeindruckt, der diesem Raum eine ganz besondere Atmosphäre verlieh. Ihr Blick fiel auf die zahlreichen Centmünzen, die vermutlich verknüpft mit wichtigen oder romantischen Wünschen hineingeworfen worden waren. Geradezu reflexartig nahm sie ihre Geldbörse aus dem Lederrucksack, um ebenfalls nach kleinen Glückstalern zu gucken. Sie schnippte sie im hohen Bogen in den Brunnen, ohne genau zu wissen, was sie ihr bringen sollten. An die Wiederbeschaffung ihrer gestohlenen Technik glaubte sie nicht, aber immerhin musste der Einbrecher gefasst werden. Ja! Das war allemal ein guter Wunsch.

Beherzt setzte sie ihren Weg zu Torges Büro fort. Lächelnd fiel ihr dabei wieder der unbequeme Besucherstuhl ein, den er dort extra platziert hatte, damit er nicht zu lange bei seiner Arbeit gestört wurde. Dieser Nordfriese war wirklich ein Original, das in die Welt passte. Vielleicht sollte sie einmal über ihn eine Reportage schreiben. Sie nahm sich fest vor, es ihm vorzuschlagen.

Tatsächlich saß der Hausmeister auf seinem Platz. Gerade raufte er sich seine blonden Locken. Gloria kam es so vor, als hätte das Grau an den Schläfen ein wenig zugenommen. Die Lesebrille drohte ihm von der Nase zu

rutschen, als er aufgebracht den Hörer seines Telefons auf den Apparat knallte.
„Idioten! Was nützt mir die Lieferung nach Ostern? Ist ja wohl nicht meine Schuld“, brummelte er aufgebracht vor sich hin.
In dem Moment, in dem Gloria überlegte, ob sie sich doch lieber an die Mitarbeiter der Rezeption wenden sollte, blickte er auf. Sofort erschien ein Strahlen auf seinem Gesicht. Der Ärger schien spontan vergessen.
„Gloria von Brandenburg! Na, das ist ja eine tolle Überraschung. Moin, min Deern, kommen Sie herein in mein bescheidenes Reich!“ Er stand sogar kurz von seinem Stuhl auf und deutete eine Verbeugung an. „Eigentlich hätte ich mir denken können, dass Sie sich unser großes Event nicht entgehen lassen! Wie geht es Ihnen? Soll ich uns einen Kaffee besorgen?“
Gloria musste unwillkürlich lachen. Torge war wirklich ein Phänomen. Eben noch absolut verärgert, versprühte er nun seinen Charme. Er schien sich wirklich zu freuen, sie wiederzusehen.
„Bis eben ging es mir hervorragend! Es ist großartig, wieder hier zu sein. Ich habe den Strand und die Pfahlbauten begrüßt, auch wenn die Nordsee noch nicht bereit für ein Wiedersehen war.“
Der Hausmeister fiel in ihr Lachen ein. „Auch Sie werden noch ein Fan von unserem Watt.“
„Aber erzählen Sie mir jetzt nicht, was für ein sagenhafter Lebensraum das ist. Solche Vorträge kann ich mir schon von meinem Mann anhören“, scherzte Gloria, bevor sie wieder ernst wurde.
„Keine Sorge, mache ich nicht. Jeder muss die Schönheit unserer Landschaft selbst erkennen. Aber was ist passiert? Sie sagten: Bis eben ...“, fragte Torge schließlich nach.

Gloria war wieder einmal beeindruckt, wie sensibel der Mann war, der auf den ersten Blick eher burschikos wirkte und nur selten mit seiner Meinung hinterm Deich hielt. „In meinen Bungalow wurde eingebrochen.“
Sofort wurde ihr Gegenüber blass. Gleichzeitig verschloss sich seine Miene auf eine Weise, die sie bisher nicht bei ihm gesehen hatte.
„Ich habe nichts angefasst, aber ich vermute, sowohl mein Laptop als auch meine Kamera sind gestohlen worden. Können Sie mir helfen?“ Gloria war gespannt, wie Torge darauf reagieren würde.
„Tut mir leid, Frau von Brandenburg. Da kann ich nichts für Sie tun. Am besten melden Sie es der Managerin. Sie wird dann bestimmt die Polizei einschalten.“ Er warf einen Blick auf seinen Computerbildschirm. „Ich habe noch wahnsinnig viel für die Modenschau zu organisieren. Einige Lieferanten scheinen mich hängen zu lassen. Tut mir leid“, wiederholte er.
Die Journalistin fühlte sich spontan herausgefordert. Außerdem lag ihr der Hausmeister am Herzen. Im Sommer war er Feuer und Flamme gewesen, sich an der Polizeiarbeit zu beteiligen. Das Trauma seiner entführten Enkelin war jetzt bereits neun Monate her. Steckte ihm das trotzdem noch so sehr in den Knochen, dass er sogar ihr die Unterstützung verweigerte? Ohne dazu aufgefordert zu sein, nahm sie auf dem unbequemen Besucherstuhl Platz.
„Was ist passiert, Torge? Wenn ich mich recht erinnere, waren wir schon beim Vornamen angelangt, oder?“ Ohne eine Antwort abzuwarten, nahm sie wieder den ersten Faden aus ihrem Gespräch auf. „So kenne ich Sie gar nicht. Bisher konnte Sie nichts davon abbringen, die Kommissare Petersen und Wiesinger zu unterstützen.

Sie haben sich doch nicht etwa mit den beiden überworfen?“ Gloria war ernsthaft besorgt, wodurch der eigene Verlust in den Hintergrund trat.
Torge schien es zu spüren. Er löste sich von dem Monitor und blickte ihr direkt in die Augen, bevor er mit sehr ernster Miene weitersprach. „Haben Sie nichts davon gehört, was hier im Herbst los war?“, fragte er leise.
Gloria kramte in ihrem Gedächtnis. Der Herbst war bereits ein halbes Jahr her. Sie war in dieser Zeit in ganz Deutschland unterwegs gewesen, hatte die Nachrichten oftmals nur sporadisch verfolgt. Schließlich schüttelte sie den Kopf. „Nein. Was habe ich denn verpasst?“, fragte sie mit ruhiger Stimme.
„Verpasst! Tja, so kann man es auch ausdrücken. Ich hätte es gerne verpasst.“ Er legte eine Pause ein. Es war deutlich zu sehen, wie er mit den Worten rang. Die Erinnerung schien ihn aufzuwühlen. Gloria gab ihm die Zeit, die er brauchte. Sie überlegte, ob sie das Gespräch beenden sollte, war aber auch neugierig zu erfahren, was dem Nordfriesen zugestoßen war. Oder betraf es etwa seine Frau?
„Wie geht es Annegret?“, fragte sie möglichst neutral.
Die Frage schien ihn zu entspannen und entlockte ihm sogar ein kleines Lächeln.
„Es geht ihr gut. Seit Monaten freut sie sich auf die Modenschauen. Mindestens zweimal pro Woche führt sie mir Kleider vor. Sie hat sich einiges neu geschneidert und will auf jeden Fall eine gute Figur machen. Dadurch steht viel Gemüse auf unserem Speiseplan“, bemerkte er ironisch, bevor er wieder ernst wurde. „Es geht nicht um Annegret, es geht um mich. Ende Oktober gab es hier in Neu-Augustenkoog einen Doppelmord – bei einem befreundeten Landwirt. Meine angebotene Hilfe wurde mir fast zum Verhängnis, als dort immer wieder geschossen

wurde. So etwas sind wir hier nicht gewohnt. Wir sind friedliche Menschen, die zwar geradeheraus ihre Meinung sagen, aber nicht ständig zur Knarre greifen. Mich hat es fast erwischt. Das Leben ist zu wertvoll, um es auf diese Weise aufs Spiel zu setzen. Ich mache hier meine Arbeit – das genügt völlig." Erschöpft durch die lange Rede ließ er sich tief in den imposanten Bürosessel fallen. „Seien Sie mir bitte nicht böse, Gloria, aber meine Zeit als Hilfssheriff der Ordinger Polizei ist vorbei. Knud und Kommissarin Wiesinger werden Ihnen bestimmt weiterhelfen."

Die Journalistin hatte tatsächlich nichts von den Vorfällen gehört. Vielleicht sollte sie doch direkt zu dem Polizeirevier fahren, um dort Anzeige zu erstatten. Das würde ihr nicht nur die Gelegenheit geben, den smarten Knud Petersen wiederzusehen, sondern ihn außerdem über Torges Erlebnisse zu befragen. Daraus konnte eine noch interessantere Reportage werden, als sie vorhin gedacht hatte. Sie bedankte sich bei dem Hausmeister, wünschte ihm vorerst alles Gute und verabschiedete sich schließlich. In den nächsten Tagen würden sie sich sicherlich wiedersehen. Bestimmt bestand seine Frau darauf, sie zu dem großen Event zu begleiten.

Charlie in SPO | Donnerstag, den 01. April

Kommissarin Charlotte Wiesinger konnte sich nicht daran erinnern, wann sie zuletzt solch schlechte Laune gehabt hatte. Genau genommen fragte sie sich, ob sie jemals zuvor so missgelaunt war. Es wäre leicht gewesen, es auf das Wetter zu schieben. Tatsächlich nervte es sie gewaltig, dass es die letzten drei Wochen praktisch nur geregnet hatte, wodurch ihre obligatorischen Strandspaziergänge zu einem zweifelhaften Vergnügen wurden. Pünktlich zum Start der Saison lugte die Sonne hinter den Wolken hervor, was sicherlich die zahlreich anreisenden Touristen freute, die nun in Scharen ganz Sankt Peter-Ording bevölkerten. Für sie selbst kam es deutlich zu spät.
Wirklich ein schlechtes Timing!
Doch das war lediglich die Spitze des Eisbergs und lag absolut außerhalb ihrer Möglichkeiten, daran etwas zu ändern. Anders sah es da bei dem zusätzlichen Problem

aus, welches ihr ernsthaft zu schaffen machte. Davon war sie jedenfalls ausgegangen, als sich die frischgebackene Jungkommissarin Lilly Morgenroth bei ihnen auf dem Revier vorgestellt hatte.
Ihr kurzer Lebenslauf war makellos, die Zeugnisse ihrer theoretischen Leistungen bestens und die Beurteilungen der praktischen Einsätze voll des Lobes. Das Bewerbungsfoto hatte bei Charlie einen positiven Eindruck hinterlassen. Der offene Blick in die Kamera ließ Sympathiewerte entstehen - die schnell schwanden, nachdem die Bewerberin die Polizeistation betreten hatte. Das äußere Erscheinungsbild der Realität wich stark von dem ab, was das Foto an Erwartung aufgebaut hatte. Charlie fühlte sich unmittelbar getäuscht.
Zwar war das Blond in dem asymmetrisch geschnittenen Bob noch zu erkennen, allerdings war er üppig mit pinkfarbenen Strähnen durchzogen. Die rechte Augenbraue zierte ein Piercing, was das hübsche Gesicht der jungen Frau in Charlies Augen eher verunstaltete als schmückte. Trotz ihrer Körpergröße von knapp 1,80m trug sie Stiefeletten mit hohen Absätzen. Ihre langen Beine steckten in knallengen Jeans. Die Kommissarin gestand sich ein, Lilly Morgenroth darum zu beneiden, was bei ihren eigenen 1,58m nicht weiter verwunderlich war und nichts mit der spontan aufwallenden Abneigung zu tun hatte. Dafür war die gesamte Erscheinung verantwortlich, die eher auf eine Party denn zu einem Vorstellungsgespräch gepasst hätte. Die Bewerberin hatte zwar einen Blazer angezogen, doch das darunter getragene Shirt war so kurz, dass es ein weiteres Piercing am Bauchnabel aufblitzen ließ.
Obwohl sie ihre Kollegen Knud Petersen und Fiete Nissen weit konservativer als sich selbst eingeschätzt hätte,

wurde sie von deren Reaktionen überrascht. Schnell ließen sie sich von Lillys fröhlich unkomplizierter Art geradezu einwickeln. Welchen Einfluss die weiblichen Reize dabei nahmen, war nicht zu erkennen. Das schräge Outfit schienen sie überhaupt nicht wahrzunehmen. Charlie überließ den beiden die Gesprächsführung, schloss früh damit ab, sie einstellen zu wollen. Sie gönnte Knud und Fiete die Abwechslung, die dieser Auftritt allemal mit sich brachte, aber ins Team passte die Neue nicht. Das war zwar eine Enttäuschung, weil die Aussicht auf Verstärkung verlockend gewesen war, aber es würde ihnen anderweitig gelingen, die Stelle zu besetzen. Es brauchte ja nicht unbedingt diese Frau sein.

Im Nachhinein musste Charlie zugeben, von dem Bewerbungsgespräch nicht viel mitbekommen zu haben. Ihre Gedanken waren immer wieder abgeschweift. Sie hatte sich mehr damit beschäftigt, Knud und seine Reaktion auf das Zwischenspiel zu beobachten. Als die Nachwuchskommissarin sie nach einer guten Stunde wieder verließ, rechnete sie fest damit, auch die Kollegen würden sich gegen eine Einstellung aussprechen.

Doch es kam anders.

Der ältere Kollege war wie am ersten Tag Feuer und Flamme. „Na, habe ich zu viel versprochen? Die Deern ist doch klasse, oder? Was für ein Glück, dass sie sich ausgerechnet hier beworben hat!“ Fiete kam auf ungewohnte Weise aus sich heraus. Seine vierundsechzig Jahre waren ihm an jenem Tag im späten Herbst nicht anzumerken gewesen. Auch seine sonst so nordisch pragmatische Art trat in den Hintergrund.

Charlie kam aus dem Staunen gar nicht mehr heraus. „Das ist nicht Ihr Ernst, Fiete! Pinkfarbene Haare und bauchfrei im November? Gekrönt mit Piercings! Die passt überhaupt nicht zu uns!“

Während der Angesprochene mit schallendem Gelächter reagierte, bedachte Knud sie lediglich mit einem seiner langen, durchdringenden Blicke. Bei ihm hatte sie Unterstützung erwartet, doch sein Gesichtsausdruck ließ die Hoffnung sinken.

„Charlotte, Sie sind ja noch spießiger als wir beide zusammen! So etwas hätte ich Ihnen gar nicht zugetraut. Das ist die Jugend, der Nachwuchs. Lilly ist gerade mal Anfang zwanzig." Noch immer lachend musste Fiete einmal tief Luft holen, bevor er weiterreden konnte. „Also, nach meinem Eindruck ist die Kleine blitzgescheit unter ihrer modernen Frisur. Darauf kommt es schließlich an. Sie hat beste Noten, ist auch in der Praxis gut beurteilt worden und kennt außerdem unsere Gegend hier – mitsamt der Mentalität ihrer Bewohner. Was wollen Sie mehr? Das ist der Jackpot!" Erwartungsfroh guckte Fiete zu Knud, der den Ausführungen seines Kollegen schweigend folgte.

Charlie wunderte sich über die Ausdrucksweise des Dienstältesten, hielt sich aber zurück, um erst einmal zu hören, wie Knud die Situation einschätzte. Noch immer ruhte sein Blick auf ihr. Schließlich lächelte er.

„Ich weiß, Sie wollen jetzt etwas anderes von mir hören, aber ich bin Fietes Meinung. Die Fälle in diesem Jahr waren herausfordernd und haben uns an unsere Grenzen gebracht. Wir brauchen dringend Verstärkung auf diesem Revier. Lilly Morgenroth scheint mir eine geeignete Kandidatin zu sein, auch wenn sie ein anderes Kälteempfinden als Sie aufweist, Charlotte."

Natürlich wurde die letzte Bemerkung wieder von Knuds typischem Grienen begleitet, das sie normalerweise besänftigte oder sogar zum Lachen brachte. An diesem Tag fühlte sie sich allerdings provoziert.

„Das ist nicht der passende Moment für Ihre zweifelhaften Witze, Knud. Ich meine es ernst. Mit diesem Erscheinungsbild wird die Jungkommissarin hier nicht akzeptiert werden. Das untergräbt unsere Kompetenz“, verteidigte sie ihren Standpunkt mit gewohnter Vehemenz. Das Blitzen ihrer Augen wurde von dem Tanz ihrer braunen Lockenmähne begleitet.
„Charlotte!“ Fiete hatte sich wieder beruhigt. Seine Stimme klang sanft, als er weitersprach. „Ich schätze Sie sehr, das wissen Sie. Ich kann gar nicht sagen, wie froh ich bin, Sie hier nun schon über ein Jahr fest an Bord zu haben. Meistens sind wir einer Meinung, aber dieses Mal liegen Sie falsch.“ Ein Lächeln zog über sein Gesicht. „Ich versichere Ihnen: So konservativ sind wir Nordfriesen nicht. Bodenständig, ja! Aber wir gestehen unserer Jugend zu, Dinge auszuprobieren, die wir selbst nicht mitmachen würden.“
„So jugendlich ist sie ja gar nicht mehr. Und immerhin will sie in den Staatsdienst!“ Charlie war nicht bereit, ihre Position einfach aufzugeben.
„Sie reden sich um Kopf und Kragen, meine liebe Kollegin.“ Fiete schien äußerst amüsiert. Er nahm einen Schluck aus seinem Kaffeepott, um die nächsten Worte wohl zu überlegen, das war ihm deutlich anzusehen. Als er weitersprach, schaute er ihr direkt in die Augen: „Diese Chance auf eine kompetente Verstärkung unseres Teams möchte ich mir wegen solcher Äußerlichkeiten nicht entgehen lassen. Die Bewerber stehen hier nicht gerade Schlange. Sie wissen selbst, dass es die meisten Absolventen in die Großstädte zieht. Wie es aussieht, stimmt Knud meiner Einschätzung zu.“ Beide Blicke wanderten zu dem Vierzigjährigen, der lediglich nickte. Wieder nahm Fiete den Augenkontakt zu Charlie auf.

„Dann werde ich Lilly Morgenroth einstellen, wenn nötig gegen Ihren Widerstand, Charlotte."
„Das können Sie nicht", protestierte diese lautstark, was Fiete vorerst unkommentiert ließ.
„Geht es Ihnen nur um das bisschen Pink in den Haaren und die Piercings? Das ist doch nichts Ungewöhnliches mehr!", versuchte Fiete schließlich, das Gespräch zu versachlichen. Charlie war klar, wie gerne er ihre Zustimmung wollte, um die Harmonie in dem Team wieder herzustellen.
„Sie hat bestimmt auch Tattoos", nörgelte sie weiter, was die Männer erneut zum Lachen brachte. „Na, toll. Sie nehmen mich gar nicht mehr ernst. Ja, amüsieren Sie sich auf meine Kosten. Das wird meine Laune enorm verbessern."
Die Kommissare wechselten einen weiteren Blick. Sie versuchten, ernst zu bleiben, was ihnen allerdings sichtlich schwerfiel.
Dieses Mal ergriff Knud das Wort: „Charlotte, Ihren Verzicht auf derartiges albernes Verhalten vorausgesetzt werden wir Sie gerne wieder mit gebührlichem Respekt behandeln. Aber im Moment fordern Sie uns wirklich heraus", fügte er hinzu, was Charlie als Nachtreten empfand. „Nun vergessen Sie mal die Äußerlichkeiten, die Ihnen nicht gefallen. Wie schätzen Sie die Bewerberin davon abgesehen ein?"
Als Charlie mit einer leichten Röte im Gesicht schwieg, antwortete Fiete an ihrer Stelle: „Unsere Kollegin Wiesinger hat das Gespräch leider nicht richtig verfolgt. Sie ist fest davon ausgegangen, dass wir Frau Morgenroth aufgrund der Erscheinung ablehnen. Ihre Vorzüge hat Charlotte gar nicht wahrgenommen." Den wütenden Blick parierte Fiete mit einem Schulterzucken. „So sind wir Nordfriesen eben auch – immer geradeheraus. Sollen

wir es für Sie noch einmal exklusiv zusammenfassen?", fragte er ungewohnt spitz, bedachte Charlie aber trotzdem mit einem warmen Lächeln, was ihr die Chance gab, sich besänftigen zu lassen.

„Touché!", antwortete sie knapp. „Ja, bitte."

„Also gut. An alles, was im Lebenslauf steht, werden Sie sich ja erinnern. Ich muss sagen, am besten gefiel mir ihre optimistische Ausstrahlung. Sie scheint ein fröhlicher Mensch zu sein, der dem Leben positiv gegenübersteht. Damit passt sie schon einmal perfekt zu uns." Fiete bedachte Charlie mit einem Lächeln, trotzdem fühlte sie sich erneut provoziert.

„Klingt wie eine Spitze", kommentierte sie prompt. „So werden Sie mich nicht umstimmen."

„Ach was, entspannen Sie sich mal wieder und holen Sie Ihren Humor aus der Kiste. Also, zurück zu Lilly: Sie wird hier auf jeden Fall frischen Wind hereinbringen. Vielleicht profitieren wir zusätzlich von ihrer Ausbildung, indem wir etwas über neue Ermittlungsmethoden lernen. Immerhin ist sie durch die Schule des BKA gegangen. Das ist doch was. Ich halte es für einen großen Vorteil, jemanden einzustellen, der blutjung ist. Das ergänzt unser Team hervorragend. Sie ist eine Sportlerin, also topfit. Neben dem Skaten schwärmt sie fürs Kite-Surfen, deshalb will sie unbedingt wieder hier an die Küste. Aufgewachsen ist sie in Ockholm. Sie liebt Sankt Peter so wie wir. Dabei träumt sie bereits länger davon, hier zu arbeiten und zu wohnen."

„Warum hat sie sich für den Polizeidienst entschieden?", fragte Charlie nach, weil es sie weit mehr interessierte als die sportlichen Interessen der Bewerberin. „Hat sie eine Vorliebe für Krimis?"

„Sie wollten sich öffnen, Charlotte. Das klingt in meinen Ohren nicht danach. Knud, kannst du unserer missgelaunten Kollegin einen großen Pott Kaffee holen? Meist lässt sie sich davon ja aufheitern.“ Während Knud tat, wie ihm geheißen, konzentrierte sich Fiete wieder auf Charlie. „Nein, es ist eine Familientradition. Auch ihr Vater und ihr Großvater waren bereits Polizisten, wenn auch keine Kriminalkommissare.“
„Und was spricht gegen sie? Sie wollen mir doch nicht weismachen, sie sei perfekt, oder?“, nahm sich Charlie bei der nächsten Frage etwas zurück.
„Na ja, sie ernährt sich vegetarisch“, ergänzte Fiete trocken. „Damit ist sie immun gegen mein nordisches Allheilmittel.“
Unwillkürlich musste Charlie lachen. „Ja, Sie mit ihren Fischbrötchen. Damit können Sie bei ihr also nicht punkten. Okay, aber ernsthaft. Sie halten sie für vollkommen?“
„Nein, Charlotte. So blauäugig bin ich nun auch wieder nicht. Sie ist unerfahren und wird ihre Schwächen haben, aber wir sind ein starkes Team, das sie anleiten kann. Dadurch können wir das Beste aus ihr herausholen. Bestimmt entwickeln wir uns in diesem Zuge ebenfalls weiter – sowohl jeder für sich als auch gemeinsam. Geben Sie sich einen Ruck sowie Lilly eine Chance.“ Fiete wollte eine einstimmige Entscheidung. Das war typisch für ihn.
„Was, wenn ich mich dagegen ausspreche?“ Noch war Charlie nicht überzeugt.
Während Knud den Kaffeebecher vor ihr auf den Tisch stellte, schwieg der erfahrene Kommissar.
„Nun sagen Sie schon, Fiete. Sie würden mich zwei zu eins überstimmen, oder?“ Charlie bedankte sich flüchtig bei Knud, konzentrierte sich aber weiter auf den älteren Kollegen.

„Wir arbeiten hier gleichberechtigt zusammen und haben uns nie um die Hierarchie geschert. Es war ja bisher nicht notwendig.“ Er legte eine Pause ein, die Charlie ungeduldig werden ließ.
„Das heißt?“, fragte sie, wobei ihr Ton wieder eine Spur schärfer wurde.
„Charlotte“, ergriff Knud das Wort. Ruhig führte er aus: „Fiete ist der Leiter dieses Reviers. Damit ist er für die Personalfragen verantwortlich und braucht unsere Zustimmung nicht. Natürlich ist es für die Zusammenarbeit förderlich, wenn wir alle dafür sind, aber er kann es allein entscheiden.“
Für einen Moment war die Kommissarin sprachlos. Tatsächlich hatte sie seit ihrer Ankunft hier in Sankt Peter-Ording nie darüber nachgedacht, trotzdem überraschte sie diese Information. Insgeheim war sie aufgrund ihrer Erfahrung mit den Kriminalfällen in einer Großstadt wie Hamburg eher davon ausgegangen, selbst diese Verantwortung zu tragen. Natürlich war dies bei ihrer spontanen Versetzung im September des letzten Jahres nicht zur Sprache gekommen.
Als sie die Blicke der Kollegen auf sich ruhen spürte, kehrte sie aus ihren Gedanken wieder an den Besprechungstisch zurück.
„Tja, wenn das so ist, dann also auf gute Zusammenarbeit mit Lilly Morgenroth“, gab sie sich geschlagen, indem sie ihnen mit dem Kaffee zuprostete. Sie war nach wie vor nicht davon überzeugt, dass dies eine gute Entscheidung war.

Der Winter war ruhig verlaufen, wodurch er den Kommissaren eine Pause gönnte und ihnen die Gelegenheit gab, sich von den anstrengenden Fällen des Jahres zu erholen. Während sie lediglich mit Bagatellen beschäftigt

waren, bauten sie Überstunden ab. Vorerst schob Charlie die Gedanken an die neue Kollegin beiseite, obwohl sie zum ersten April eingestellt worden war. Wie passend!
Über die langen, dunklen Wintermonate hatte sie ausführlich darüber nachgedacht, ob sie Sankt Peter-Ording verlassen sollte, um wieder den Dienst in ihrer Heimatstadt aufzunehmen. Seit dem damaligen Vorfall, der ihre spontane Versetzung ausgelöst hatte, war genug Zeit vergangen. Sicherlich würde sie ihren alten Job wieder angeboten bekommen. Doch wollte sie das überhaupt? Von dem Leben in der Stadt hatte sie sich weit entfernt. Die platte Landschaft mit dem rauen Nordseeklima war ihr ans Herz gewachsen. Nichts konnte sie so sehr entspannen wie ein Strandspaziergang, bei dem sie den tosenden Wellen des Meeres lauschte. Mittlerweile war sie wählerischer bei der Auswahl der Muscheln sowie des Strandgutes geworden, aber ganz konnte sie nicht darauf verzichten, die eine oder andere Beute in ihr kleines Haus im Ortsteil Dorf mitzunehmen. Im Grunde war es ja auch ein absurder Gedanke, sich selbst hier verdrängen zu lassen. In den ersten Tagen nach dem Bewerbungsgespräch war die Atmosphäre zwischen den Kollegen ein wenig angespannt gewesen, aber das hatte sich schnell wieder gegeben.
Sicherlich beeinflusste das mittlerweile sehr vertraute Verhältnis zu Knud ihre Entscheidung, eine Rückversetzung an die Elbe zu verwerfen. Seine empathische Art, die häufig zu großer Fürsorge führte, würde sie genauso vermissen wie das breite Grienen, das Ausdruck seiner Ausgeglichenheit und seines Humors war, der sie oft genug aufheiterte. Vielleicht entwickelte sich irgendwann mehr zwischen ihnen – auch diese Chance wollte sich die Kommissarin nicht nehmen lassen.

Das Datum von Lilly Morgenroths Eintreffen hatte weit in der Zukunft gelegen, doch die Zeit war verflogen und nun war der Tag da. Die langvermissten Sonnenstrahlen hätten Charlies Laune eigentlich heben sollen, aber die Vorbehalte gegen die neue Jungkommissarin waren stärker. Lag es wirklich nur an den Äußerlichkeiten oder gab es da noch etwas anderes? In der Vergangenheit hatte sie sich meist auf ihre Menschenkenntnis und ihr Bauchgefühl verlassen können, auch wenn es natürlich keine sachliche Argumentationsgrundlage war.
Die Kommissarin nahm sich vor, die neue Kollegin genau zu beobachten. Immerhin gab es eine Probezeit. Derzeit hatten sie keinen außergewöhnlichen Fall zu lösen - ein zusätzlich interessanter Aspekt. Sicherlich hatte Lilly Morgenroth von den Entführungs- und Morddelikten des vergangenen Jahres gehört oder gelesen. Hatte das ihre Entscheidung für eine Bewerbung in der Küstengemeinde beeinflusst? Charlie musste zugeben, den Dienst dadurch ebenfalls spannender zu finden, als wenn es lediglich um Diebstähle sowie Nachbarschaftsstreitigkeiten ging. Wie würde ihr Neuzugang damit umgehen, wenn es nur Bagatelldelikte zu lösen gab?
Überflüssigerweise hatte Fiete einen Empfang mit frisch gebackenem Kuchen von seiner Frau angekündigt. Else Nissen war eine ausgezeichnete Bäckerin und natürlich war es eine schöne Geste. Trotzdem hoffte sie sehr, dazu nicht auch noch eine Willkommensgirlande vorzufinden, wenn sie das Revier betrat. Mit einem Anflug von Selbstkritik fragte sie sich, ob sie eifersüchtig auf die neue Kollegin war. Sie selbst war nicht auf diese Weise in dem Team begrüßt worden, sondern hatte sich sogar auf die Suche nach den Kollegen machen müssen, die sie dann in einem Ferienbungalow der *Weißen Düne* vorfand. Genau genommen war nur Knud auffindbar gewesen, Seite

an Seite mit Torge Trulsen, der sich gerade um einen verstopften Abfluss kümmerte – mitten in einer Mordermittlung!
Die Erinnerung daran ließ ihren Ärger ein wenig verpuffen. Natürlich war die Ausgangssituation überhaupt nicht vergleichbar. Sie selbst war aus der Not heraus angefordert worden. Für die Vorbereitung eines freundlichen Empfangs war da keine Zeit gewesen, das musste sie gerechterweise zugeben.
Vielleicht sollte sie sich wirklich öffnen - zumindest ein bisschen, schränkte sie selbstironisch wieder ein. Wie würde sie sich fühlen, wenn sie voller Motivation den ersten Job antrat und bei zumindest einer Person auf Ablehnung traf? Professionell war das jedenfalls nicht. Und da sie gerade dabei war, sich selbst den Spiegel vorzuhalten, führte sie die Selbstkritik noch ein wenig fort. Bereits ihr Verhalten bei dem Vorstellungsgespräch war objektiv betrachtet nicht besonders kompetent gewesen. Genau genommen hatte sie Lilly auf den ersten Blick in eine Schublade gesteckt und ihr gar keine Chance mehr gegeben. Sie hatte sich bisher nicht gefragt, welche Wirkung das auf die neue Kollegin gehabt hatte. Wenn es gleich zu Beginn zu Konflikten kam, war das wohl ihre eigene Schuld.
Vielleicht war Fiete Nissen doch zu Recht der Leiter der Polizeistation. Charlie respektierte den älteren Kollegen, dessen jahrzehntelange Erfahrung gepaart mit seinem ausgeprägten Urteilsvermögen, die Ermittlung stets voranbrachte. Außerdem war er ein echtes Recherchegenie. Also beschloss sie, auf dem Weg zum Revier einen kleinen Blumenstrauß zu kaufen, um sich daran zu beteiligen, der Jungkommissarin einen wohlwollenden Start zu ermöglichen und ihren eigenen ersten Eindruck ein wenig wettzumachen. Tatsächlich stieg ihre Laune dadurch

weiter. Da es nun Fakt war, dass Lilly Morgenroth Teil ihres Teams wurde, war Charlie gespannt, wie sie sich einfügte und was sie zu bieten hatte.
Da sie am Morgen aufgrund ihres Widerwillens getrödelt hatte, traf sie als Letzte auf dem Revier ein. Die anderen standen im lockeren Gespräch bei einem Becher Kaffee zusammen, um sich ein wenig kennenzulernen. Insgeheim hatte sich Charlie gefragt, wie Lilly am ersten Tag bei ihnen auftauchen würde - ob sie ihre optische Erscheinung selbst noch einmal überdacht hatte, wurde dazu allerdings enttäuscht. Den Blazer hatte sie gegen eine lange Strickjacke getauscht, die ihre schlanke Figur bestens betonte – ansonsten war sie ihrem Stil treu geblieben.
Die erfahrene Kommissarin wischte die unliebsamen Gedanken beiseite und versuchte sich zu öffnen, so wie es sich Fiete von ihr gewünscht hatte. Sie nahm die Blumen aus dem Papier und setzte ein Lächeln auf.
„Lilly Morgenroth! Moin, auch von mir willkommen in unserem kleinen Team in der schönsten Nordseegemeinde, die Nordfriesland zu bieten hat.“ Sie reichte der Angesprochenen den bunten Strauß, welcher ein freudiges Strahlen auslöste.
„Moin Kommissarin Wiesinger, das ist aber nett von Ihnen. Vielen Dank! Herr Nissen und Herr Petersen haben mich mit Kuchen begrüßt. So einen tollen Empfang habe ich gar nicht erwartet.“ Sie guckte überraschend schüchtern zu Boden, während sie leicht errötete.
Unwillkürlich bezog Charlie die letzte Bemerkung auf ihre eigene Person.
„Ja, Fietes Frau ist eine begnadete Bäckerin. Zu besonderen Anlässen werden wir von ihr verwöhnt“, versuchte sie, die Situation zu entspannen. „Den sollten wir aber

erst am Nachmittag essen, oder haben die Männer einen anderen Plan?“

„Ach, darüber haben wir noch gar nicht gesprochen. Ich würde gerne erst einmal alles gezeigt bekommen. Hat jeder einen festen Schreibtisch?“ Lilly taute durch den Small Talk sichtlich auf. Nach kurzem Zögern griff sie in ihre Tasche und beförderte ein kleines Paket heraus, das sie Charlie überreichte. „Ich habe Ihnen etwas mitgebracht“, erklärte sie, wobei sie wieder errötete. „Äh, es ist nur eine Kleinigkeit. Auf dem Weg hierher war ich einige Tage in Hamburg, da musste ich an Sie denken. Ich hatte die gesamte Zeit meiner Ausbildung schreckliches Heimweh. Manchmal wäre ich am liebsten einfach in den Zug gestiegen, um ein wenig Nordseeluft zu schnuppern.“ Lilly schien ihre anfängliche Schüchternheit gegenüber der Kommissarin zu überwinden. „Es ist ein kitschiges Souvenir, aber ich dachte, es würde vielleicht Ihre Sehnsucht nach der Großstadt ein wenig mildern.“

Gerührt nahm Charlie das würfelförmige Päckchen entgegen. „Woher wissen Sie, dass ich aus Hamburg stamme?“, fragte sie, während sie überlegte, ob sie es gleich auspacken durfte. Hatte Lilly den Kollegen ebenfalls etwas mitgebracht? Sollte sie darauf warten?

„Ich habe Sie gegoogelt“, antwortete die Jüngere sachlich. „Natürlich wollte ich mich informieren, mit wem ich es hier zu tun bekomme.“

„Das hat Sie offensichtlich nicht abgeschreckt“, scherzte Charlie, wobei sie sich automatisch fragte, welche Lektüre Lilly präsentiert bekommen hatte. Sie selbst beschäftigte sich nicht damit, was über sie geschrieben wurde.

„Keinesfalls. Ihre Karriere ist sehr beeindruckend. Das bewundere ich. Ehrlich gesagt, sind Sie mein Vorbild. Ich möchte gerne von Ihnen lernen.“ Lilly hatte ihre Scheu

komplett abgelegt. „Sie werden doch hier in Sankt Peter-Ording bleiben, oder? Mir kam die Befürchtung, ob ich gar nicht zusätzlich ins Team kommen soll, sondern als Ihre Nachfolgerin eingestellt wurde, weil sie wieder nach Hamburg wollen. Das würde auch erklären, warum Sie bei meinem Bewerbungsgespräch so abwesend wirkten."
Kaum waren die Worte ausgesprochen, schlug sie sich mit der Hand auf den Mund. „Oh, Schiet. Entschuldigen Sie, Kommissarin Wiesinger, das ist mir jetzt so rausgerutscht. Manchmal rede ich schneller, als ich denke. Ich hoffe, Sie sind mir nicht böse!"
Lilly schaute so schuldbewusst aus der Wäsche, dass Charlie unwillkürlich grinsen musste. Also in einem Punkt hatte Fiete jetzt schon recht: Die Neue brachte auf jeden Fall frischen Wind ins Team. Sich fragend, was die Kollegen von der Szene hielten, warf sie ihnen einen Blick zu. Wie erwartet amüsierten sich die beiden außerordentlich über den ersten Fauxpas ihres Neuzugangs. Bei Fiete konnte sie den Schalk im Nacken erkennen, vermutlich würde er sie gleich wieder foppen. Weder schienen sie beleidigt oder entrüstet zu sein, weil ihnen gerade weniger Aufmerksamkeit geschenkt wurde. Wie die Kommissarin sie kannte, waren sie im Gegenteil froh über die Anerkennung, die Lilly ihrer geschätzten Charlotte entgegenbrachte.
„Und was haben Sie uns mitgebracht?", unterbrach Fiete ihre Gedanken. „Oder sind wir nicht wichtig genug, um ebenfalls beschenkt zu werden?"
Das wäre einschüchternd gewesen, wenn der betagte Kollege es geschafft hätte, ernst zu bleiben. Doch er griente mit Knud um die Wette, was Lilly nach dem ersten Schrecken erleichtert zur Kenntnis nahm und sofort wieder entspannte.

„Ja, nehmen Sie mich ruhig auf den Arm. Ich habe es nicht besser verdient“, fiel sie in das Lachen der neuen Kollegen ein. „Sie bekommen auch noch ein Geschenk von mir – versprochen. Ich wollte aber nicht irgendwas kaufen, das gar nicht zu Ihnen passt. Tut mir leid, wenn es jetzt wie mangelnde Wertschätzung aussieht. Ich möchte natürlich von Ihnen allen lernen, aber eine Frau in diesem Beruf, die so eine Karriere macht, ist einfach noch eine Spur beeindruckender“, versuchte sie, ihren Tritt ins Fettnäpfchen zu relativieren. „Nehmen Sie es mir übel? Das wäre wirklich ein schlechter Start! Dann hätte ich es gleich am ersten Tag vermasselt!“
„Ja, danach sieht es jetzt aus. Ach, wie schade, wir hatten uns so darauf gefreut, hier endlich Verstärkung zu bekommen.“ Dieses Mal gelang es Fiete, ernst zu bleiben, was Lilly einen Moment der Unsicherheit bescherte. „Auf jeden Fall haben wir jetzt schon etwas gut bei Ihnen.“
„So, nun lass Frau Morgenroth erst einmal ankommen, Fiete. Wenn du so weitermachst, überlegt sie es sich anders.“ Knud warf ihr einen aufmunternden Blick zu, bevor er sich Charlie zuwandte. „Jetzt wollen wir aber wissen, was wir nicht geschenkt bekommen haben.“
Charlie war ebenfalls gespannt. Dass Lilly ihr überhaupt etwas mitgebracht hatte, war beschämend genug. Verdient hatte sie es sich nicht. Interessant war natürlich, worauf ihre Wahl gefallen war. Das neutral in Blau gehaltene Papier war schnell entfernt. Zum Vorschein kam ein geschmackvoll gestalteter Becher mit der Elbphilharmonie vor einer dezenten Hafenkulisse.
Ihre Überraschung begleitend kommentierte die neue Kollegin: „Kommissar Petersen erwähnte, wie gerne Sie Kaffee trinken. Ich hoffe, Sie finden ihn nicht zu kitschig, weil er eigentlich für Touristen gefertigt ist.“ In ihrer Verlegenheit verhaspelte sie sich ein wenig, aber Charlie war

beeindruckt. Bestimmt hatte sich Knud nicht ausführlich zu dem Thema ausgelassen, das war gar nicht seine Art. Trotz der besonderen Situation des Vorstellungsgesprächs hatte Lilly auf die kleinen Bemerkungen am Rande geachtet und diese in sehr geschmackvoller Weise umgesetzt. Charlie kannte den Preis des Bechers, weil sie bei ihrem letzten Besuch des imposanten Konzerthauses mit dem Kauf geliebäugelt hatte. Ihr war er jedoch zu kostspielig gewesen. Trotz ihres eigenen unprofessionellen Verhaltens brachte Lilly ihr diese Wertschätzung entgegen. Erneut fühlte sie sich beschämt und wusste gar nicht, was sie sagen sollte.

„Er gefällt Ihnen nicht! Tut mir leid, ich hätte mir mehr Mühe geben sollen“, kommentierte die Schenkende Charlies Schweigen, was sie endlich zu einer Reaktion befähigte.

„Nein, im Gegenteil. Ich bin sprachlos ...“

„Und das kommt äußerst selten vor“, unterbrach Knud seine Kollegin mit einem Grinsen. „Ich glaube, Sie haben genau das Richtige ausgesucht. Kommissarin Wiesinger liebt die Elbphilharmonie und kann ohne Kaffee gar nicht existieren.“

„Ja, das stimmt. Vielen Dank, Frau Morgenroth. Ich freue mich wirklich sehr! Den werde ich gleich heute zu dem Kuchen einweihen.“ Noch immer fühlte sich Charlie ein wenig verlegen. „Wollen wir mit der Einführung beginnen? Ich schlage vor, wir genehmigen uns heute zur Feier des Tages bei Pasquale den Mittagstisch. Danach könnten wir einen kurzen Abstecher zum Strand unternehmen, um zu schauen, wie viele Touristen ihn bereits bevölkern.“

„Mittags haben wir Niedrigwasser“, stellte Knud trocken fest.

„Tja, das lässt sich nicht ändern. Ein bisschen Bewegung an der frischen Luft wird uns trotzdem guttun."

Kurz bevor sich der erste Arbeitstag für das verstärkte Team dem Ende zuneigte, musste Charlie feststellen, dass er komplett anders verlaufen war, als sie gedacht hatte. Vielleicht waren die monatelangen Vorbehalte überflüssig gewesen. Sie war nicht gewillt, sich von einem Geschenk einlullen zu lassen, war aber von dem ersten Eindruck, den Lilly bei dem Auftakt zur Einarbeitung hinterlassen hatte, angetan.
Noch saßen sie vor den leer gegessenen Kuchentellern plaudernd beisammen, als eine alte Bekannte das Polizeirevier betrat: Gloria von Brandenburg. Dieses Mal wirkte sie ruhig, schien aber trotzdem ein konkretes Anliegen zu haben.
„Moin Frau von Brandenburg. Wie schön Sie wiederzusehen. Die große Modenschau wollen Sie sich also nicht entgehen lassen", wurde sie von Charlie begrüßt.
„Moin in die Runde. Ja, tatsächlich will ich darüber berichten. Ich bin erst heute angereist und schon gibt es bereits wieder Arbeit für Sie."
„Sie haben doch nicht etwa einen Toten in Ihrem Ferienhaus gefunden?", fragte die Kommissarin.
„Nein, so schlimm ist es nicht, aber in der *Weißen Düne* treibt ein Dieb sein Unwesen – meine Kamera und mein Laptop sind vermutlich weg. Ich habe nichts angefasst, deshalb kann ich es nicht genau sagen."

Rieke in Hamburg | Freitag, den 02. April

Der bloße Gedanke an die bevorstehende Modenschau in Sankt Peter-Ording ließ Rieke Husbargens Herz schneller schlagen. Seit zwanzig Jahren träumte sie davon, Teil eines solchen Events zu sein. Nüchtern betrachtet hatte ihr Traum anders ausgesehen, das musste sie sich ehrlicherweise eingestehen. Doch davon wollte sie sich ihre Vorfreude nicht verderben lassen. Sie war dabei. Nur das zählte.

Als sie sich vor einem guten halben Jahr auf die Assistentinnenstelle bei der aufstrebenden Jungdesignerin Isabelle Caspari beworben hatte, rechnete sie sich kaum Chancen aus, den Job wirklich zu ergattern. Ihre Bewerbung hatte sie losgeschickt, weil die Eintönigkeit ihres Daseins einfach unterbrochen werden musste.

Natürlich brachte sie entscheidende Kompetenzen für die Tätigkeit mit. Nach dem Abitur hatte sie sofort mit dem Studium für Modedesign begonnen, obwohl sich

ihre Freundinnen alle ein Jahr im Ausland gönnten. Sie schloss mit guten Noten ab, bekam eine Stelle und schmiedete Pläne. Nach zwei oder drei Jahren in der Praxis wollte sie ihr eigenes Label gründen, um es ganz nach oben zu schaffen.
Dabei war der Start vielversprechend. Sie gewann einige Wettbewerbe für Nachwuchsdesigner, die ihr sowohl das nötige Selbstbewusstsein als auch die Energie für die anstrengenden Sechszehn-Stunden-Tage verliehen. Doch trotz aller Bemühungen schaffte sie nicht den entscheidenden Durchbruch. Sie analysierte ihre Arbeit, versuchte unterschiedliche Stilrichtungen zu etablieren, aber der ganz große Erfolg blieb aus, auch wenn sie genug verdiente, um sich davon einen angenehmen Lebensstandard leisten zu können. Geld war nicht ihr Motivator. Sie wollte ihre Mode auf den berühmten Laufstegen der Welt präsentieren und internationale Anerkennung erhalten, was ihr einfach nicht gelang.
Als sie nach zehn Jahren harter Arbeit Gerrit kennenlernte, musste sie eine Entscheidung treffen. Sie ging bereits auf die Mitte dreißig zu. Wenn sie den Wunsch nach einer eigenen Familie noch realisieren wollte, war das vermutlich ihre letzte Chance. Sollte sie weiter einem Traum hinterherlaufen, der sich vielleicht nie erfüllte, oder der Liebe folgen? Sie ließ sich auf den Mann ein, der hartnäckig um sie warb und genoss die Glücksgefühle, die er bei ihr auslöste. Trotzdem blieb der Eindruck versagt zu haben.
Schon bald nach ihrer Hochzeit wurde sie schwanger. Mit der Geburt der Zwillinge hatte sie kaum noch Zeit, sich über ihre verpasste Laufbahn Gedanken zu machen. Als Architekt mit einem eigenen Büro und zehn Mitarbeitern war Gerrit in der Lage, die Familie zu ernähren.

Materiell fehlte es ihnen an nichts. Als die Kinder selbständiger wurden, gab es wieder mehr Raum für ihre Leidenschaft, doch mit über vierzig brauchte sie die große Karriere gar nicht mehr anzustreben. Dass dieser Zug endgültig abgefahren war, war ihr schmerzhaft bewusst. Also entwarf sie ihre eigene Kleidung, was ihr in der Nachbarschaft große Aufmerksamkeit einbrachte. In der Folge bot sie Nähkurse an. Als besonderes Highlight entwarfen die Frauen in ihren Workshops alles selbst, statt nach Schnittmustern von der Stange zu arbeiten. Die Begeisterung ihrer Teilnehmerinnen brachte zusätzliche Freude in ihr Leben, aber an manchen Abenden, an denen die Kinder bereits im Bett und Gerrit immer noch im Büro war, kam sie sich wie eine gescheiterte Hausfrau vor.

Nie hatte sie aufgehört, sich für die Welt der großen Mode zu interessieren. Gespannt verfolgte sie die Laufbahnen der Stardesigner Hubertus Hohenfels und Titus Seidensticker. Die alljährliche Präsentation der neuesten Kreationen verpasste sie nie. Seit der Geburt der Kinder musste sie sich mit einem Platz vor dem Fernseher begnügen, was ihr das Amüsement ihres Gatten einbrachte, aber das war ihr egal. Nie hatte sie verstanden, warum diese Branche ausschließlich von Männern dominiert wurde. Ganz nach oben hatte es schon lange keine Frau mehr geschafft. Das schien nicht nur ihr eigenes Schicksal zu sein. Das weibliche Geschlecht war auf den Laufstegen vertreten, um die außergewöhnlichen Entwürfe der Stardesigner zu präsentieren – unnatürlich abgemagert und in der Regel erheblich gestresst, was den meisten Zuschauern der Modeschauen vor lauter Glamour nicht bewusst war.

Mit großem Interesse hatte sie also quasi vom ersten Tag an die Karriere des neuen Sterns beobachtet, der sich einen Platz am Modehimmel erkämpfte. Isabella Caspari hatte, wie der Name bereits vermuten ließ, italienische Wurzeln. Sie sah nicht nur umwerfend aus, sondern trat mit einer enormen Ausstrahlung auf, der man sich bestimmt schwer entziehen konnte, wenn sie einem gegenüber stand.
Rieke war fasziniert. Schnell feierte das neue Talent seine ersten Erfolge, wobei sie einiges anders machte als ihre namhaften Kollegen. Sie setzte nicht nur auf Haute Couture, sondern auch auf tragbare Mode, was ihr in der breiten Öffentlichkeit zusätzliche Aufmerksamkeit einbrachte. Außerdem, und das beeindruckte Rieke ganz besonders, beschäftigte Isabella Caspari keine Magermodels. Sie ließ die maßgefertigte Kleidung in den Größen sechsunddreißig bis vierzig präsentieren. Das war neu und revolutionär. Natürlich erntete sie bei den Kollegen viel Kritik, weil sie mit den Regeln der Branche brach, doch das schien ihr völlig egal zu sein.
Vermutlich hatten die Altmeister einfach Angst, dass ihnen die erfolgreiche Alleinherrschaft in diesem hart umkämpften Metier streitig gemacht wurde. Rieke konnte sich gut vorstellen, wie attraktiv es für die Models war, zu der neuen Designerin zu wechseln, wenn diese ihren Erfolg weiter ausbauen konnte. Es war ein schöner Zeitvertreib, die Entwicklungen in der Modebranche zu beobachten, wenn es ihr schon nicht vergönnt war, selbst so eine Karriere zu realisieren.
Als Rieke von der offenen Stelle bei Isabella Caspari las, beschloss sie spontan, sich zu bewerben, ohne sich große Chancen auszurechnen. Vermutlich war sie nicht nur zu alt, sondern außerdem gänzlich überqualifiziert, um als Assistentin für die Designerin tätig zu werden, auch

wenn ihre Berufserfahrung bereits einige Jahre zurücklag. Aber warum sollte sie nicht einfach ihren Marktwert testen? Immerhin war sie zusätzlich zu ihrem Studium fit am Computer und als Mutter allemal ein Organisationstalent. Alles, was in der Stellenausschreibung stand, war für sie zu bewältigen. Sie hatte nichts zu verlieren. Die unmittelbare Einladung zum Vorstellungsgespräch überraschte sie trotzdem.

Isabella Casparis Ausstrahlung war wesentlich intensiver, als Rieke aufgrund der Fernsehauftritte vermutet hatte und zog sie vom ersten Moment komplett in den Bann. Aus ihrer Recherche wusste sie, dass ihr Gegenüber dreiunddreißig Jahre alt war. Ihre schlanke Figur und ihr goldener Teint wurden durch den cremefarbenen Hosenanzug bestens zur Geltung gebracht. Die schwarzen Haare waren in einer raffinierten Hochsteckfrisur verschlungen, dazu trug sie dezenten Schmuck, vermutlich aus Weißgold oder Platin. Mit etwas längeren Beinen hätte Isabella Caspari selbst als Model arbeiten können. Es würde Rieke nicht wundern, wenn es beim Fotoshooting schon zu Verwechslungen gekommen war. Trotz ihres enormen Erfolgs innerhalb kürzester Zeit war sie bodenständig geblieben, schien aber sehr strukturiert und effizient. Aus dunkelbraunen Augen strahlend empfing sie Rieke in ihrem Studio.

„Frau Husbargen, wie schön Sie so kurzfristig kennenzulernen. Ich bin ganz begeistert von ihrem Lebenslauf. Nehmen Sie Platz. Darf ich Ihnen einen Latte Macchiato anbieten?“

„Gern.“ Rieke war sprachlos, wie warmherzig sie wertgeschätzt wurde. Während die Designerin selbst den Kaffee zubereitete, hatte sie einen Moment Zeit, um sich zu

sammeln. Als ihre Gastgeberin sich schließlich ihr gegenüber in dem weichen Ledersessel niederließ, blickte sie ihr direkt in die Augen.
„Tja, das würde in Zukunft zu ihren Aufgaben gehören", bemerkte sie mit einem Augenzwinkern, als sie ihr das Glas reichte. „Im Grunde suche ich eine rechte Hand, die mir alles abnimmt, was ich selbst nicht schaffe. Man könnte auch sagen: Ein Mädchen für alles, was natürlich nicht so attraktiv klingt." Ein glockenhelles Lachen begleitete ihren kleinen Scherz. „Aber erst einmal zu Ihnen. Was hat sie bewogen, sich auf die Stelle zu bewerben?"
Mit dieser Frage hatte Rieke natürlich gerechnet und wohlklingende Antworten vorbereitet. In einer spontanen Anwandlung warf sie sie über Bord und folgte ihrem Bauchgefühl, das ihr sagte, sie könne hier mit der gleichen Offenheit punkten, die Isabella Caspari ihr ebenfalls entgegenbrachte.
„Ganz ehrlich? Ich fange an, mich in meinem gemütlichen, wohlsituierten Leben zu langweilen. Meine Zwillinge werden bald zehn und damit immer unabhängiger. Die Nähkurse sind ein angenehmer Zeitvertreib, aber ich glaube, ich bin noch nicht zu alt für eine neue Herausforderung. Es macht mir nichts aus, den Kaffee zu kochen, aber natürlich würde ich gerne wieder die Luft der Modewelt schnuppern und die Models über die Laufstege flanieren sehen."
„Auch wenn es nicht Ihre Kreationen sind, die dort gezeigt werden?" Bei der klaren Frage ihrer Gastgeberin, die den Nagel genau auf den Kopf traf, zuckte Rieke innerlich ein wenig zusammen, blieb aber nach außen gelassen.
„Glasklar analysiert. Ich bin beeindruckt!" Rieke lächelte. „Ja, vor zehn Jahren wäre dies der wunde Punkt gewesen, aber das habe ich hinter mir gelassen. Um

nichts in der Welt würde ich meine Familie missen wollen. Ich habe meinen Frieden gefunden, nicht den großen Durchbruch geschafft zu haben. Trotzdem glaube ich, sehr viel mitzubringen, was Sie in Ihrer Arbeit unterstützen kann."
Isabella Caspari nickte. „Ja, den Eindruck habe ich ebenfalls. Aber kommt Ihre Familie nicht zu kurz, wenn Sie einen neuen Schwerpunkt setzen? Ich brauche auf jeden Fall jemanden, der Vollzeit arbeitet. Außerdem wird es Überstunden geben, wenn wir ein Event vorbereiten. Dazu kommt Reisetätigkeit. Sind Sie dafür bereit?" Wieder hielt die Designerin den direkten Augenkontakt, was Rieke die Möglichkeit gab, tief in sich hineinzuhorchen, ob sie diesen Herausforderungen gewachsen war. Alles fühlte sich richtig an.
„Ja, Frau Caspari. Ich bin bereit. Die letzten Jahre habe ich mich fast ausschließlich um meine Kinder gekümmert und meinem Mann den Rücken freigehalten. Davon profitieren alle drei. Nun mit Mitte vierzig möchte ich mir selbst noch einmal etwas Gutes tun. Für eine eigene Karriere mit einem eigenen Label ist es vermutlich zu spät – und Sechszehn-Stunden-Tage sollten nicht die Regel, sondern nur die Ausnahme sein. Wenn Sie möchten, bringe ich gerne meine Energie sowie mein Engagement an Ihrer Seite ein." Es fiel Rieke nicht schwer, den Blick zu erwidern, auch wenn ihr dabei die Diskussion durch den Kopf ging, welche sie nach der Einladung zu diesem Gespräch mit Gerrit geführt hatte.
Spontan war er überhaupt nicht begeistert von ihren Plänen gewesen.
„Du willst wieder arbeiten? Warum das denn? Wir können uns doch alles leisten, was wir brauchen!", war die erste Aussage gewesen. Als ob es immer nur um Geld ging.

„Es geht nicht darum, unser Einkommen zu erhöhen, Gerrit. Ich möchte gerne eine Aufgabe haben."
„Du hast hier genug Aufgaben", kam die pragmatische Antwort, die in dieser Form wohl nur ein Mann geben konnte, der selbst beruflich erfüllt, nicht in der Lage war nachzuvollziehen, dass Haushalt und Kinder auf Dauer zu wenig waren, um einer intelligenten Frau gerecht zu werden.
„Gerrit, es geht nicht darum, den Tag herumzubekommen. Die Kinder werden immer selbstständiger. Ich möchte wieder eine Herausforderung im Leben haben", versuchte sie, um Verständnis zu buhlen.
„Eine Herausforderung, soso. Und eine Assistentenstelle bei einer aufstrebenden Jungdesignerin ist so eine Herausforderung. Wäre es da nicht sinnvoller, selbst eine Karriere anzustreben?"
Sein Unverständnis tat Rieke weh. Sie wollte nicht ihren mäßigen Erfolg von damals fortsetzen, außerdem würde ein Acht-Stunden-Tag für ein eigenes Label definitiv nicht ausreichen. Dieser Job gab ihr die Möglichkeit, den Duft der großen, weiten Welt zu schnuppern, so wie es damals ihr Traum gewesen war. Je mehr er dagegen argumentierte, umso wichtiger wurde es ihr.
„Warum kommst du eigentlich erst jetzt mit dieser Idee zu mir? Wäre es nicht angemessener gewesen, vor der Bewerbung darüber zu sprechen?", lamentierte Gerrit weiter herum.
Rieke wurde heiß, vermutlich bekam sie einen roten Kopf. Das passierte eigentlich immer, wenn sie sich richtig ärgerte.
„Immerhin habe ich ja noch nicht unterschrieben, sondern suche jetzt das Gespräch mit dir." Insgeheim hatte sie nicht einmal mit einer Einladung gerechnet, aber so wie sich ihr Mann gerade aufführte, war sie nicht bereit,

dies zuzugeben. Neben dem Ärger fühlte sie sich enttäuscht. Sie war fest davon ausgegangen, dass er sie in ihrem Anliegen unterstützen würde.
„Aber du willst auf jeden Fall hingehen?“, fragte er. Sein Ton wurde etwas verhaltener. Offensichtlich spürte er, wie wichtig es ihr war.
„Ja.“ Mit der knappen Antwort wollte sie ihn dazu bringen, weiter über die Idee nachzudenken. Natürlich kam ihr Anliegen für ihn überraschend. Bisher hatte sie nie darüber gesprochen, wieder voll arbeiten zu wollen.
Die Gedanken an die darauf folgende Diskussion wurden von Isabella Caspari unterbrochen: „Ja, wenn das so ist, lassen Sie uns über die Einzelheiten sprechen. Ihre Bewerbungsmappe ist wirklich sehr aussagekräftig, aber natürlich habe ich noch ein paar Fragen.“
Zwei Stunden später waren sich die Frauen einig gewesen. Da die Designerin sofort Unterstützung brauchte, verzichtete sie auf ein zweites Gespräch sowie weitere Tests. Die Wellenlänge passte perfekt und Rieke konnte mit ihren Kompetenzen überzeugen.
Sie war sich sicher gewesen, mit Gerrit in die nächste Diskussionsrunde einsteigen zu müssen, wurde aber nochmals überrascht. Statt weiter herumzunörgeln, lud er sie in ein piekfeines Restaurant ein, um mit einer Flasche Champagner auf ihren Erfolg anzustoßen. Am nächsten Tag klärten sie das Praktische, welches die Veränderung für ihre Familie bedeutete. Rieke erfuhr nicht, was den Sinneswandel ihres Mannes ausgelöst hatte, gab sich aber ohne weitere Erklärungen damit zufrieden.

Die letzten sechs Monate waren anstrengender gewesen, als Rieke im Vorwege vermutet hätte. Ihre neue Chefin war bei aller Freundlichkeit sehr fordernd, was natürlich

verständlich war. Der große Erfolg kam nicht von ungefähr. Obwohl Rieke selbst über zehn Jahre in der Branche gearbeitet hatte, erkannte sie schnell, wie viel sich während ihrer Zeit der Kindererziehung verändert hatte. In den ersten Wochen kam sie ständig später nach Hause als geplant, was zu Unzufriedenheit in der Familie sowie zu Streit mit Gerrit führte. Trotz der Doppelbelastung war sie nicht bereit, gleich wieder aufzugeben, denn der Job machte ihr viel Spaß. Sie konnte auf ihre Fähigkeiten vertrauen und lernte schnell dazu, was ihr die Anerkennung von Isabella Caspari einbrachte. Die Jungdesignerin war meistens freundlich, blieb aber stets professionell distanziert. Nie verlor sie sich in privaten Gesprächen, grundsätzlich ging es um den Job.
Die Vorbereitung der Modenschau in St. Peter-Ording hatte ihre gesamte Energie der letzten Wochen erfordert. Manchmal kam Rieke an ihre Grenzen, aber natürlich war für dieses Event kein Opfer zu groß. Isabella Caspari würde ihre Kollektion zum ersten Mal zusammen mit den etablierten Stardesignern präsentieren, da durfte einfach nichts schiefgehen.
Am Vortag bei der Abschlussbesprechung in dem Hamburger Atelier hatte sie ihr tatsächlich für ihren Einsatz bei der Vorbereitung gedankt und ihr zeitgleich bestätigt, ihre Probezeit mit Bravour bestanden zu haben.

Auf dem Weg nach Sankt Peter-Ording, wo sich heute alle drei Designer zur Ortsbegehung treffen wollten, um gegebenenfalls Änderungswünsche zu äußern, fragte sie sich, warum sie eigentlich nie dort gewesen war. Von der Elbmetropole aus fuhr man gerade mal eineinhalb Stunden. Bei ihrer Recherche hatte sie sagenhaft schöne Fotos von den Pfahlbauten im Sonnenuntergang entdeckt, die nachvollziehen ließen, warum Tausende Touristen ihren Urlaub jedes Jahr an diesem Ort verbrachten. Rieke hoffte sehr, ein wenig Zeit zu finden, um die Schönheit dieser Landschaft ebenfalls genießen zu können, auch wenn das große Event natürlich im Vordergrund stand.

Nach den letzten Vorbereitungen im Saal sollte die Generalprobe am Samstag möglichst reibungslos verlaufen. Natürlich wurde diese nicht mit den neuen Kollektionen durchgeführt. Alle Designer behandelten ihre Entwürfe als bestgehütete Geheimnisse. Nie war bisher im Vorwege etwas durchgesickert. Erst am Sonntag bei der Modenschau würden sie dem Publikum präsentiert werden. Aus diesem Grund reiste Isabella Caspari selbst mit ihren Kreationen in einem geräumigen Sprinter an, was Rieke leicht übertrieben fand. Ein verschlossener Kleincontainer wäre nach ihrer Meinung eine elegantere Lösung gewesen, aber in diesem Punkt ließ sich die Newcomerin auf keinerlei Diskussionen ein.

Ein aufgeregtes Kribbeln in der Magengrube machte sich bemerkbar. Bei aller Loyalität zu ihrer neuen Chefin war Rieke extrem gespannt, Hubertus Hohenfels und Titus Seidensticker endlich persönlich kennenzulernen. Wie waren sie wohl abseits der Kameras? Ob sich alle am Sonntag zu einer kleinen After-Show-Party zusammenfanden? Darüber hatte sie mit Isabella Caspari bisher nicht gesprochen. Genau genommen hatte sie nicht gewagt nachzufragen, weil sie ja den Ostermontag allein bestritten. Möglicherweise reisten die prominenten Herren bereits direkt nach ihrem Einsatz wieder ab. Stand die Konkurrenz im Vordergrund oder wurde diese lediglich von den Medien geschürt und gab es hinter den Kulissen einen gewissen Zusammenhalt? Rieke freute sich, darüber mehr in Erfahrung zu bringen. Genau diese Welt

war ihr damals verschlossen geblieben - und nun war sie dabei!
Bei ihrer Ankunft in der Ferienanlage *Weiße Düne* herrschte in der Eingangshalle reges Treiben. Mit dem Osterfest begann die Saison. Dadurch reisten nicht nur die Besucher der Modenschau an, sondern auch die Urlauber, die sich auf ein entspanntes Wochenende freuten, welches sie nach dem langen Winter endlich wieder ausgiebig nach draußen an die frische Luft brachte. Da die Schlange an dem Rezeptionstresen lang war, beschloss Rieke, sich erst einmal umzuschauen. Schon die Lobby war wirklich imposant, bestimmt waren auch die Bungalows in hoher Qualität eingerichtet. Für Isabella Caspari und sie selbst hatte sie zwei Ferienhäuser direkt an den Dünen reserviert, das war ein kleiner Bonus für die Überstunden, die in den letzten Wochen angefallen waren. Die Models teilten sich jeweils zu viert ein Domizil.
Da sie früh losgefahren war, blieb ihr ein wenig Zeit, um einen kurzen Spaziergang an den sagenhaft breiten Strand zu unternehmen, den sie sich gern mit eigenen Augen anschauen wollte, bevor die Arbeit sie wieder in Beschlag nahm. Tatsächlich war Rieke so fasziniert von der neuen Umgebung, dass sie völlig die Zeit vergaß. Nie zuvor hatte sie das Watt unter ihren Füßen gespürt. Wenn sie Berichte darüber sah, stellte sie es sich weich und irgendwie schlammig vor, eher unangenehm barfuß darauf zu laufen, doch es war ganz anders. Als sie einen Blick zurück zu den Pfahlbauten warf, schienen diese klein in der Ferne. Erschrocken prüfte sie die Zeit auf ihrer Armbanduhr – sie hatte sich tatsächlich komplett vertrödelt. Jetzt musste sie sich sputen, um rechtzeitig zu der Vorbesprechung zu kommen. Da sie noch nicht ein-

gecheckt hatte, blieb ihr nichts anderes übrig, als in legerer Kleidung und mit vom Wind zerzausten Haaren zu erscheinen. Das fing ja gut an!

Als sie abgehetzt und mit glühenden Wangen bei dem Festsaal eintraf, wartete Isabella Caspari bereits ungeduldig auf sie.

„Wo haben Sie denn gesteckt?“, raunte sie ihr zu. Da Hubertus Hohenfels und eine weitere Frau ein paar Meter entfernt standen, war es kaum mehr als ein Flüstern, trotzdem war ihre Verärgerung deutlich. „Wie sehen Sie überhaupt aus? Waren Sie etwa am Strand?“

Rieke wurde noch ein wenig heißer. Kaum hatte sie ihre Probezeit bestanden, passierte ihr so ein Schnitzer – und das direkt vor dieser großen Veranstaltung.

„Tut mir leid. Ich habe die Zeit aus den Augen verloren“, antwortete sie lahm.

„Sie sehen aus wie eine Vogelscheuche. Ist Ihnen klar, wie wichtig dieses Event für mich ist? Ich muss mich voll auf Sie verlassen können!“ Die Designerin stand ganz offensichtlich unter Stress. So hatte sie bisher selten mit Rieke geredet.

„Ich bin jetzt da. Tut mir wirklich leid“, wiederholte sie, weil ihr nichts Besseres einfiel. „Es kommt nicht wieder vor.“

Isabella Caspari schloss die Diskussion mit einem Nicken ab, um sich den beiden Anwesenden zuzuwenden. Gerade ergriff Hubertus Hohenfels das Wort: „Wo bleibt denn Titus wieder? Dass der nicht einmal pünktlich sein kann! Er weiß doch, wie eng der Zeitplan ist. Hat er sich bei Ihnen gemeldet?“

Die angesprochene Frau schüttelte den Kopf. „Lassen Sie uns einen Moment warten, bevor ich die Details erläutere. Wie gefällt Ihnen der Saal auf den ersten Blick?“

Da er nicht antwortete, ergriff ihre Chefin das Wort: „Es sieht einfach großartig aus, Frau Lessing. Ich bin wirklich begeistert."
Hubertus Hohenfels dagegen schien unzufrieden. Er wanderte durch den Raum, um jedes Details eingehend zu prüfen. Rieke selbst hatte er nicht eines Blickes gewürdigt, geschweige denn sie begrüßt. Aufgrund ihres leicht unordentlichen Auftritts war es ihr ganz recht, auch wenn sie es unhöflich fand. War er wirklich so überheblich und frauenfeindlich, wie ständig in der Presse zu lesen war? Sie betrachtete ihn genauer.
In natura sah Hubertus Hohenfels noch besser als im Fernsehen aus. Mit seinen 1,90m und dem breiten Kreuz war er ohnehin eine imposante Erscheinung. Sie hatte vor Kurzem einen ausführlichen Artikel anlässlich seines siebenundsechzigsten Geburtstags gelesen. Danach dachte er trotz seines Alters nicht ans Aufhören. Seine grauen, leicht gewellten Haare waren nach hinten gekämmt. Da er stets gebräunt war, wirkte er sehr vital. Er trug grundsätzlich Maßanzüge aus bestem Hause, seine Perfektion spiegelte sich nicht nur in seinen Entwürfen, sondern ebenfalls in seiner Erscheinung wider. Auch wenn er sie in diesem Moment komplett übersah, war Rieke von seiner Attraktivität beeindruckt und konnte bestens verstehen, warum Hubertus bei den Frauen so beliebt war, obwohl er sie in der Regel von oben herab behandelte und für seine Zwecke benutzte.
„Die Beleuchtung stimmt nicht", polterte er in diesem Augenblick von der anderen Seite des Saales. „Das Licht muss auf den Laufsteg konzentriert werden! Wie das Publikum aussieht, ist mir egal. So kommen unsere Kollektionen nicht richtig zur Geltung. Das muss bis morgen auf jeden Fall optimiert werden."

Während Isabella Caspari mit den Augen rollte, eilte die Managerin der Ferienanlage zu dem unzufriedenen Designer. Rieke konnte nicht verstehen, was sie erwiderte. Kurz darauf zückte sie jedoch ihr Handy, vermutlich um jemanden von der Haustechnik zu ordern.
„Na, Hubertus, spielst du dich wieder als Tyrann auf? Kaum eingetroffen, müssen alle nach deiner Pfeife tanzen.“
Rieke hatte das Eintreffen von Titus Seidensticker überhört. Sich zu ihm umdrehend nahm sie das freundliche Nicken wahr, bevor sich der zweite Stardesigner in Richtung Laufsteg entfernte, um Hohenfels zu begrüßen und sich vermutlich einen eigenen Eindruck zu den Lichtverhältnissen im Saal zu verschaffen.
Aufgrund der Medienberichte hatte sie ihn sich größer vorgestellt. Titus Seidensticker war circa Mitte fünfzig und maß bestimmt nicht einmal 1,75m. Seine leicht untersetzte Figur versuchte er mit farbenfrohen Outfits zu kaschieren, die im absoluten Kontrast zu dem Auftreten seines Konkurrenten standen. Sein kahler Schädel war genauso sein Markenzeichen wie die farblich auf seine Kleidung abgestimmten runden Brillen, die ihm ein eulenhaftes Aussehen verliehen. Der Bart war ständig dem Drei-Tage-Status ein wenig voraus, wodurch er leicht ungepflegt wirkte. Insgesamt glich Seidensticker mehr einem übrig gebliebenen Hippie als einem Topdesigner, aber vielleicht war gerade das sein Erfolgsgeheimnis. Er ging komplett in seiner Mode auf und überließ das gesamte Management seinem Mann, der jedoch in der Öffentlichkeit nur sehr selten in Erscheinung trat.
Hubertus Hohenfels musterte seinen Kontrahenten von oben bis unten. Dabei machte er keinen Hehl daraus, was er von dem Auftritt hielt. Eine Bemerkung verkniff er

sich jedoch. Die Frauen hatten sich zu den Männern gesellt, um an der Unterhaltung teilzunehmen.
„Schau es dir einfach selbst an. Wenn diese Bereiche neben dem Laufsteg nicht im Dunkeln verschwinden, geht uns viel Wirkung verloren. Außerdem hören die Weiber nicht auf zu plappern, wenn sie selbst angestrahlt werden, das kennen wir doch. Erinnerst du dich, wie es im letzten Jahr in Mailand war? Nein, hier muss nachgebessert werden, sonst brauchen wir gar nicht auszupacken!“
Um seiner Aussage Gewicht zu verleihen, straffte sich Hohenfels, obwohl er die Anwesenden bereits überragte. Er bedachte die Frauen mit einem flüchtigen Blick aus seinen stahlblauen Augen, bevor er sich wieder auf Seidensticker konzentrierte.
„Ja, das war suboptimal“, erwiderte dieser mit sonorer Stimme. „Ist der Haustechniker bereits informiert?“, fragte er in die Runde, bevor er sich die Gegebenheiten genauer betrachtete. „Ah, das wird schwierig. Wenn man die Deckenstrahler nicht anders schalten kann, brauchen wir wohl mobile Scheinwerfer. Das wird knapp“, kommentierte er unaufgeregt die Situation, was Hohenfels noch mehr in Rage versetzte.
„Ich habe mich darauf verlassen, hier alles optimal vorzufinden. Lampen habe ich nicht im Gepäck“, kommentierte er.
Als wenige Minuten später zwei Männer den Saal betraten, war seine Ungeduld gestiegen, weswegen sie sofort angeschnauzt wurden.
„Es gibt ein weiteres Problem, Frau Lessing“, verkündete einer von ihnen, anstatt auf die unfreundlich vorgetragene Forderung einzugehen. „Nach der neuesten Meldung eines Gastes sind nun auch Wertgegenstände aus dem Tresor seines Bungalows verschwunden.“

Torge in SPO | Samstag, den 03. April

Seit Gloria von Brandenburg am Donnerstag in seinem kleinen Büro aufgetaucht war und von dem Einbruch in ihren Bungalow berichtet hatte, befand sich Torge Trulsen in der Zwickmühle. Wenn er lediglich sich selbst gegenüber abgeschworen hätte, sich weiter an der Polizeiarbeit zu beteiligen, wäre es möglich gewesen, über einen Rückzieher hinwegzusehen. Er hatte es aber seiner besseren Hälfte Annegret versprochen und so eine Zusicherung konnte er beim besten Willen nicht einfach übergehen! Wie kam er da nur wieder heraus? Es handelte sich ja schließlich nicht um ein x-beliebiges Verbrechen, sondern um ein Delikt hier in seiner heißgeliebten *Weißen Düne*. Das nahm er persönlich!
Man könnte fast meinen, es wäre Teil seines Aufgabenbereiches, denn er war natürlich dafür zuständig, zu überprüfen, ob in den Bungalows alles in Ordnung war, um die Feriengäste zufriedenzustellen. Beides war nicht

mehr gegeben. Außerdem handelte es sich ja lediglich um Einbruch und nicht um Mord wie im letzten Herbst. Das hatte ihm wirklich eine Heidenangst eingejagt, als er selbst mehrfach direkt in die Schusslinie des Schützen geraten war.
Auch ein Diebstahl war ärgerlich, nicht nur für den Gast, sondern auch für die Mitarbeiter der Ferienanlage. Wenn sich sowas herumsprach, konnte es schnell vorbei sein mit dem ausgezeichneten Ruf der *Weißen Düne*.
Das konnte er nicht ignorieren, dafür musste sogar seine seute Deern Verständnis haben, oder? Torge bewegte den Gedanken in seinem Kopf hin und her, außerstande eine schnelle Entscheidung treffen zu können. Vielleicht sollte er es am Abend mit ihr beschnacken. Fürs Erste hatte er Gloria ja sowieso weggeschickt, vermutlich war sie direkt zum Revier gefahren, wo die Kommissare gerade ihre neue Kollegin willkommen hießen. Zu gerne hätte der Hausmeister an diesem Tag ganz zufällig selbst auf der Polizeistation vorbeigeschaut, um sie in Augenschein zu nehmen. Allein schon der Name – Lilly Morgenroth – beflügelte seine Fantasie. Es war nur leider überhaupt nicht möglich, sich ein bisschen Zeit abzuzwacken, denn er hatte mit den Vorbereitungen für die Modenschauen an den Ostertagen alle Hände voll zu tun. Außerdem startete die Saison in die heiße Phase, da musste in der Ferienanlage alles tipptopp in Ordnung sein. Alle Gäste sollten sich rundum wohlfühlen.
Wieder rückte der Diebstahl in das Zentrum seiner Gedanken. Ob andere Bungalows ebenfalls betroffen waren? Er sollte als Nächstes bei der Rezeption vorbeischauen, um nachzufragen, beziehungsweise die Kollegen von den Geschehnissen in Kenntnis setzen, damit die Urlauber explizit darauf hingewiesen wurden, die kleinen Tresore der Ferienhäuser zu nutzen.

Leider zeigte sich seine Angetraute am Abend alles andere als begeistert, nachdem Torge ihr Bericht erstattet hatte.
„Du willst doch nicht ernsthaft dein Versprechen brechen?“, fragte sie ihn lauter als gewöhnlich, wobei sie ihn aus blitzenden Augen fixierte. „Es ist kein halbes Jahr her, da warst du zu schockiert, um im Dunkeln zu schlafen. Hast du das komplett verdrängt?“
Die Argumentation, die er sich vorher zurechtgelegt hatte, und mit der er ja im Grunde sich selbst überzeugen wollte, prallte an ihr ab. Annegret war eine friedliche Frau, aber wenn sie wütend wurde, ging er lieber in Deckung. Fieberhaft überlegte der Hausmeister, wie er seinen Sinneswandel begründen und sie auf seine Seite ziehen konnte. Ihre Zustimmung war ihm wichtig.
„Habe ich schon erwähnt, dass es Gloria von Brandenburg betrifft?“, fragte er leise, um sie nicht weiter zu provozieren.
Annegret, die sich gerade eine weitere Scheibe aus dem Brotkorb angeln wollte, hielt mitten in der Bewegung inne. „Gloria ist hier? Das erfindest du nicht nur, um mich umzustimmen, oder?“, fragte sie skeptisch.
„Das würde ich nie wagen“, versuchte er einen Scherz, wurde aber sofort wieder ernst, als sie ihm einen weiteren ihrer durchdringenden Blicke zuwarf. „Nein ernsthaft. Sie ist in Sankt Peter, um über die Modenschauen zu berichten. Kaum angereist, waren ihr Laptop und ihre Kamera weg. Weil ich versprochen habe, mich nicht einzumischen, habe ich sie schweren Herzens weggeschickt, aber ich fühle mich schlecht deswegen.“
„Ach Gott, die Ärmste. Wie soll sie denn arbeiten, wenn ihr die gesamte Technik gestohlen wurde?“
Darüber hatte Torge bisher nicht nachgedacht.

„Na, unser alter Kram hilft ihr da nicht weiter, aber vielleicht kann die Lessing mit einem Leihcomputer aushelfen."
„Das nützt ihr aber nur, wenn sie ihre Daten in der Cloud hat", antwortete Annegret sachlich, was den Hausmeister in Erstaunen versetzte. Er hatte nicht damit gerechnet, dass seine Frau überhaupt wusste, was eine Cloud war.
„Ich sehe dir die Überraschung an. Aber das ist ja jetzt auch egal. Also wenn Gloria betroffen ist, kannst du dich nicht heraushalten. Sie hat uns im Sommer so sehr unterstützt. Na, das wird die Kommissarin Wiesinger freuen", fügte sie verschmitzt hinzu.
„Davon bin ich nicht spontan überzeugt. Ich glaube, sie war eher froh, mich endlich los zu sein. Ich habe sie nicht nur einmal echt auf die Palme gebracht", amüsierte sich Torge, während er sich an etliche Begebenheiten erinnerte. Außerdem freute er sich, seine Deern nun doch auf seiner Seite zu haben.
„Weißt du denn nichts von ihrer Wette mit Knud?", wollte Annegret erstaunt wissen.
„Was für eine Wette? Eine Wette, die mich betrifft?", hakte Torge ungläubig nach.
„So ist es", schmunzelte sie. Der ganze Ärger um seinen Rückfall schien vergessen. „Frag die beiden selbst", antwortete sie geheimnisvoll. „Wie es aussieht, siehst du sie ja bald wieder." Auf sein Drängen, es ihr zu verraten, lachte sie nur. „Nein Torge, so viel Strafe muss sein. Du wirst es früh genug erfahren."

Am Freitag war er so stark in seine Arbeit eingebunden, dass sich keine Gelegenheit ergab, mit Knud Kontakt aufzunehmen. Er hatte zwar keine bahnbrechende Idee, wie er dem Einbrecher auf die Spur kommen sollte, hätte

aber gerne gewusst, welche ersten Schritte die Kommissare in dem Fall unternahmen. Vielleicht konnte er ein paar Informationen dazu beitragen. Daneben war er echt neugierig, was es mit dieser Wette auf sich hatte. Annegret ließ sich nicht erweichen, nur ein weiteres Wort darüber zu verlieren.
Auch Gloria von Brandenburg traf er nicht. Bestimmt hatte er sie mit seinem ablehnenden Verhalten gekränkt. Wenn es eine ruhige Minute gab, musste er sich unbedingt bei ihr entschuldigen. Ihre Nummer war bestimmt noch in seiner Kontaktliste gespeichert.
Gerade als er sich endlich einen Pott Kaffee mit einem Franzbrötchen gönnen wollte, erreichte ihn der Anruf von der Managerin der Ferienanlage, er solle umgehend in den großen Festsaal kommen. Das konnte nichts Gutes bedeuten!
Obwohl Torge sich keiner Schuld bewusst war, etwas übersehen zu haben, ahnte er Ärger. Die Lessing hatte eindeutig gestresst geklungen. Zu allem Überfluss wurde er auf dem Weg dorthin von einem Stammgast angehalten, der ihn über einen Diebstahl aus dem Tresor seines Feriendomizils informierte. Sollte er deswegen zu seiner Chefin kommen? Aber warum in den Festsaal?
Eigentlich hatte sich Torge auf das Osterfest gefreut. Seine Tochter reiste mit ihrer Familie aus Bremen an, was ihm hoffentlich trotz Saisonbeginn Zeit mit seinen Enkeln verschaffte. Immerhin würden seine Deerns gemeinsam die Modeschau besuchen, was ihm sowohl von diesem Event als auch von der Pflicht, sich in den etwas engen Anzug zu zwängen, freigab. Sogar in Bezug auf die Touristenscharen war er positiv gestimmt. Am liebsten war es ihm, wenn er richtig gefordert war, doch nun schien es wieder anstrengend zu werden.

Geschockt von der Nachricht der weiteren Diebstähle aus den Schließfächern wollte Marina Lessing ihm sowie dem gleichzeitig eingetroffenen Haustechniker nach einer kurzen Vorstellung der Anwesenden die Problemlösung im Saal allein überlassen. Sie wies noch einmal darauf hin, wie wichtig dieses Event für alle Beteiligten war. Hohenfels hatte Torges Bemerkung gehört und hakte sofort ein.
„Was hat das zu bedeuten? Wollen Sie etwa behaupten, dass unser Eigentum hier in dieser Anlage nicht sicher ist?", blaffte er die Managerin an. „Wir sind ein höchstes Niveau an Qualität gewohnt. Nichts, was ich bisher gesehen habe, stimmt mich überaus glücklich. Und nun verschwinden hier Wertgegenstände?"
Torge verfluchte sein loses Mundwerk. Hätte er die Lessing bloß eben um ein Vier-Augen-Gespräch gebeten! Er selbst war so schockiert gewesen. Da hatte er die Konsequenzen nicht zu Ende gedacht. Scheibenkleister!
Ob die Managerin sich nur über Hohenfels oder auch über ihn ärgerte, war nicht zu erkennen. Es gelang ihr aber, ruhig zu bleiben.
„Herr Hohenfels, ich höre selbst gerade erst davon. Am besten besprechen Sie Ihre zusätzlichen Anforderungen mit meinen Mitarbeitern, während ich mich um die Sicherheit kümmere. Wir werden auch dafür eine Lösung finden."
Damit ließ sie ihn stehen und rauschte aus dem Saal, was in Torges Augen nicht so ganz professionell wirkte, aber er hatte seine eigenen Sorgen. Vermutlich würde Hohenfels es an ihm auslassen. Kaum hatte er den Gedanken zu Ende gedacht, nahm dieser ihn in die Pflicht. Er nörgelte nicht nur an den Lichtverhältnissen herum, sondern produzierte bei der sich anschließenden Begehung der als Garderoben eingerichteten Nebenräume außerdem eine

lange Liste von Sonderwünschen. Der Haustechniker war gerade eingestellt worden und durch das offensiv unfreundliche Verhalten ihres Gegenübers komplett eingeschüchtert. Torge war gefordert.
„Also, Thomsen. Können Sie diese Punkte bis heute um achtzehn Uhr erledigen?“, herrschte der überhebliche Modedesigner ihn an.
„Trulsen, Herr Hohenfels. Mein Name ist Trulsen. Herr Trulsen, um genau zu sein. So viel Höflichkeit darf ich erwarten.“ Torge konnte nicht sagen, mit wie vielen blasierten Lackaffen er es im Laufe der Jahre zu tun gehabt hatte. Dieser Modedesigner schien ein ganz besonders arrogantes Exemplar zu sein. Warum glaubten manche Leute, Erfolg und öffentliches Ansehen würden ihnen dazu die Berechtigung geben?
„Werden Sie nicht unverschämt! Als Gast kann ich erwarten, dass alles zu meiner vollsten Zufriedenheit erledigt wird.“ Hohenfels wurde lauter, seine Gesichtsfarbe nahm einen seltsamen Rosaton an.
„Beruhige dich, Hubertus“, versuchte der farbenfroh gekleidete Designer, dessen Namen Torge vergessen hatte, seinen Kollegen zu beschwichtigen. „Du erreichst nichts, wenn du diesen Mann verärgerst. Er meint es nicht so“, wandte er sich schließlich an den Hausmeister. „Diese Show ist unser wichtigstes Event des Jahres. Da liegen die Nerven schon mal blank, wenn es Probleme gibt.“
Wirkliche Probleme konnte Torge nicht erkennen, aber vielleicht war er einfach nicht in der Lage, das umfassend zu beurteilen. Lieber hätte er sich um die Diebstähle gekümmert – das war in seinen Augen ein echtes Problem.
„Hör auf, dich für mich zu entschuldigen, Titus. Ich verlange nichts, was sich nicht lösen lässt. Der Mann – Herr Trulsen – soll ja nur seine Arbeit machen.“

„Das wird er besser und mit mehr Freude tun, wenn du ihn höflich behandelst“, antwortete jener Titus mit seiner angenehmen Stimme, die sicherlich auch für das Einsprechen eines Hörbuchs geeignet wäre, die Annegret in letzter Zeit so gerne abspielte.
„Können wir dieses Theater beenden und zur Sache kommen?“, schaltete sich die Jungdesignerin in das Gespräch ein. „Ich habe noch enorm viel zu tun. Diese Diskussion ist reine Zeitverschwendung.“ Obwohl sie sich offensichtlich ärgerte, blieb sie ruhig. In ihrem dunklen Hosenanzug sah sie wie eine Lady aus. Torge war froh, dass nicht alle so eingebildet waren wie dieser Hohenfels. Trotzdem erstaunte ihn die angespannte Atmosphäre zwischen den Modeschöpfern. Auch wenn sie mit ihren Klamotten im Wettbewerb zueinander standen, verfolgten sie immerhin das gleiche Ziel. Er hätte da ein bisschen mehr Zusammenhalt vermutet, aber vielleicht war das zu naiv gedacht.
„Wir treffen uns um achtzehn Uhr wieder hier. Bis dahin werden wir versuchen, alle Punkte von Ihrer Liste zu erledigen“, teilte er den Anwesenden mit. „Bitte lassen Sie uns jetzt arbeiten, die Zeit läuft“, ergänzte er selbstbewusst, als keiner Anstalten machte, den Raum zu verlassen.

Der selbst gesetzte Zeitpunkt von achtzehn Uhr am gleichen Nachmittag hatte sich als zu optimistisch erwiesen, allerdings gelang es Torge, trotz des Feiertages, sein Netzwerk auf Eiderstedt zu aktivieren, um die Beleuchtung in gewünschter Form zu optimieren sowie die restlichen Punkte von der recht umfangreichen Liste abzuarbeiten.
Um vierzehn Uhr des nächsten Tages, eine Stunde vor dem Start der Generalprobe, war alles so wie gewünscht.

Den ganzen Vormittag war Hubertus Hohenfels ihm auf die Nerven gegangen, indem er ständig seine Arbeit kontrollierte, ihn weiter antrieb und mit schlauen Bemerkungen provozierte. Torge musste seine gesamte Selbstbeherrschung mobilisieren, um nicht ausfallend zu werden.
Schließlich war alles perfekt. Isabella Caspari und Titus Seidensticker zeigten sich begeistert. Selbst ihr anstrengender Kollege brummelte eine anerkennende Bemerkung, womit Torge sich zufriedengab. Sein Engagement hatte sich einmal wieder gelohnt, auch wenn es Überstunden bedeutete, die von der Zeit mit seinen Enkeln abgingen. Den morgigen Ostersonntag hatte er dafür frei. Er war gespannt, was sich die Kleinen als Programm wünschen würden.
Für den Nachmittag standen einige Reparaturen in den Bungalows an. Alles war sorgsam kontrolliert worden, aber dieser zu erledigende Kleinkram hörte nie auf: Hier ein tropfender Wasserhahn, dort ein ausgefallenes Wlan oder ein nicht funktionierender Fernseher. Manchmal war es einfach nur ein Bedienerfehler, außerdem ging ständig etwas kaputt. Für Torge war das Routine. Trotzdem gab es Situationen, in denen er sich richtig über die Urlauber ärgerte. Heute trug ihn allerdings die, wenn auch nur verhalten vorgetragene, Anerkennung sowie die Vorfreude auf seine Familie durch den Rest des Tages.
Gegen siebzehn Uhr dreißig hatte er seine gesamte Liste abgearbeitet. Erleichtert packte er sein Werkzeug auf das selbst gebaute Lastenfahrrad, das er mit seinen Enkeln auf den Namen *Henriette* getauft hatte, und fuhr damit durch die weitläufige Ferienanlage zurück in die Richtung seiner Werkstatt.

Als er an einem kleinen Domizil vorbeikam, welches sich landeinwärts am Rande des Feriendorfes befand, hörte er plötzlich einen Schrei. Erschrocken trat er auf die Bremse, wodurch sein Rad abrupt zum Stehen kam.
Er lauschte, doch es war wieder still. Hatte er sich getäuscht oder brauchte dort jemand seine Hilfe? Hin- und hergerissen saß er da, beobachtete den Bungalow und wartete, ob es sich wiederholen würde. Sollte er nachschauen? Vielleicht war jemand in Not. Er rief sich den Belegungsplan in Erinnerung. Hier waren die Models untergebracht. Zu welchem Designer sie gehörten, war ihm entfallen. In seine Gedanken hinein wurde es plötzlich wieder laut. Es schien sich jedoch nicht um einen Notfall, sondern um einen Streit zu handeln. Schon wollte er seine Fahrt fortsetzen, als ihm die Diebstähle wieder einfielen. Konnte es da einen Zusammenhang geben? So sehr er sich anstrengte, er verstand nicht, worüber sich die jungen Frauen ereiferten.
Seine Neugier war geweckt. Nachdem er *Henriette* an den Rand des Weges geschoben hatte, näherte er sich langsam dem offenstehenden, bodentiefen Fenster. Noch konnte er nicht erkennen, wie viele Frauen sich in dem Raum befanden. Um nicht entdeckt zu werden, hielt er sich an die Hauswand gedrückt. Vielleicht konnte er es gleich anhand der Stimmen erkennen.
„Laura glaubt, sie sei der Star der Truppe, nur weil sie Hohenfels ständig schöne Augen macht“, keifte in diesem Augenblick eins der Models.
„Na ja, das wirkt doch auch. Sie ist im Moment seine Nummer eins. Ich bin mir sicher, dass zwischen den beiden etwas läuft“, gab eine andere wesentlich ruhiger zurück. „Bist du vielleicht eifersüchtig?“, setzte sie provozierend nach.

„Bestimmt nicht darauf, mit dem alten Sack in die Kiste zu springen. Das weißt du ganz genau.“ Die Stimme wurde eine Spur aggressiver. „Aber ich habe in den letzten Wochen noch einmal drei Kilo abgenommen und Hubertus nimmt das gar nicht wahr!“
„Hubertus? Soso, seit wann duzt du ihn denn?“
„Ich hätte dieses Jahr das erste Model sein sollen!“, schrie die Frau weiter, ohne auf die Bemerkung der anderen einzugehen. „Ich habe es mir verdient. Kannst du mir sagen, warum Laura immer bevorzugt wird?“
„Tja, vielleicht steigt sie wirklich mit Hubertus in die Kiste.“
„Ja, sag ich doch. Es reicht mir. Dieses ständige Hungern ist schon schlimm genug, ich kann mich nicht prostituieren, um Erfolg zu haben.“
„Vermutlich findet Hohenfels Laura einfach hübscher als dich“, stichelte die andere weiter, was Torge nicht verstand. Warum versuchte die Deern nicht, ihre Freundin zu beruhigen? Zwischen den Models schien genauso eine große Konkurrenz wie bei den Designern zu herrschen. Was für eine anstrengende Branche! Warum hielten die jungen Frauen nicht zusammen? Schon wollte er seinen Lauschposten verlassen, weil es hier scheinbar nichts Spannendes zu hören gab, als sich eine Wende im Streit abzeichnete.
„Du bist wirklich eine blöde Ziege. Wenn es keine Affäre ist, dann hat sie bestimmt gedroht, zu der Caspari zu wechseln.“
„Du solltest dich damit abfinden, nie der Star in der Truppe zu werden. Nicht jeder kann es in die erste Reihe schaffen. Mach deinen Frieden damit und hör auf, ständig Gerüchte in die Welt zu setzen. Das wird dir nur weiter schaden. Laura ist einfach besser als du, da nützt es

nichts, wenn du immer dünner wirst. Du hast nicht ihre Klasse."
„Das werden wir ja sehen. Wenn Hubertus Laura nicht ständig bevorzugen würde, wäre ich ganz sicher sein Topmodel."
„Nein, da sind andere vor dir in der Warteschlange."
„Du Miststück!" Dem durchdringenden Schrei folgte ein Handgemenge. Torge überlegte ernsthaft, ob er dazwischen gehen sollte. Vermutlich schaffte er sich damit nur neue Probleme, ohne nachhaltig etwas zu ändern. Leise schlich er sich zurück zu seinem originellen Fahrzeug, um den Heimweg anzutreten. Dieser Streit ging ihn im Grunde überhaupt nichts an und schien mit den Diebstählen nichts zu tun zu haben. Es wurde Zeit, Feierabend zu machen und sich mit seiner Familie auf das Osterfest einzustimmen.

Gloria in SPO | Sonntag, den 04. April

Als Gloria am Donnerstag so freundlich von der Kommissarin begrüßt wurde, fühlte sie sich gleich in der Küstengemeinde noch ein bisschen mehr zu Hause. Der Ärger über den Diebstahl verblasste weiter, als sich ihr Blick mit dem von Knud Petersen kreuzte. Er war wirklich unglaublich attraktiv.
„Ein Diebstahl in der *Weißen Düne*?", fragte er sie im gleichen Moment. „Das hat es bisher nie gegeben – und dann zu Beginn der Saison! Tut mir leid für Sie, Gloria. Ich hoffe, Sie können Ihre Arbeit trotzdem erledigen."
Wie empathisch er war! Interessanterweise hatte sie über diesen Aspekt vor lauter Schrecken gar nicht nachgedacht.
„Ja, das bekomme ich schon hin. Vielleicht kann ich mir in der Ferienanlage einen Computer leihen. Meine Daten

liegen zusätzlich in der Cloud. Fotos muss ich nicht unbedingt selbst aufnehmen, am Sonntag kommt mein Kameramann. Aber was werden Sie jetzt unternehmen?"
„Tja, dann kommen wir mit Ihnen in die *Weiße Düne* und gehen auf Spurensuche. Wer meldet sich freiwillig?", fragte er mit seinem typischen Grienen in die Runde.
Der ältere Fiete Nissen winkte sofort ab: „Ein idealer erster Auftrag für unsere Neukommissarin. Außendienst ist Euer Job. Ich werde jetzt nach Hause fahren."
Gloria folgte Knuds Blick in Richtung der beiden Frauen. Erst jetzt nahm die Journalistin den Zuwachs auf dem Revier wahr.
„Sehe ich da etwa Enttäuschung in den Gesichtern unserer werten Kolleginnen, dass es sich nur um einen Einbruch und nicht um einen Mordfall handelt?", fragte Knud weiterhin gut gelaunt.
Die Vermutung schien der Wahrheit zu entsprechen. Zumindest Kommissarin Wiesinger war nicht begeistert, schwieg jedoch. Stattdessen meldete sich die Neue zu Wort.
„Also, ich fahre gerne mit. Meine Freundin hat ihren ersten Modeljob bei der Modenschau am Sonntag ergattert, die wollte ich mir sowieso anschauen, wenn es zeitlich passt. Dann sehe ich bereits heute die Ferienanlage. Diese *Weiße Düne* scheint ja ganz besonders zu sein."
„Ihre Freundin ist ein Model? Den Weg hätten Sie auch glatt einschlagen können", kommentierte Knud die Aussage, was die junge Frau zum Erröten brachte.
Gloria guckte zu der etablierten Kommissarin, die keine Miene verzog. Es war nicht zu erkennen, ob aus den beiden ein Paar geworden war. Interessierte sich Knud für so junges Gemüse? Das konnte sich die Journalistin beim besten Willen nicht vorstellen. Vermutlich wollte er lediglich freundlich sein.

„Eine derartige Laufbahn hat mich nie interessiert", wehrte die junge Frau lachend ab. „Wissen Sie, wie es da zugeht? Das ist Stress pur. Immerhin braucht Amelie nicht mehr ihre übermäßig strenge Diät einzuhalten, weil sie jetzt einen festen Vertrag bei der Designerin Isabella Caspari unterschrieben hat. Die setzt nicht auf magere Mädels, die auch für die Welthungerhilfe posieren könnten. Bisher drohte meine Freundin manchmal umzukippen, wenn wir zusammen unterwegs waren."
Gloria betrachtete die Jungkommissarin mit neuem Interesse. Wie es aussah, konnte sie ihr Insiderwissen liefern. Sofort traten die Überlegungen über mögliche Techtelmechtel zugunsten ihrer beruflichen Ambitionen in den Hintergrund.
„Also gut, Fiete fährt nach Hause und wir zur *Weißen Düne*. Kommen Sie, Charlotte! Bisher waren Sie froh, nicht schon wieder einen brutalen Mord aufklären zu müssen. Wie ich Sie kenne, wollen Sie außerdem gerne unsere kleine Wette gewinnen. Diebstähle in den Bungalows der Ferienanlage sind geradezu prädestiniert, um Torge bei seiner Ehre zu packen und seine Tätigkeit als Hilfssheriff wieder aufleben zu lassen."
„Ja, was hat es eigentlich damit auf sich?", fragte Gloria, worauf sie allerdings keine Antwort erhielt, weil Knud sich weiterhin auf seine Kollegin konzentrierte.
„Also gut", antwortete diese schließlich. „Machen wir uns gemeinsam ein Bild, was dort los ist. Für Frau Morgenroth vielleicht gar nicht so schlecht als erster Fall."

Die Untersuchung ihres Bungalows bestätigte den Verdacht bezüglich der gestohlenen Gegenstände. Die Gäste anderer Ferienhäuser meldeten weitere Einbrüche. In erster Linie waren technisches Equipment und Schmuck verschwunden. Obwohl Gloria großes Vertrauen in die

Kompetenz der Polizisten dieser Küstengemeinde setzte, glaubte sie kaum an die Wiederbeschaffung ihres Eigentums. Marina Lessing stellte ihr einen Laptop zur Verfügung, der zwar alt und langsam war, aber für ihre Arbeit an diesem Wochenende ausreichte.
Am Freitagabend verbreitete sich die Nachricht, dass es nun außerdem aufgebrochene Tresore in den Bungalows gab, wie ein Lauffeuer. Die Journalistin hatte ihre verbliebenen Wertgegenstände in ihrem Auto unter der Fußmatte versteckt, zweifelte jedoch selbst an der Sicherheit dieser Aufbewahrung.
Wo man hinschaute, diskutierten aufgeregte Urlauber die Situation in der *Weißen Düne*. Wie immer bei außergewöhnlichen Vorkommnissen, blieben einige entspannt, während andere laut wurden, um absurde Forderungen herauszubrüllen oder mit Abreise zu drohen. Das Personal hatte alle Hände voll zu tun. Auch Torge schien beschäftigt zu sein.

Am Samstag erhielten alle Gäste die Information, ihre Wertgegenstände zwischen zehn und zwölf Uhr bei der örtlichen Sparkasse abgeben zu können, die in einer Sonderöffnung Tresorraum zur Verfügung stellte. Die Journalistin hielt es für einen exzellenten Service, allerdings waren - wie sollte es anders sein – nicht alle Urlauber glücklich darüber, da sie über die Ostertage keinen Zugriff mehr darauf hatten. So viel Unruhe schien es in der Anlage zuvor nie gegeben zu haben.
Da die Vorbereitungen für die großen Modeschauen trotz der Ereignisse weitergingen, konzentrierte sich Gloria schließlich auf ihre Arbeit. Die Reportage sollte einfach bemerkenswert werden, jede weitere Ablenkung war unerwünscht. Nach ihren Recherchen fand wie gewohnt einen Tag vor dem bedeutenden Ereignis die Generalprobe

statt. Selbst wenn die Kollektionen unter Verschluss blieben, würden sowohl die Designer als auch die Models in dem großen Saal auftauchen. Vermutlich verwehrte man Gloria den Zutritt, trotzdem war es eine gute Gelegenheit, um auf die Jagd nach Interviews zu gehen. Nicht selten hatte sie dabei interessante Details herausbekommen.

Titus Seidensticker war extrem kamerascheu – außerdem ließ er sich nicht gerne über seine Arbeit befragen. Insbesondere die Journalisten sollten sich bis zu dem großen Tag gedulden und dann einfach sein Werk, an dem er ein Jahr gearbeitet hatte, auf sich wirken lassen. Für Gloria machte er allerdings gelegentlich eine Ausnahme, weil sie grundsätzlich wahrheitsgemäß das berichtete, was er ihr anvertraute, statt irgendetwas dazuzuerfinden. Seine Kreationen waren ausnahmslos ein Feuerwerk der gesamten Farbpalette und so extravagant, dass sie sogar an manchen Models geradezu grotesk aussahen. Zu seinen Kundinnen gehörten Stars und Sternchen aus der Film- und Musikbranche, die Wert auf ganz besondere Outfits legten, um damit möglichst viel Aufmerksamkeit zu erregen. Sie war gespannt, ob sie ihn dieses Jahr für ein kurzes Interview gewinnen konnte.

Dagegen ließ sein Widersacher Hubertus Hohenfels grundsätzlich keine Gelegenheit aus, sich vor einer Kamera zu positionieren. Insofern war es etwas ärgerlich, dass sie heute noch allein unterwegs war. Sie hoffte trotzdem auf ein Statement von ihm. Die Fotos konnten sie sowieso besser am Tag der großen Modenschau aufnehmen, wenn alle in festlicher Mode unterwegs waren. Manchmal fragte sich Gloria allerdings, warum sich Hohenfels nicht langsam zur Ruhe setzte. Mit seinen siebenundsechzig Jahren musste er sein Schäflein längst im

Trockenen haben. Er schien ausgebrannt, seine Kollektionen boten selten Innovatives, meist sahen sie wie ein Abklatsch der vorherigen Saison aus. Nach seiner eigenen Aussage war das die Kontinuität des über Jahrzehnte geprägten Hohenfels-Stils – Gloria fand ihn vor allen Dingen langweilig.
Umso gespannter war sie auf das, was Isabella Caspari ihrem Publikum präsentieren würde. Sie war zum ersten Mal bei dieser Veranstaltung dabei, die bisher lediglich als Duell der beiden Altmeister ausgetragen wurde. Vor allem war Gloria neugierig auf die Models – nie zuvor hatte sie gehobene Mode in den Größen achtunddreißig oder vierzig vorgeführt bekommen. Mit der eleganten Jungdesignerin wollte sie auf jeden Fall ein Interview führen, aber dafür gab es im Zweifel am Montag eine Gelegenheit.
„Gloria von Brandenburg! Wie schön Sie wiederzusehen. Sie halten mir also sogar die Treue, wenn unsere große Show an einem eher unspektakulären Ort stattfindet. Das freut mich sehr."
Hubertus Hohenfels war wie aus dem Nichts plötzlich hinter ihr aufgetaucht. Unwillkürlich überlegte sie, ob sie hierhergekommen wäre, wenn nur er seine Kollektion zeigen würde. Er nahm zur Begrüßung ihre Hand und deutete einen Kuss an, was sie übertrieben fand. Im Grunde war er wirklich ein ekliger Schleimer, sich selbst nicht bewusst, seinen Zenit in fast jeder Hinsicht längst überschritten zu haben. Allerdings gab es vermutlich zahlreiche Frauen, die das komplett anders sahen und auf diese Masche hereinfielen. Es kursierten immer wieder Gerüchte über seine Affären mit den eigenen Models. Vielleicht ließen sie sich von seinem Geld blenden. Sanft entzog Gloria ihm die Hand, wobei sie ein geschäftsmäßiges Lächeln aufsetzte.

„Natürlich lasse ich mir dieses exklusive Ereignis nicht entgehen – und wenn es auch nicht Mailand ist, so hat diese Location absolut ihren Reiz“, antwortete sie, weil Sankt Peter-Ording mit seiner *Weißen Düne* ihr ans Herz gewachsen war. Außerdem boten die Domizile einen höheren Komfort als die Suiten der Großstadthotels.
„Na, den müssen Sie mir erst einmal zeigen. Das ist doch alles total provinziell hier. Nur mit großer Mühe haben diese Landpomeranzen es geschafft, den Festsaal in unserem Sinne vorzubereiten. Nein, nein! Hier bin ich gleich zweimal gewesen – zum ersten und zum letzten Mal!“ Hohenfels lachte über seinen eigenen Scherz, während Gloria sich lediglich ein müdes Lächeln zu dem alten Kalauer abrang. Diese Arroganz ging ihr bereits bei dem ersten Wortwechsel auf die Nerven, aber dies war eben der Job.
„Erzählen Sie mir lieber etwas über Ihre Kollektion, Hubertus. Wir sind alle sehr neugierig, was Sie uns in diesem Jahr präsentieren“, schmeichelte sie ihm in der Hoffnung, vorab etwas zu erfahren, was sie den Lesern ihrer Online-Artikel heute präsentieren konnte.
„Sie werden überrascht sein“, gab Hohenfels zurück. „Ich habe in diesem Jahr einen neuen Stil ausprobiert.“
„Tatsächlich? Erzählen Sie, ich bin gespannt“, versuchte Gloria weitere Informationen aus ihm herauszukitzeln.
„Sie werden sich bis morgen gedulden müssen, meine Liebe, so wie alle anderen auch.“
„Na, kommen Sie, Hubertus. Wie lange kennen wir uns? Können Sie nicht wenigstens ein paar Andeutungen machen? Was hat Sie inspiriert? Die letzten zwölf Jahre hat es wenig Veränderungen in Ihren Kollektionen gegeben. Hat die Arbeit von Isabella Caspari Sie inspiriert?“ Gloria ließ nicht locker. Wenn es tatsächlich eine Innovation gab, wollte sie möglichst als Erste davon berichten. Das

war sie nicht nur ihren Lesern, sondern auch ihrer Ehre als gute Reporterin schuldig.
„Von diesem Küken? Also wirklich! Ich habe bereits Mode entworfen, als die gerade laufen lernte. Keine Ahnung, was alle an der finden. So doll ist das, was aus ihrem Atelier kommt, nun auch wieder nicht." In die überhebliche Miene des Designers mischte sich Ärger. „Was soll mich daran inspiriert haben?"
„Ich meinte es weniger fachlich als wettbewerbstechnisch. Konkurrenz belebt das Geschäft, Hubertus. Kein Grund, sich aufzuregen." Gloria versuchte, ihren Gesprächspartner zu beruhigen, weil sie nur dadurch eine Chance sah, etwas aus ihm herauszubekommen, obwohl sein aufgeblasenes Getue ihre Nerven gehörig strapazierte.
„Sagen wir mal, es handelt sich um eine Reise", gab Hohenfels leicht versöhnlich nach. „Wie Sie wissen, geben wir im Vorwege nie Details preis, aber es lohnt sich, einen Platz in der ersten Reihe zu reservieren. Ich freue mich, wenn Sie morgen nach der Modenschau mit Ihrem Fotografen zu mir kommen, um einige exklusive Bilder aufzunehmen. Aber jetzt müssen Sie mich entschuldigen, ich habe viel zu tun."

Und dann war der große Moment da: Die Türen des Festsaals wurden bereits eine Stunde vor Beginn der ersten Modenschau geöffnet, damit die Zuschauer sich entspannt auf ihre Plätze begeben konnten. Im Vorraum wurden Sekt und Canapés gereicht – alles war sehr stilvoll. Gloria war eine der Ersten, die den imposanten Raum betraten. Der Kameramann an ihrer Seite setzte ihre Anweisungen routiniert um. Die Atmosphäre war einfach atemberaubend. Ein freudiges Kribbeln durchlief die Journalistin, während sie die Details der Dekoration auf sich wirken ließ. Die Wände waren abwechselnd mit weißen und silberfarbig schimmernden Stoffbahnen verkleidet, auf den zweiten Blick konnte sie sehen, dass sie lose von der Decke hingen, wodurch sie sich im Luftzug leicht bewegten. Der Laufsteg war mit einem schwarzen Teppich ausgelegt. Würden die Besucher dieses Jahr nicht nur von Titus Seidensticker farbenfrohe Mode gezeigt bekommen? Vor dieser Kulisse würde sie grandios wirken. Gloria war gespannt.

Als sich der Saal füllte, hatte sie die ersten Fotos im Kasten. Freudig konzentrierte sie sich auf die eintreffenden Gäste. Vielleicht entdeckte sie ein paar bekannte Gesichter in der Menge. Wie immer hielt sie nach Prominenten Ausschau, mit denen sie ein kleines Interview führen konnte. Das würde ihre Reportage entscheidend beleben.

Die Presse war stark vertreten. Während es für die Lokalreporter sicherlich aufregend war, zeigten sich einige ihrer überregional arbeitenden Kollegen leicht gelangweilt. Der Austausch mit den Reportern, die extra aus Frankreich und Italien angereist waren, war bestimmt inspirierend. Das verschob sie jedoch auf später.

Gloria ließ ihren Blick weiter durch den Saal schweifen. In der zweiten Reihe entdeckte sie Annegret Trulsen anscheinend in Begleitung ihrer Tochter. Dann würde ihr Mann der Veranstaltung wohl nicht beiwohnen. Vielleicht sollte sie die Chance ergreifen, um bei seiner Frau nachzufragen, was genau im Herbst passiert war und was es mit dieser Wette auf sich hatte.

Sogar die Kommissare hatten sich eingefunden – vermutlich hauptsächlich, um wegen der Diebstähle zu ermitteln, obwohl sich die Frauen bestimmt mindestens am Rande für die Mode interessierten. Allzu oft fand in

dieser Küstengemeinde sicherlich kein Event statt, das internationales Aufsehen erregte.
Da sich alle bekannten Persönlichkeiten mit einem Glas Sekt in der Hand im Small Talk befanden, beschloss Gloria, sich ebenfalls damit auszustatten, um leichter ins Gespräch zu kommen. Im Vorraum wäre sie fast mit dem Hausmeister zusammengeprallt. Mit seinen beiden Enkeln Lena und Lukas an den Händen bahnte er sich den Weg durch die Menge.
„Torge! Moin! Nachdem ich Ihre Frau in Gesellschaft entdeckt habe, bin ich nicht davon ausgegangen, Sie an diesem Abend hier anzutreffen. Interessieren Sie sich für solche Mode?“
„Moin Gloria! Schön, ein bekanntes Gesicht zu sehen. Können Sie trotz Ihrer gestohlenen Sachen arbeiten? Ich möchte mich bei Ihnen für meine abweisende Art entschuldigen. Wenn Sie wieder Hilfe brauchen, kommen Sie bitte zu mir.“
„Gern. Was ist denn im Herbst passiert, was Ihre Einstellung so geändert hat?“, fragte Gloria.
„Ein anderes Mal“, antwortete Torge mit Blick auf die Kinder ausweichend. „Ich muss für diese Deern jetzt einen Platz organisieren, von dem sie alles ganz genau beobachten kann.“
„Die Kleine will die Modenschau sehen?“ Gloria war amüsiert. „Sie ist doch gerade einmal dreieinhalb.“
„Ja, das stimmt. Aber ihre Mutter und Oma reden seit Tagen von nichts anderem mehr. Annegret hat die Nähmaschine rattern lassen und für die Frauen der Familie schicke Kleider genäht, die sie nun der Welt zeigen wollen. Auch diese kleine Maus will dabei sein. Da es seit Stunden regnet und sie unbedingt an der Seite ihres Opas hierher wollte, habe ich mich breitschlagen lassen.“

Der Hausmeister lächelte entspannt. „Sie war schon immer meine kleine Prinzessin, aber seit dem letzten Sommer kann ich ihr nichts mehr abschlagen."
„Opa, können wir endlich reingehen?", meldete sich Lena zu Wort.
„Gehen Sie nur. Wir sehen uns später. Ihre Frau und Ihre Tochter haben auf der linken Seite Plätze gefunden", verabschiedete sich Gloria von dem Trio.
Bis endlich das Licht gedimmt wurde, plauderte die Journalistin hier und da ein wenig und setzte sich schließlich auf ihren Platz in der ersten Reihe, den sie sich rechtzeitig reserviert hatte. Erst unmittelbar vor Beginn der Show betraten die Designer den Saal, um sich anzuschauen, wie die Models die eigene Kollektion präsentierten und was die jeweils anderen beiden für dieses Jahr entworfen hatten.
Marina Lessing trat auf die Bühne und hieß das Publikum willkommen, doch die Worte rauschten an Gloria vorbei. Sie war so gespannt, in welcher Reihenfolge die Kollektionen gezeigt wurden. Wenn sich die Modeschöpfer nicht einigen konnten, entschied das Los. Ob die Managerin dazu etwas sagte? Vielleicht sollte sie sich auf die Begrüßungsrede konzentrieren, die hoffentlich nicht zu lange dauerte.
„... sicherlich können Sie es kaum erwarten, nun endlich die Kollektionen des Jahres zu sehen. Freuen Sie sich mit mir auf die großartigen Designer Titus Seidensticker, Hubertus Hohenfels und Isabella Caspari, die in dieser Reihenfolge ihre Haute Couture präsentieren werden ..."
Gloria war davon ausgegangen, Hubertus als Höhepunkt der Veranstaltung zu sehen, aber Fortuna schien einen anderen Plan zu haben – oder war es der Wunsch des Designers gewesen? Das hätte sie ihn am Vortag fragen können, aber dafür war es nun zu spät. Sie wischte den

Gedanken beiseite und guckte erwartungsvoll zur Bühne. Die Modenschau begann.
Titus Seidensticker schien sich – soweit das überhaupt möglich war – in seiner Extravaganz selbst übertroffen zu haben. Die Farben waren noch schriller, die voluminösen Modelle schienen noch weniger tragbar, aber es würden sich bestimmt einige Stars finden, für die sie gerade ausgefallen genug waren. Gloria war wesentlich gespannter auf die Kollektion der Newcomerin. Und konnte Hubertus Hohenfels seiner großen Ankündigung gerecht werden? Insgeheim hegte die Journalistin ihre Zweifel, ob da nicht eine enorme Portion Selbstüberschätzung vorherrschte. Nun gut, sie würde es bald erfahren. Die gesamte Modenschau sollte ungefähr zweieinhalb Stunden dauern, bei jedem Wechsel zum nächsten Designer gab es eine Pause.
Gleich das erste Kleid, das aus der Kollektion von Hubertus präsentiert wurde, war eine Überraschung. Der Altmeister hatte nicht zu viel versprochen. Allerdings schien das Mannequin extrem abgemagert zu sein. Täuschte sie sich oder wurden seine Mädchen tatsächlich von Jahr zu Jahr dünner? Das Kleid war dagegen ein Traum. Als weitere Models den Laufsteg betraten, wurde Gloria klar, was der Modemacher mit der Reise gemeint hatte. Jede dieser exklusiven Roben schien einem Land gewidmet zu sein. In überaus geschickter Weise wurden dem Zuschauer dezent, aber trotzdem klar wahrnehmbar, typische Elemente der Mode aus der jeweiligen Nation gezeigt. Fasziniert betrachtete die Journalistin, wie raffiniert dies umgesetzt war, und konnte es kaum erwarten, das nächste zu sehen.
Was für eine ausgefallene Idee! So viel Fantasie hatte sie Hubertus Hohenfels nach den Präsentationen der letzten

Jahre gar nicht zugetraut. Was doch ein wenig Wettbewerb bewirkte! Das war wirklich Haute Couture der Extraklasse. Gloria hoffte sehr, dass ihr Fotograf alles entsprechend gut einfangen konnte. Da sie aber schon lange mit ihm zusammenarbeitete, verließ sie sich auf sein Geschick.

Deutlich war im Verlauf der Präsentation eine Steigerung in der Exklusivität der Kleider zu erkennen. Vermutlich würde Hubertus´ Topmodel gleich als Höhepunkt die schönste Robe seiner diesjährigen Kollektion präsentieren. Ja, sie fühlte sich in ihrer Vermutung bestätigt. Ein Traum aus Satin und Seide bildete das Finale des Altmeisters.

Als das Mannequin den Laufsteg betrat, meinte Gloria, ein leichtes Schwanken zu erkennen, vielleicht hatte sie sich aber auch getäuscht. Auf diesen High Heels konnte man leicht die Balance verlieren. Mit tänzelnden Schritten kam das Model auf die Journalistin zu, die sich perfekt am Kopfende positioniert hatte, um die Roben möglichst lange von vorne anschauen zu können.

Kurz bevor sie zur Drehung ansetzte, verlor sie wieder das Gleichgewicht. Dieses Mal konnte sie sich allerdings nicht abfangen. Taumelnd versuchte sie, irgendwo Halt zu finden, griff jedoch ins Leere. Ein Raunen erklang in der Menge, als die Zuschauer begriffen, dass dort irgendwas nicht stimmte.

Und dann ging alles sehr schnell. Das Mannequin verlor endgültig das Gleichgewicht. Sie fiel nicht einfach nur hin, sondern stürzte von dem Laufsteg – direkt vor Glorias Füße. Spitze Schreie hallten durch den Saal. Für einen Moment war die Journalistin zu schockiert, um sich rühren zu können. Als jemand nach einem Arzt rief, kam wieder Leben in die sonst so tatkräftige Frau. Sie beugte

sich über das Model und versuchte den Puls zu fühlen. Ja, sie lebte.
Schnell war ein Mediziner an ihrer Seite, der zum Publikum gehörte und die Erstversorgung übernahm. Damit drang auch der Geräuschpegel des Saales zu ihr durch. Überall wurde heftig diskutiert und vermutlich spekuliert, was gerade passiert war. Als der Notarzt eintraf, konnte sich Gloria auf ihre Gedanken zu den Geschehnissen konzentrieren.
Schon als das Mannequin den Laufsteg betrat, war ihr das erste Schwanken aufgefallen. Handelte es sich einfach um eine Kreislaufschwäche wegen der extrem schlanken Figur? Auch das war ihr ja schon zu Beginn der Vorstellung von Hubertus Hohenfels´ Kollektion aufgefallen. Während Isabella Caspari einen anderen Weg einschlug, prallte die öffentliche Kritik bezüglich der Magermodels an dem Altmeister einfach ab. Seine Mädchen schienen tatsächlich jedes Jahr dünner zu werden.
Wie ging es nun weiter? Wurde die Show fortgesetzt? Gloria riss sich von ihren eigenen Gedanken los und blickte sich im Saal um. Während die verunglückte Frau von dem Notarzt für den Transport ins Krankenhaus vorbereitet wurde, blieben die Zuschauer auf ihren Plätzen. Vermutlich stellten sie sich die gleichen Fragen zu dem weiteren Ablauf, wie die Journalistin.
Als die deutlich schockierte Isabella Caspari die Bühne betrat, wurde es schlagartig still im Saal. Alle schienen gespannt, was sie verkünden würde. Immerhin steckte eine enorme Arbeit in der Vorbereitung dieser Modenschau. Würde sie ihre Kollektion trotzdem präsentieren? War das professionell oder pietätlos? Gloria selbst war hin- und hergerissen in der Beurteilung. Verstehen könnte sie beides.

Langsam ging die Designerin bis zur Mitte des Laufstegs. Nachdem sie stehengeblieben war, brauchte sie eine Weile, bis sie in der Lage war, das Mikrofon zu heben. Alle starrten gebannt zu ihr, es war kein Laut zu hören, nicht einmal ein Husten.
„Meine sehr geehrten Damen und Herren." Kaum hatte sie angefangen zu sprechen, versagte ihr die Stimme. Schließlich versuchte sie ein Lächeln, das jedoch sehr bemüht wirkte. „Tja, wie Sie sehen, bin ich fassungslos und ringe um Worte. So geht es Ihnen bestimmt ebenfalls. Als Erstes möchte ich mein Mitgefühl für die junge Frau aussprechen. Ich hoffe, dass es sich lediglich um einen Schwächeanfall handelt und sie sich bei dem Sturz keine ernsthaften Verletzungen zugezogen hat. Die Untersuchung im Krankenhaus wird darüber Aufschluss geben." Wieder legte sie eine Pause ein, wobei sie eine Spur ernster wurde. „Es gibt leider außerdem etwas sehr Unerfreuliches mitzuteilen. Tatsächlich schockiert es mich persönlich mehr als der tragische Unfall, dem wir gerade beiwohnen mussten."
Gloria hielt den Atem an. Was konnte hinter so einer Ankündigung stecken? Gebannt starrte sie die junge Designerin an, die sich offensichtlich sorgfältig überlegte, wie sie die folgenden Worte formulieren sollte. Wie es schien, ging es nicht nur darum, mitzuteilen, ob die Modenschau fortgesetzt wurde.
„Sicherlich haben Sie sich aufgrund des Vorfalls gefragt, ob ich meine Kollektion trotzdem präsentieren werde. Leider muss ich Ihnen mitteilen, dass dies nicht möglich ist." Wieder schwieg Isabella Caspari für einen Moment. Bevor sie weitersprach, ließ sie ihren Blick durch den Raum wandern, straffte sich und verkündete schließlich mit fester Stimme: „Hiermit beschuldige ich Hubertus Hohenfels der Wirtschaftsspionage. Die Kollektion, die

er Ihnen eben vorgeführt hat, habe ich entworfen. Ich weiß nicht, wie es ihm gelungen ist, aber er hat meine Entwürfe gestohlen und sie Ihnen als seine eigenen präsentiert. Ich werde jetzt zur Polizei fahren, um offiziell Anzeige gegen ihn zu erstatten. Vielen Dank für Ihre Aufmerksamkeit!“

Charlie in SPO | Sonntag, den 04. April

Ohne die Diebstähle in der *Weißen Düne* wäre Charlie nie auf die Idee gekommen, diese Modenschau zu besuchen. Wenn es etwas Überflüssiges auf der Welt gab, war das eindeutig so eine Veranstaltung. Keine der anwesenden Frauen würde jemals ein Kleid der Haute Couture tragen, die meisten konnten es sich sicherlich gar nicht leisten. Letztendlich ging es doch lediglich um sehen und gesehen werden. Sich in das kleine Schwarze zu schmeißen und sich mit Schmuck zu behängen, der zum Schutz vor den gerade sehr aktiven Langfingern im Tresor besser aufgehoben wäre.

Aber da die Ferienanlage zum Tatort geworden war, beschlossen die Kommissare, die Gelegenheit zu nutzen, um die Gäste während der Show unter die Lupe zu nehmen. Vermutlich gab es einen Zusammenhang und Charlie hielt es für wahrscheinlich, dass dort erneut zahlreiche Wertgegenstände verschwinden würden. Trotz aller

Warnungen waren die meisten Menschen leichtsinnig und ließen sich mühelos ablenken. Bestimmt hingen die Handtaschen zahlreicher Frauen, spätestens wenn das Licht gedimmt wurde, sorglos über den Stuhllehnen, wodurch sich die Diebe einfach bedienen konnten.
Direkt am Laufsteg waren in U-Form fünf Stuhlreihen aufgebaut. Dahinter befanden sich etliche runde Tische mit jeweils zwölf Plätzen, was der Veranstaltung eine festliche Atmosphäre verlieh. Überhaupt war Charlie von der Dekoration des Saales beeindruckt. Die schlichte Eleganz entsprach eher ihrem Geschmack als das Pompöse oder noch schlimmer der Protz.
Die frischgebackene Kollegin zappelte an ihrer Seite aufgeregt herum, wodurch sich die erfahrene Kommissarin mehr amüsiert als angestrengt fühlte.
„Sie werden noch vor dem Auftritt ihrer Freundin in Ohnmacht fallen und damit das große Ereignis verpassen, wenn Sie sich nicht beruhigen“, frotzelte sie gut gelaunt. „Soll ich Ihnen ein paar Baldriantropfen organisieren?“
„Lieber wäre mir ein Glas Sekt, aber das geht wohl nicht, wenn wir hier im Dienst sind, oder?“, fragte Lilly Morgenroth stattdessen. Ihre Miene drückte trotzdem die Hoffnung aus, Charlie würde dem Anliegen zustimmen.
„Holen Sie sich ruhig etwas von dem Schaumwein. Es genügt, wenn Kommissar Petersen und ich abstinent bleiben. Genießen Sie die Modenschau mit dem Auftritt Ihrer Freundin. Sie haben frei. Suchen Sie sich einen Platz, von dem Sie alles bestens im Blick haben. Wenn Ihnen trotzdem etwas zu unserem Fall auffällt, informieren Sie mich. Aber nicht übertreiben“, rief sie ihr noch hinterher, als Lilly freudig in der Menge verschwand. Sie selbst bemerkte, welche neue Rolle sie gerade einnahm.

Die Mode von Titus Seidensticker war abgehoben und nicht tragbar, wodurch sie sich in ihrer Meinung bestätigt fühlte. Charlie fragte sich erneut, was die Frauen im Saal daran faszinierte. Ob die anderen Designer in dem gleichen Stil arbeiteten? Während der Pause bummelte sie durch den Vorraum, konnte aber nichts Verdächtiges entdecken. Alle schienen begeistert von dem Event zu sein. Die Stimmung war ausgelassen.

Umso größer war der Schock, als nicht das aufwendigste Kleid, sondern der Sturz des Models vom Laufsteg den Höhepunkt der Präsentation von Hubertus Hohenfels bildete.

Nach der kurzen Rede von Isabella Caspari, in der sie ihren Konkurrenten der Wirtschaftsspionage bezichtigte, war es einen Moment lang mucksmäuschenstill im Saal. Mit so einem ungeheuerlichen Vorwurf hatte hier offensichtlich niemand gerechnet. Während Charlie sich schließlich nach den Kollegen umschaute, löste sich die allgemeine Anspannung, wodurch ein kleiner Tumult ausbrach. Heftige Diskussionen wurden begleitet von ungläubigen Blicken und Kopfschütteln. Vermutlich würden sich binnen kürzester Zeit zwei Lager bilden. Die Menschen waren meist schnell dabei, Partei zu ergreifen – im Zweifel ohne über ausreichende Informationen zu verfügen.

Ihr Blick fiel auf Hubertus Hohenfels, der sich etwas abseits aufhielt. Statt sich über die Anschuldigung aufzuregen, stand er mit verschlossener Miene einfach nur da. Es war nicht zu erkennen, was ihn gerade mehr schockierte, der Unfall seines Topmodels oder die Attacke von Isabella Caspari.

War es wirklich möglich, dass der Altmeister der Newcomerin die Entwürfe gestohlen hatte? Aus welchem Grund? War ihm selbst nichts mehr eingefallen? Da sie

sich für das Thema Mode nicht besonders interessierte, wusste sie so gut wie nichts über die Designer und konnte die Situation überhaupt nicht einschätzen.
Oder war der Neuling der Branche umgekehrt mit einer Modenschau in dieser Größenordnung völlig überfordert und hatte selbst keine vollständige Haute-Couture-Kollektion entworfen? Aber was sollte dann dieser Angriff gegen Hubertus Hohenfels? Ging es hier wirklich um Wirtschaftsspionage oder um Rufmord? Und wie passte der Sturz des Models ins Bild? Handelte es sich um einen Unfall oder war hier direkt vor den Augen des Publikums ein Mordanschlag geschehen?
Charlie fühlte das typische Kribbeln, welches sich von der Magengegend durch ihren gesamten Körper ausbreitete, wenn es einen interessanten Fall zu lösen gab.
Im Geiste plante sie die nächsten Schritte. Erst einmal musste sie Knud finden. Wo steckte er bloß? Hatte sich bezüglich der Diebstähle etwas Neues ergeben? Nach den jüngsten Ereignissen schienen die Einbrüche in die Ferienbungalows eher banal, obwohl sie sich darum natürlich auch weiterhin kümmern mussten. Gab es einen Zusammenhang? Das erschien der Kommissarin eher unwahrscheinlich.
Ihr piepsendes Handy kündigte den Eingang einer SMS an. Knud wartete im Foyer auf sie, um die Anzeige von Isabella Caspari aufzunehmen, die er dort auf ihrem Weg zum Revier abgefangen hatte. Sie brauchten also einen Raum, in dem sie sich in Ruhe unterhalten konnten. Kurz überlegte sie, ob sie das Gespräch dem Kollegen überlassen sollte, um parallel die Aussage von Hubertus Hohenfels aufzunehmen, verwarf den Gedanken aber wieder. Der Altmeister würde kaum überstürzt abreisen, weil seine Wettbewerberin derartige Anschuldigung gegen ihn vortrug. Vermutlich wollte er selbst mit ihnen

sprechen, um den Vorwurf zu entkräften. Charlie war gespannt, ob er dieselbe Schuldzuweisung gegen die Designerin erhob.
Auch ihre neue Jungkommissarin würde sie später informieren. Auf diese Weise konnte sie gleich testen, wie viel Eigeninitiative Lilly Morgenroth entwickelte, wenn sie auf sich allein gestellt war. Immerhin kannte sie eins der Mannequins persönlich. Nach dem Schock durch die Verunglückte stand sie ihrer Freundin bestimmt bei, wodurch sie sich an der Quelle für Insiderinformationen befinden müsste.
„Charlotte, endlich! Kommen Sie, Frau Lessing hat uns einen Konferenzraum zur Verfügung gestellt, in dem wir uns in Ruhe mit Isabella Caspari unterhalten können. Sie wird hier schon angefeindet." Knud hatte sich schützend vor die Modeschöpferin gestellt, die von etlichen Hohenfels-Anhängern verbal attackiert wurde – eine verständliche Reaktion, mit der sie allerdings komplett überfordert war. Das sprach auf den ersten Blick gegen eine Verleumdung des Altmeisters, konnte aber gespielt sein.
Charlie war gespannt, welche Einzelheiten sie nun erfuhren. Sie würde im ersten Schritt Knud die Gesprächsführung überlassen und sich aufs Beobachten beschränken.
In dem Raum angekommen, öffnete sie eine Flasche Wasser für die bleiche Isabella Caspari, die diese mit einem dankenden Nicken entgegennahm. Während sie mit kleinen Schlucken trank, starrte sie auf die Tischplatte, ohne sie zu sehen. Schließlich atmete sie einmal tief durch und schaute den wartenden Kommissaren direkt in die Augen.
„Danke. Ich weiß, meine Anschuldigung klingt ungeheuerlich, aber leider entspricht sie der Wahrheit." Sie legte eine Pause ein und schüttelte den Kopf. „Ich kann es ein-

fach nicht fassen! So ein Skandal wird meine Karriere ruinieren. Ist es das, was Hohenfels will? Mich vernichten? Wer nimmt mich denn nach so einer Anzeige in der Branche noch ernst? Selbst wenn es eine Aufklärung zu meinen Gunsten gibt, werde ich immer die kleine Designerin sein, die ihren Durchbruch auf zweifelhafte Art und Weise geschafft hat. Vermutlich wird mir daneben billige Hascherei nach Publicity unterstellt!" Nach einem weiteren Schluck Wasser setzte sie ihre Ausführungen fort. „Wissen Sie, wie hart ich dafür gearbeitet habe? Nicht nur für diese Modenschau, sondern um überhaupt so weit zu kommen, hier teilnehmen zu dürfen. War das jetzt alles umsonst, weil dem alten Mann selbst nichts mehr einfällt? Kennen Sie seine Kollektionen aus den letzten Jahren?" Als Knud und Charlie verneinten, redete sie weiter. Die Starre des Schocks hatte sich gelöst, wodurch Ärger und Wut die Oberhand gewannen. „Schauen Sie sich sein Werk an. Wie kann er glauben, damit durchzukommen? Meine Entwürfe entsprechen überhaupt nicht seinem Stil!" Erschöpft starrte sie die beiden Kommissare an. „Bitte helfen Sie mir, dieses Desaster aufzuklären. Es geht um meine Existenz! Ich habe über zehn Jahre hart dafür gearbeitet."

Charlie nickte. Die Verzweiflung der Designerin schien authentisch zu sein, trotzdem behielt sie den Gedanken im Hinterkopf, sie könnte es mit einer ausgezeichneten Schauspielerin zu tun haben.

„Wie kann er an Ihre Entwürfe gekommen sein? Ihre Kollektionen waren doch sicherlich komplett unter Verschluss", eröffnete sie die Befragung entgegen ihrem ursprünglichen Plan, Knud das Reden zu überlassen.

„Das frage ich mich seit Beginn seiner Vorführung. Ich dachte, ich falle vom Stuhl, als er meine Kleider präsentierte. Waren Sie im Saal? Haben Sie sie gesehen? Anfangs habe ich tatsächlich gedacht, es sei vielleicht Zufall, aber das ist natürlich absurd. Meine Entwürfe sind so ausgefallen und so anders als alles, was Hohenfels bisher kreiert hat.“ Wieder redete sich Isabella Caspari in Rage, was Charlie absolut verstehen konnte. Gerade für Frauen war es in vielen Branchen nach wie vor schwieriger, an die Spitze zu gelangen als für das männliche Geschlecht. Davon konnte sie selbst ein Lied singen. Sie schob die abschweifenden Gedanken beiseite und konzentrierte sich wieder auf ihr Gegenüber.

„Angenommen Sie haben recht ...“

„Angenommen ...? Sie glauben mir nicht? Was hätte ich wohl davon, Hohenfels zu beschuldigen, wenn es nicht der Wahrheit entspräche? Ich könnte mir ja gleich einen Strick nehmen.“

„Beruhigen Sie sich, Frau Caspari“, griff Knud mit seiner empathischen Art vermittelnd ein. „Es geht hier nicht darum, was wir glauben. Helfen Sie uns, alle Fakten zusammenzutragen, um die Wahrheit ans Licht zu bringen.“ Das klang ziemlich pathetisch, zeigte aber Wirkung. Die Designerin beruhigte sich wieder.

„Wie viele Menschen in Ihrem Umfeld waren mit der Arbeit an der neuen Kollektion betraut oder kannten die Entwürfe im Vorfeld?“, stellte Charlie die Frage, bei der sie vorher unterbrochen wurde.

„Da muss ich erst mal überlegen. Natürlich versuche ich, die Anzahl möglichst gering zu halten, aber allein kann ich die gesamte Arbeit unmöglich schaffen. Ich bin wirklich davon ausgegangen, die richtigen Mitarbeiterinnen ausgesucht zu haben. Aufgrund des Respekts, den ich ihnen entgegenbringe sowie der anständigen Bezahlung habe ich darauf vertraut, Loyalität zu erhalten. Das war offensichtlich ein Trugschluss“, kommentierte sie voller

Bitterkeit. Aufgrund des Schocks war sie nicht in der Lage, konzentriert auf die Fragen der Polizisten zu antworten. Charlie ließ ihr die Zeit, die sie brauchte.
„Also, da sind meine persönliche Assistentin Rieke Husbargen, meine Schneiderinnen und zwei Models, die ich schon sehr lange kenne“, zählte sie auf.
„Wie lange arbeitet Frau Husbargen bereits für Sie?“, fragte Charlie nach.
„In der Tat ist sie die kürzeste Zeit in meinem Team“, sinnierte Isabella Caspari nachdenklich. „Aber ich kann mir nicht vorstellen, dass sie mich an Hohenfels verraten hat. Warum sollte sie das tun?“
„Dafür gibt es zahlreiche Gründe. Allem voran: Geld.“ Charlies Antwort sollte lakonisch klingen, brachte die Fragende jedoch dazu, zusammenzuzucken. „Was heißt das konkret, wenn Sie sagen am kürzesten?“
„Ein gutes halbes Jahr“, antwortete die Modeschöpferin verunsichert.
„Das ist nicht besonders lang. Was macht Sie so sicher, dass sie Sie nicht verraten hat?“ Selbst in ihren eigenen Ohren klangen diese Worte sehr hart, weswegen die Kommissarin ein wenig zurückruderte. „Ich will Ihrer Assistentin nichts unterstellen, aber wir müssen alle Personen befragen, die in Ihrem engsten Umfeld mitgearbeitet haben. Sie können uns unterstützen, indem Sie uns eine Liste mit möglichst detaillierten Informationen zur Verfügung stellen.“
„Es scheint alles viel schlimmer zu sein, als auf den ersten Blick erkennbar war – was für ein Albtraum! Für mich war es schon ein Schock, mit dem Diebstahl meiner Entwürfe konfrontiert zu werden. Es macht mich fassungslos, in dem Altmeister der Branche so einen niederen Charakter zu erkennen, aber Verrat in meinem eigenen Team, das geht im Augenblick über meine Kraft.

Können wir eine Pause einlegen? Ich möchte mich jetzt in meinem Bungalow ein wenig hinlegen. Morgen komme ich gerne zu Ihnen aufs Revier und beantworte alle Ihre Fragen zu meinen Mitarbeiterinnen." Isabella Caspari legte kraftlos ihren Kopf auf die Tischplatte. Knud und Charlie wechselten einen Blick.
„Was ist mit dem zweiten Teil Ihrer Kollektion, die morgen gezeigt werden sollte? Wollen Sie die ebenfalls ausfallen lassen?", fragte Knud sachlich, woraufhin die Designerin sich wieder aufrichtete und die beiden hilflos anschaute.
„Ich weiß es nicht. Wissen Sie, wie es Laura geht?"
„Laura?", wiederholte Charlie begriffsstutzig.
„Das verunglückte Model." Die Antwort kam leise.
„Nein, wir können aber im Krankenhaus nachfragen."
„Danke. Ich kann jetzt keine Entscheidung dazu treffen. Ich muss mich eine Stunde ausruhen und meine Gedanken sortieren. Das alles ist im Moment einfach zu viel für mich. Ich war so voller Vorfreude. Die letzten Wochen waren enorm anstrengend, aber ich war zufrieden mit dem, was ich geleistet hatte. Von der Kollektion habe ich mir den großen Durchbruch versprochen, doch nun habe ich das Gefühl, vor einem Scherbenhaufen zu stehen, den ich nicht selbst verursacht habe. Ich kann keinen klaren Gedanken mehr fassen. Die Vorstellung, von einer meiner engsten Mitarbeiterinnen hintergangen worden zu sein, ist einfach erschütternd. Das ist viel schlimmer als die Tatsache, dass Hubertus Hohenfels der Anstifter war. Können Sie mich zu meinem Bungalow begleiten? Ich weiß nicht, ob ich es alleine schaffe."
Die Bitte galt Knud, der daraufhin nickend aufstand und ihr seinen stützenden Arm bot. Charlie hätte gern mehr von der Designerin erfahren, konnte diese jedoch verste-

hen. Dann musste sie sich eben bis zum nächsten Tag gedulden und sich inzwischen anhören, was Hubertus Hohenfels zu den Vorwürfen zu sagen hatte. Das konnte mindestens genauso interessant werden.

Die Kommissarin hatte damit gerechnet, den Festsaal annähernd leer vorzufinden und sich nach Hubertus Hohenfels auf die Suche machen zu müssen, wurde aber in beiden Punkten überrascht. Noch immer waren die meisten Zuschauer der Modenschau anwesend und diskutierten über das gerade Erlebte, was bei Charlie den Eindruck erweckte, dass sich die Enttäuschung über den verpassten Teil der Show in Grenzen hielt. Das, was die Gäste der *Weißen Düne* stattdessen geboten bekamen, schien weitaus interessanter zu sein. Intrigen und Skandale waren eben einfach spannender als hübsche Kleidchen – das konnte sie sogar nachvollziehen.
Um den Altmeister herum hatte sich eine Menschentraube gebildet. Vermutlich handelte es sich um seine Anhängerinnen, die sich die Gelegenheit nicht entgehen ließen, ihre Solidarität zu äußern, sich ein Autogramm geben zu lassen, oder einfach dem großen Künstler einmal nah sein wollten. Dieser Form des Fankults hatte Charlie noch nie etwas abgewinnen können. Welchen Nutzen brachte ihr eine Karte mit der Unterschrift eines Modeschöpfers oder Popstars?
Langsam näherte sie sich der Stelle, an der er bereits gestanden hatte, als sie zu Knud und Frau Caspari geeilt war. Während sie überlegte, wie sie sich Gehör verschaffen und Hohenfels aus dieser Menge schälen konnte, drangen Wortfetzen an ihre Ohren. Keine der Frauen schien die gerade vorgetragene Anschuldigung für wahr zu halten. Alle zeigten sich begeistert von der Kollektion und zollten ihrem Idol uneingeschränkte Anerkennung.

Diese kritiklose Schwärmerei verlieh der Kommissarin genug Energie, um ihr ein Ende zu bereiten. Da sie einfach körperlich zu klein war, um die Aufmerksamkeit auf sich zu ziehen, und ihre Autorität nicht schon im Vorwege verspielen wollte, nahm sie den Laufsteg zur Hilfe, an dessen Rande sich Hohenfels postiert hatte.
„Herr Hohenfels, ich bin Kommissarin Charlotte Wiesinger. Frau Caspari hat Anzeige gegen Sie erstattet. Würden Sie bitte mit mir kommen?“ Sie hatte viel Kraft in ihre Stimme gelegt, um gleich im ersten Anlauf klar gehört zu werden. Nicht nur die Traube seiner Fans verstummte in diesem Moment, auch die Gespräche an den umliegenden Tischen wurden unterbrochen.
„Kommissarin Charlotte Wiesinger“, wiederholte der arrogante Designer lang gezogen. „Dieses öde Dorf hat ja echte Überraschungen zu bieten. Wenn Sie ein bisschen jünger und nicht so klein wären, würde ich Ihnen glatt einen Job in meiner Truppe anbieten.“
„Vielen Dank, ich habe bereits einen Job“, antwortete die Kommissarin ruhig, obwohl ihr eine heftige Erwiderung auf der Zunge lag. Sie war in ihrer Laufbahn schon mit zu vielen blasierten Arschlöchern konfrontiert worden, als dass sie sich davon hätte provozieren lassen. „Es reicht vollkommen aus, wenn Sie mit mir kommen.“
„Bin ich verhaftet?“, fragte er mit einem Grinsen, während er beifallheischend den Blickkontakt mit seinem Publikum aufnahm.
Charlie hörte ein Kichern. Was für dumme Gänse es gab!
„Nein.“ Nun kostete es die Kommissarin doch ein wenig Mühe, sachlich zu bleiben. Allerdings würde ihr genau das den nötigen Respekt verleihen. Sie war sich der zahlreichen Zuhörer bewusst, die mit Spannung ihren Wortwechsel verfolgten. „Für den Anfang möchte ich lediglich Ihre Version der Geschichte hören.“

„Na, wenn das so ist. Einer schönen Frau konnte ich noch nie etwas abschlagen.“ Bevor er sein Bad in der Menge beendete, wandte er sich erneut seinen Anhängerinnen zu, bedankte sich für deren Begeisterung und verabschiedete sich überschwänglich.
Charlie nutzte die Zeit, um Knud darüber zu informieren, mit Hohenfels nun den Konferenzraum aufzusuchen. Er versprach umgehend, sich dazuzugesellen. Als sie die Treppe von dem erhöhten Laufsteg herunterstieg, wurde sie selbst sofort von Neugierigen umringt, die sie mit Fragen bestürmten.
„Wissen Sie, was an den Vorwürfen dran ist?“
„Wie geht es dem Model?“
„Wo ist Isabella Caspari?“
„Wird die morgige Modenschau stattfinden?“
Abwehrend hob sie die Hände, was die meisten der Anwesenden wieder zum Schweigen brachte.
„Vielen Dank für Ihr Interesse. Leider kann ich Ihnen im Moment auf keine der Fragen eine befriedigende Antwort geben. Das Mannequin wurde ins Krankenhaus gebracht. Über ihren Zustand gibt es bislang keine Neuigkeiten.“ Sie legte eine Pause ein, um ihre Worte sorgfältig zu wählen, bevor sie auf die Vorwürfe der Designerin zu sprechen kam. „Frau Caspari steht unter Schock ...“
„Das ist ja lächerlich!“, wurde sie sofort von Hubertus Hohenfels unterbrochen. „Wovon steht die denn bitte unter Schock? Ich bin derjenige, der hier verleumdet wird.“
Ungeduld stieg in Charlie hoch. Sie rang sich die Andeutung eines Lächelns ab, um ihre nächste Aussage nicht unfreundlich wirken zu lassen. „Herr Hohenfels, Sie bekommen gleich die Gelegenheit, ihre Meinung kundzutun – und zwar in einem Gespräch mit meinem Kollegen und mit mir. Jetzt möchte ich ganz kurz meinen Satz zu

Ende bringen. Vielen Dank.“ Wieder dem gespannt lauschenden Publikum zugewandt, ergänzte sie: „Frau Caspari erholt sich gerade von den Geschehnissen des Abends. Sie konnte vorhin nicht sagen, ob die morgige Modenschau stattfindet, wird das aber in Kürze bekanntgeben. Mit unserer Untersuchung stehen wir gerade am Anfang. Wenn Sie mich jetzt bitte entschuldigen würden.“

„Wird es morgen eine Pressekonferenz geben?“, fragte eine Stimme aus dem Hintergrund. Charlie ließ ihren Blick durch den Raum schweifen und erkannte den Reporter Christiansen von *N3 von der Küste.* Erst jetzt wunderte sie sich darüber, wo die anderen Journalisten geblieben waren. Vermutlich rechneten sie heute nicht mehr mit weiteren Neuigkeiten und berichteten gerade über das, was sie bereits wussten. Sie traf eine schnelle Entscheidung.

„Voraussichtlich werden wir Sie morgen gegen Mittag informieren.“ Erfahrungsgemäß war es effizienter, die Berichterstatter gebündelt auf dem Laufenden zu halten, als ständig von ihnen belagert zu werden. Manchmal war selbst die Zusammenarbeit mit den Medien konstruktiv. Vielleicht konnte Gloria von Brandenburg ihnen Hintergrundwissen aus der Modebranche zur Verfügung stellen. Sie berichtete bestimmt schon seit Jahren über diese Events und kannte vermutlich Titus Seidensticker sowie Hubertus Hohenfels persönlich.

Letzterer wurde genau in diesem Moment ungeduldig.

„Frau Kommissarin! Also ich bin bereit. Wenn Sie es auch sind, können wir unser aufschlussreiches Gespräch führen. Oder wollen Sie sich jetzt lieber auf die Presse konzentrieren?“ Wieder erntete er Kichern von einer seiner Anhängerinnen, was ihn zu beflügeln schien.

Es versprach anstrengend zu werden, aber da musste sie jetzt durch. Immerhin würde Knud an ihrer Seite sein, was sie insbesondere bei solchen Machotypen sehr zu schätzen wusste. Mit seiner pragmatischen Art hatte er es eindeutig leichter, dieser Arroganz zu begegnen. Hohenfels würde ihn nicht so schnell aus der Ruhe bringen, das war sicher. Eher konnte es umgekehrt sein. Plötzlich war sie gespannt, wie der Altmeister auf das Grienen des Kommissars reagieren würde, welches dieser bestimmt zum Einsatz brachte.
„Gehen wir!“, forderte sie den Modeschöpfer auf, woraufhin er ihr folgte.

Als sie bei dem Konferenzraum eintrafen, war Knud bereits da. Er hatte Kaffee organisiert, was ihm die stille Dankbarkeit der Kommissarin einbrachte. Hohenfels nahm Platz, verzichtete jedoch auf das angebotene Heißgetränk.
„Kommen wir lieber gleich zur Sache. Für einen Kaffeeklatsch ist die Situation allemal zu ernst“, kommentierte er Knuds Freundlichkeit.
Nur mit Mühe konnte Charlie ein genervtes Augenrollen unterdrücken, während Knud völlig entspannt blieb. Provozierend langsam schenkte er sich selbst ein, nahm ein wenig Sahne und rührte anschließend demonstrativ gemächlich in dem Pott herum. Amüsiert stellte die Kommissarin fest, dass dies scheinbar der richtige Weg war, um mit Hohenfels umzugehen.
„Ja, dann erzählen Sie uns Ihre Version der Geschichte“, forderte Knud sein Gegenüber schließlich auf. „Gegen Sie wurden schwere Anschuldigungen vorgetragen. Können Sie diese entkräften?“
Verwundert warf Charlie ihm einen Blick zu. Sie hatte mit einem sanften Gesprächseinstieg gerechnet, nicht

mit so einer Provokation. Knud schien sich seiner Vorgehensweise jedoch sicher zu sein. Gelassen betrachtete er Hohenfels, dessen Blutdruck gerade stieg, was deutlich an der pochenden Ader an seiner Schläfe zu erkennen war.

„Das ist eine Ungeheuerlichkeit“, polterte er los. „Es ist Ihre Pflicht unparteiisch zu sein und solche Anschuldigungen objektiv zu untersuchen. Wenn ich hier vorverurteilt werde, sage ich ohne meinen Anwalt gar nichts mehr.“

„Ja, das ist Ihre Entscheidung, Herr Hohenfels. Wir können uns auch morgen im Beisein Ihres Rechtsbeistandes auf dem Revier unterhalten. Das erspart uns außerdem eine Nachtschicht. Auf mich würde es allerdings wie ein Schuldeingeständnis wirken.“

Charlie kam aus dem Staunen gar nicht mehr heraus. Seit wann war Knud denn derart auf Krawall gebürstet?

„Das ist wirklich eine Unverschämtheit! Was bilden Sie sich eigentlich ein? Ich habe es nicht nötig, mich von Dorfpolizisten in dieser Form behandeln zu lassen. Sie wissen wohl nicht, wen Sie vor sich haben! Ich lasse mir weder von Ihnen noch von dieser kleinen Möchtegern-Designerin die Karriere ruinieren. Ich werde der Wirtschaftsspionage und des Rufmordes bezichtigt!“ Hohenfels lief rot an, seine Ader pochte stärker. Knud hatte es geschafft, die eben so überheblich zur Schau getragene Ruhe verschwinden zu lassen.

„Genau deshalb haben wir Sie ja hierher gebeten, um Ihre Stellungnahme zu den Anschuldigungen zu hören.“ Knud blieb gelassen. Unsachliche Titulierungen konnten ihn wie üblich nicht provozieren.

„Kann ich ein Wasser bekommen?“, fragte Hohenfels in Charlies Gedanken hinein. Sie griff nach einer der bereitgestellten Flaschen und stellte sie zusammen mit einem

Glas geöffnet vor dem Modeschöpfer auf den Tisch. Nachdem er sich langsam eingeschenkt hatte, trank er es in einem Zug aus. Immer noch erregt, aber weniger aggressiv begann er schließlich wieder zu sprechen.
„Also gut. Natürlich ist der Vorwurf völlig aus der Luft gegriffen. Als Deutschlands Stardesigner mit internationaler Anerkennung habe ich es kaum nötig, Entwürfe zu stehlen und dadurch meinen Ruf und meine Karriere zu ruinieren. In meinem Hamburger Atelier finden Sie Unterlagen zu allen Entwürfen, die meine Urheberschaft dieser Kollektion beweisen. Ich weiß nicht, was die Caspari sich dabei gedacht hat. Im Grunde brauche ich mich gar nicht aufzuregen. Damit kommt sie nicht durch.“ Noch einmal füllte er das Glas und trank es wieder in einem Zug aus.
„Ja, die Zeichnungen werden wir vermutlich bei Isabella Caspari genauso finden“, bemerkte Charlie, was ihr einen wütenden Blick von Hohenfels einbrachte. „Wer aus Ihrem Team könnte denn Interna an Ihre Wettbewerberin verraten haben?“
„In meinem Team gibt es keine Verräter. Sie hat vermutlich eine Spionin eingeschleust. Muss dann eine von den Schneiderinnen sein, die ich erst im letzten Jahr eingestellt habe. Mit denen sollten Sie sich unterhalten. Oder sie hat bei mir einbrechen lassen. Meine Models sind mir treu verbunden.“ Hohenfels trommelte ungeduldig mit zwei Fingern auf der Tischplatte herum.
„Sind Sie da sicher? Kann es nicht sein, dass die eine oder andere den Magerwahn satthat?“ Bewusst stellte Charlie die Frage provozierend.
„Also, Sie haben wirklich keine Ahnung von der Modebranche. Na ja, so wie Sie gekleidet sind, ist es nicht verwunderlich. Sie können Haute Couture nicht in Größe achtunddreißig oder vierzig präsentieren!“

„Warum nicht?“, hakte die Kommissarin sofort ein.
„Warum nicht?“, wiederholte Hohenfels in ungläubigem Tonfall. „Schon die Frage ist total lächerlich. Ich erkläre es Ihnen gern, auch wenn Sie es vermutlich trotzdem nicht verstehen.“
Seine Arroganz brachte Charlie an den Rand dessen, was sie ertragen konnte, ohne einen Wutanfall zu bekommen. Aus den Augenwinkeln sah sie, wie Knud sie mit einer Geste zur Ruhe mahnte. Bevor sie etwas erwidern konnte, sprach der Designer bereits weiter.
„Weil es einfach nicht wirkt! Das ist doch keine neue Erkenntnis. Schlankheit ist das geltende Schönheitsideal. Sie können nicht eine Größe vierzig über den Catwalk trampeln lassen, wenn Sie die Topmode des Jahres präsentieren wollen.“
„Isabella Caspari hatte genau das vor.“
„Ja, das behauptet sie, aber gesehen haben wir davon nichts, oder?“ Ohne eine Antwort abzuwarten, führte er seine Gedanken weiter aus. „Meine Mannequins tänzeln leicht wie Elfen über den Laufsteg …“
„… bis sie völlig entkräftet zusammenbrechen“, beendete Charlie den Satz, womit sie die gewünschte Wirkung nicht verfehlte. „Interessanterweise haben Sie sich nicht erkundigt, wie es Laura geht.“
„Da irren Sie, Frau Kommissarin. Selbstverständlich stehe ich mit dem Krankenhaus in Kontakt und lasse mich auf dem Laufenden halten. Der Sturz hat nichts mit der schlanken Figur zu tun, aber wie Sie selbst wissen, sind die Untersuchungen noch nicht abgeschlossen.“

Rieke in SPO | Sonntag, den 04. April

Den farbenfrohen Kreationen von Titus Seidensticker hatte Rieke nie besonders viel abgewinnen können. Vom Typ her fand sie den Designer außergewöhnlich und schillernd, irgendwie ein wenig geheimnisvoll. Seine Entwürfe waren jedoch dermaßen ausgefallen, dass im Grunde niemand sie tragen konnte.
Anders sah das mit den Schöpfungen aus, die Hubertus Hohenfels jedes Jahr präsentierte. Die schlichte Eleganz, die ihnen zugrunde lag, beeindruckte sie ungemein. Der ganze Mann war eine unglaublich imposante Erscheinung. Menschen, die ihn als arrogant bezeichneten, konnten einfach nicht beurteilen, was er in seinem Leben geleistet hatte und immer noch leistete. Seit Jahrzehnten war er der erfolgreichste Modedesigner Deutschlands. Seinen Durchbruch hatte er bereits früh geschafft und sich kontinuierlich an der Spitze gehalten. Sein Stil war unverwechselbar. Warum sollte er etwas daran ändern?

Selbst wie er sie von oben herab behandelte, nahm sie ihm nicht übel. Nach der langen Zeit, die sie nicht mehr berufstätig war, trug sie vermutlich den Mief einer Stadtrandhausfrau mit sich herum, den sie erst wieder abstreifen musste. An ihre unbedeutende Karriere, die über zehn Jahre zurücklag, konnte sich der große Meister bestimmt nicht erinnern. Was würde sie dafür geben, einmal einen Abend in seiner Begleitung ein exklusives Essen oder einen Konzertbesuch in der Elbphilharmonie zu erleben! Doch dieser Wunsch würde sich niemals erfüllen. In ihren Tagträumen hatte sie trotzdem überlegt, ob es etwas gab, was sie tun konnte, um seine Aufmerksamkeit zu erregen.

Wie peinlich es gewesen war, so derangiert zu dem Termin der Vorbesprechung zu kommen! Hätte sie nur besser auf die Uhrzeit geachtet. Absolut nachvollziehbar, warum er einfach durch sie hindurchgeschaut hatte. Er war täglich von den schönsten Frauen umgeben, was hatte sie ihm zu bieten?

Dagegen war Rieke begeistert gewesen, bei der Modenschau den Platz direkt neben Isabella Caspari einnehmen zu dürfen. Endlich würde sie so eine großartige Präsentation von den vordersten Plätzen erleben.

Als die lang ersehnte Vorführung der Kollektion von Hubertus Hohenfels begann, sah sie aus den Augenwinkeln, wie schockiert ihre Chefin bereits beim ersten Kleid reagierte. Am liebsten wäre sie bestimmt von ihrem Stuhl aufgesprungen, um der Sache Einhalt zu gebieten. Rieke hätte es auf jeden Fall getan und verstand nicht, warum die Newcomerin anscheinend den Mut dazu nicht aufbrachte. Wie zur Salzsäule erstarrt saß sie da und ließ sich die Show stehlen. Robe für Robe wurde präsentiert und nichts geschah. In der Funktion ihrer rechten Hand überlegte Rieke sogar, ob sie selbst auf die Bühne gehen

sollte, um das Publikum über die Tatsachen zu informieren. Aber gehörte das zu ihren Aufgaben? Weder sagte Isabella Caspari etwas, noch nahm sie Blickkontakt mit ihr auf. Durch ihr konzentriertes Starren auf den Laufsteg verunsicherte sie Rieke, die schließlich ebenfalls einfach auf ihrem Stuhl sitzen blieb, während ihre Gedanken allerdings rasten. Gab es einen anderen Grund, warum Isabella Caspari nichts unternahm?
Was Rieke neben tausend Fragen durch den Kopf ging, war die Empfindung, dass die Kleider an den superschlanken Models wesentlich besser aussahen als in Größe vierzig. Ursprünglich fand Rieke die Idee, sich gegen den in der Branche herrschenden Magerkult der Mannequins aufzulehnen, großartig, aber in der Realität sah zumindest die gehobene Mode in dieser Ausführung attraktiver aus. Da war sie einer Meinung mit dem Altmeister, der nie einen Hehl daraus machte, was er bevorzugte. Eine leichte Röte überzog ihr Gesicht, während sie sich ihrer eigenen überflüssigen Pfunde bewusst wurde. Durch die Schwangerschaften hatte sie ein wenig an Gewicht zugelegt, welches sie nie wieder ganz losgeworden war. Nachdem sie die Vierzig überschritten hatte, wurde es Jahr um Jahr schwieriger, ihre Figur zu halten.
Sie schob den unliebsamen Gedanken beiseite und konzentrierte sich wieder auf die Modenschau, konnte sie aber nicht mehr genießen. Die Frage, wer Isabella Caspari solch einen Verrat angetan hatte, überschattete alles.
Im Geiste ließ sie das letzte halbe Jahr Revue passieren. Die Warmherzigkeit aus dem Vorstellungsgespräch war im Arbeitsalltag meist hinter dem enormen Ehrgeiz der Jungdesignerin in den Hintergrund getreten. Sie war fair und bezahlte ihre Mitarbeiterinnen gut, forderte dafür aber auch einen überdurchschnittlichen Einsatz. Riekes

anfängliche Euphorie, den Job so schnell und kompliziert bekommen zu haben, war bereits nach wenigen Wochen einer Ernüchterung gewichen, die sie sich allerdings nicht sofort eingestehen wollte. Zumal es bedeutet hätte, vor Gerrit klein beizugeben. Allein die Vorstellung an sein selbstzufriedenes Grinsen ließ sie durchhalten, obwohl sie an manchen Abenden, an denen sie total erschöpft nach Hause kam und keine Energie für die Anliegen ihrer Kinder aufbrachte, zweifelte. Zweifelte, ob sie das Richtige tat. Zweifelte, ob der Preis, den sie gerade zahlte, nicht viel zu hoch war.
Es war ja nicht einmal ihre Karriere. Niemand würde von ihr – Rieke Husbargen – Notiz nehmen. Niemand würde ihre Ideen Loben. Ideen, die auf ihrem Können basierten und die sie eindeutig in die Arbeit von Isabella Caspari einbrachte. Stellte sie ihr Licht unter den Scheffel? Konnte sie an einer anderen Stelle erfolgreicher sein? Mehr Anerkennung als derzeit von der Designerin selbst erhalten? Ging es irgendjemanden aus dem Team genauso wie ihr?
Als das Mannequin von dem Laufsteg stürzte, wurde Rieke jäh aus ihren Gedanken gerissen. Jetzt war sie nicht mehr in der Lage, sich zu rühren. Gab es einen Zusammenhang zwischen dem Diebstahl der Entwürfe und dem Sturz? Handelte es sich um einen Unfall oder hatte jemand nachgeholfen? Als Isabella Caspari nur wenig später auf der Bühne ihre Vorwürfe vorbrachte, blitzte ihr spontan die Frage durch den Kopf, ob ihre Chefin gewusst hatte, dass es zu diesem Schwächeanfall kommen würde. Hatte sie deshalb bis zum Ende der Präsentation von Hohenfels gewartet, statt diese längst zu unterbrechen? Verfolgte sie einen Plan, der sich hinter der offenkundigen Anschuldigung verbarg? Ging es hier etwa gar

nicht um die Wirtschaftsspionage, sondern um etwas noch Ungeheuerlicheres?
Oder war es etwa umgekehrt? Konnte es sein, dass Isabella Caspari diejenige war, die bei Hohenfels einen Spion eingeschleust hatte? Rieke versuchte, sich zu erinnern, wann und wie die Entwürfe entstanden. Nicht alle waren bereits fertig gewesen, als sie ihren Job in dem Atelier antrat. In den ersten Wochen hatten sie oft am Vormittag gemeinsam Ideen entwickelt, die die Designerin daraufhin spontan umsetzte. Das war jedenfalls Riekes Eindruck gewesen. Täuschte sie sich? Hatte die Designerin die Kollektion geklaut? Aber warum? Nicht ein einziges Mal in all den Monaten der Zusammenarbeit war ihre Chefin ihr überfordert vorgekommen. Im Gegenteil. Meist sprühte sie vor Kreativität. War das alles eine Lüge? Hatte Isabella Caspari im stillen Kämmerlein die Entwürfe des Altmeisters Hubertus Hohenfels studiert, um sie vor den Augen ihrer Mitarbeiterin zu reproduzieren und als ihre eigenen auszugeben? Wie gerne hätte sie jetzt mit jemandem gesprochen, doch ihr fiel nur Gerrit ein, der vermutlich kein großes Interesse für das Thema aufbrachte. Seine Unzufriedenheit über ihr Arbeitspensum war in den letzten Wochen stetig gewachsen. Sicherlich war er nicht begeistert, wenn ihre Tätigkeit in das Zentrum eines Kriminalfalles rückte.
Sie brauchte jetzt dringend einen Gesprächspartner! Bestimmt würde die Polizei sie am nächsten Tag befragen. Eine neue Welle der Hitze lief ihr über das Gesicht, als ihr klar wurde, dass sie selbst vielleicht sogar unter Verdacht geriet, die Kollektion an Hohenfels verkauft zu haben. Sie war eine der wenigen Eingeweihten. Verdächtigte Isabella Caspari sie? Hatte sie Rieke deshalb ignoriert und war ohne einen Blick oder ein Wort aufgestanden, um auf der Bühne ihre Anschuldigung öffentlich zu

machen? Darüber konnte sie unmöglich mit Gerrit reden. Er würde sie mit ziemlicher Sicherheit mit Vorwürfen überschütten. Was für ein Schlamassel!
Endlich fielen ihr die Models ein. Von Isabella Caspari hatten sie die strikte Anweisung bekommen, in ihren Garderoben zu warten, bis sie von ihr auf die Bühne geholt wurden. Waren sie bereits über die Geschehnisse informiert worden? Die Designerin selbst war nach ihrer kleinen Rede in Richtung Ausgang des Saales abgerauscht, vermutlich um direkt bei der Polizei Anzeige zu erstatten. Die Mannequins mussten sich längst wundern, warum sie nicht geholt wurden. Bei diesen Gedanken kam wieder Leben in Rieke. Sie selbst würde sich jetzt darum kümmern. So konnte sie endlich mit jemandem sprechen und gleichzeitig die Reaktionen beobachten. Es gab ja nur zwei Möglichkeiten: Entweder hatte eins der Models oder eine Schneiderin Isabella Caspari verraten. Es wäre hilfreich, dazu etwas herauszubekommen, um einen möglichen Verdacht auf sie selbst entkräften zu können. Nach ihrem Kenntnisstand waren lediglich zwei Models im Vorwege in die Kollektion eingeweiht gewesen, die wollte sie zuerst informieren, ihre Reaktion prüfen und dabei unauffällig befragen.
Doch dazu kam es nicht. Als sie den Gang betrat, von dem die in Garderoben umgewandelten Besprechungsräume abgingen, wurde sie bereits von Stimmengewirr empfangen. Keins der Mädchen hatte sich getraut, in den Festsaal zu kommen, aber sie tauschten ihre Verwunderung aus, weit über den Zeitplan hinaus zu sein, ohne abgeholt zu werden. Gerade überlegten sie, welche von ihnen nachfragen sollte, warum es nicht weiterging.
„Frau Husbargen! Was ist passiert? Warum kommt niemand, um uns Bescheid zu sagen? Wir müssten doch längst dran sein!“ Die Wortführerin bestürmte sie mit

Fragen, während alle anderen verstummten. Sie dort in den gleichen Kleidern zu sehen, die kurz zuvor im Rampenlicht präsentiert worden waren, wirkte irgendwie grotesk. Während Rieke in einem der stark geschminkten Gesichter nach einem Wissensvorsprung forschte, überlegte sie, wie sie die Geschehnisse in Worte fassen sollte. Wie konnte sie eine Reaktion provozieren? Sie musste sich langsam herantasten.

„Es gab einen Vorfall, weswegen die Modenschau unterbrochen wurde", formulierte sie vorsichtig den ersten Satz.

„Einen Vorfall? Was meinen Sie damit?", kam die prompte Nachfrage.

Sollte sie die Bombe platzen lassen und den Mädchen erzählen, dass Hubertus Hohenfels dieselbe Kollektion präsentiert hatte? Sie entschied sich, zuerst von dem Sturz zu berichten.

„Laura, das Topmodel von Hohenfels, hatte einen Schwächeanfall", gab sie das nächste Informationsbröckchen preis, wobei sie wieder genau die Reaktionen studierte.

„Kein Wunder", meldete sich eine Stimme von weiter hinten. „So dünn, wie die zuletzt war, hat sie ja vermutlich gar nichts mehr gegessen."

„Ja, aber warum geht es nicht weiter?", fragte eine andere. „Ist etwas Schlimmeres passiert?"

„Sie ist vom Laufsteg gestürzt und wurde ins Krankenhaus gebracht", gab Rieke zur Antwort.

Sofort brach ein kleiner Tumult aus. „Ist sie schwer verletzt?", war das Einzige, was sie in dem Stimmengewirr verstehen konnte. Während sie weiter beobachtend abwartete, ergriff schließlich eine von ihnen das Wort: „Wo ist Frau Caspari? Warum informiert sie uns nicht?"

Rieke holte tief Luft, was die Frauen wieder verstummen ließ. Einige Gesichter nahmen einen sorgenvollen Ausdruck an.

„Da ist noch etwas! Spannen Sie uns nicht auf die Folter, Frau Husbargen. Was ist passiert?"

Als Rieke schließlich alle Ereignisse des Abends zusammenfasste, machte sich Entsetzen breit. Ohne Ausnahme sahen alle Models so schockiert aus, dass es kaum vorstellbar war, eine von ihnen könnte für den Verrat verantwortlich sein. Welchen Vorteil hätte auch ein Mannequin davon? Sofort beantwortete sie sich ihre Frage selbst: Geld. Aber wie viel würde Hohenfels dafür zahlen? Genug, um den Job an den Nagel zu hängen und etwas Neues zu beginnen? Es war schließlich fraglich, wie es nach diesem Rückschlag für das Team um Isabella Caspari weiterging. Erst jetzt wurde ihr die Bedrohung ihres eigenen Arbeitsplatzes bewusst.

Bevor sie sich jedoch damit auseinandersetzen konnte, welche Empfindungen ein möglicher Verlust auslöste, prasselten weitere Fragen auf sie ein, die sie alle nicht beantworten konnte. Ganz offensichtlich wurde jetzt eine Führung gebraucht, die sie selbst übernehmen musste, solange ihre Chefin verschwunden war.

„Die Show ist für heute vorbei", verkündete sie in energischem Ton. „Zieht Euch bitte um und hängt die Kleider sorgfältig auf. Sie werden vermutlich als Beweismittel gebraucht." Selbst in Riekes Ohren klang diese Formulierung etwas lächerlich, trotzdem zeigte sie Wirkung. „Ob die morgige Modenschau stattfindet, weiß ich nicht. Bitte wartet im Anschluss in Euren Bungalows auf weitere Informationen von Frau Caspari. Vielleicht kommt nachher die Polizei, um uns alle zu vernehmen."

„Die Polizei?" Sofort brach wieder Unruhe aus. „Warum denn die Polizei? Wir wissen doch nichts."

„Befragen werden sie uns trotzdem", gab Rieke zurück. „Bleibt ganz ruhig. Es wird sich alles aufklären, davon bin ich überzeugt. Wer nichts damit zu tun hat, braucht nichts zu befürchten." Auch diese Bemerkung verhalf ihr nicht zu der gewünschten verräterischen Mimik bei einem der Models. Genau genommen sahen sie alle verängstigt aus.

„Werden wir etwa verdächtigt? Die meisten von uns kannten die Kollektion gar nicht!"

„Ja, ich weiß. Trotzdem wird man uns vernehmen. Wer die Entwürfe nicht offiziell kannte, kann sie sich beschafft haben." Obwohl es nicht in Riekes Absicht lag, einen Generalverdacht auszusprechen, fühlten sich die Models dadurch angegriffen.

„Sie glauben, eine von uns hat die Entwürfe geklaut und sie an den aufgeblasenen Hubertus Hohenfels verkauft? Das ist völlig absurd! Warum sollten wir das tun? Wir sägen uns damit den eigenen Ast ab, auf dem wir sitzen." Es lag so viel echte Empörung in der Aussage, die Rieke fast zum Lächeln brachte. Lediglich die blitzenden Augen und die Befürchtung, eine derartige Reaktion könnte falsch verstanden werden, hielt sie davon ab.

„Nein, das ist nicht meine Meinung. Das ist das, womit wir vermutlich konfrontiert werden. Ich befinde mich in der gleichen Lage wie ihr." Die Aussage schien die jungen Frauen wieder zu beruhigen. Sie wusste außerdem, wie groß das Vertrauen in ihre Erfahrung war.

„Überlegt einfach, ob Ihr irgendetwas beobachtet habt, was der Polizei weiterhelfen kann, diesen Fall aufzuklären. Da wir alle unseren Job behalten wollen, ist es wichtig, dass dies so schnell wie möglich passiert. Nur so ist Isabella Caspari in der Lage weiterzuarbeiten." Ihre Befürchtung, ihre Chefin könnte nicht das Opfer, sondern die Anstifterin dieser Intrige sein, behielt sie lieber für sich. Zum einen wollte sie die Verunsicherung bei den Mannequins nicht weiter vergrößern, zum anderen konnte sie darauf verzichten, sie gegen sich selbst aufzubringen. Die meisten der jungen Frauen arbeiteten bereits jahrelang mit der Designerin zusammen und waren ihr loyal verbunden. Niemals würden sie ihr Wirtschaftsspionage zutrauen, weil ihre eigene Kreativität nicht ausreichte. Oder ging es gar nicht um Ideenlosigkeit? Steckte eine viel größere Intrige dahinter? Rieke hatte das Gefühl, sich gedanklich im Kreis zu drehen.

Während sie überlegte, ob sie etwas hinzufügen sollte, hörte sie das Klackern von Absätzen im Gang. Kam Isabella Caspari endlich zu ihnen, um sie zu informieren, wie es weiterging? Rieke spürte, wie gern sie Unterstützung bekommen hätte. Ein wenig fühlte sie sich von der Modeschöpferin im Stich gelassen. Daneben war es recht befremdlich, sich überhaupt nicht um ihre Models zu kümmern. Ohne sie zu informieren, hatte sie den Saal verlassen. Je länger Rieke darüber nachdachte, desto seltsamer kam ihr das Verhalten vor.

Ihre Hoffnung wurde jedoch enttäuscht. Eine sehr schlanke junge Frau kam auf sie zu, an die Rieke sich nicht erinnern konnte. Ihre blonden Haare waren mit pinkfarbenen Strähnen durchzogen. Danach passte sie am besten in die Truppe von Titus Seidensticker. Das Piercing an der Augenbraue sprach jedoch gegen die Vermutung, sie könnte zu den Mannequins gehören.

„Lilly! Gott sei Dank, du bist da!“, rief Amelie, die erst vor Kurzem eingestellt worden war und sich bisher unauffällig im Hintergrund gehalten hatte. Nun lief sie der neu Eingetroffenen entgegen, um ihr in die Arme zu fallen. Für einen Moment hielten sich die beiden fest, wobei jene Lilly Amelie etwas zuflüsterte, was Rieke zu ihrem

großen Bedauern nicht verstehen konnte. Waren es lediglich tröstende Worte oder gab es eine Neuigkeit? Schließlich löste sich sie sich aus der Umklammerung des Models.
„Guten Abend, ich bin Kommissarin Lilly Morgenroth“, stellte sie sich den wartenden Frauen vor. „Ich gehöre hier zu der Polizei in Sankt Peter-Ording, die nun in dem Fall ermittelt.“
Rieke wunderte sich sowohl über das schnelle Eintreffen als auch über das Alter sowie das Erscheinungsbild der jungen Beamtin. Ihr Auftreten schien etwas hölzern, vermutlich machte sie den Job noch nicht lange.
„Gibt es Neuigkeiten?“, fragte sie, anstatt den Gedanken weiterzuverfolgen.
„Wir haben die Ermittlungen gerade erst aufgenommen“, kam die selbstbewusste Antwort. „Sie gehören alle zu dem Team von Isabella Caspari?“, wandte sie sich an Rieke, was diese bestätigte.
„Ich bin Rieke Husbargen, die rechte Hand der Designerin. Wir sind alle schockiert über die Geschehnisse. Wie können wir Sie unterstützen?“
Trotz des Eindrucks, den sie von der jungen Kommissarin gewonnen hatte, beschloss Rieke, sich auf jeden Fall kooperativ zu zeigen. Je mehr sie über alles nachdachte, desto überzeugter war sie von einer größeren Intrige, in dessen Strudel sie nicht geraten wollte. Konnte es sein, dass die beiden Designer gemeinsame Sache gemacht hatten, um mehr Publicity auf sich zu ziehen? Der Gedanke kam spontan und raubte ihr fast den Atem. Wurden sie gerade alle ausgetrickst? War Isabella Caspari deshalb so schnell verschwunden? Aber wie passte der Sturz des Models in das Bild? War das bloß ein Zufall? Wirklich ein Schwächeanfall, der mit den gestohlenen

Entwürfen nichts zu tun hatte oder steckte viel mehr dahinter?
„Ist Ihnen etwas eingefallen? Sie sehen plötzlich so schockiert aus?“, kam prompt die Nachfrage von Lilly Morgenroth, die sie offensichtlich genau beobachtete.
Sollte sie ihre Idee sofort mitteilen? Im Grunde klang diese Theorie völlig absurd. Hohenfels hatte es sicherlich nicht nötig, mittels solcher Spielchen seine Karriere zu pushen. Er war seit Jahrzehnten etabliert. Und Isabella Caspari hatte sie bisher als ehrgeizige, fleißige Arbeiterin kennengelernt. Sollte sie wirklich zusammen mit Hohenfels so etwas aushecken? Die beiden waren grundverschieden. Rieke konnte es sich bei genauerer Überlegung nicht vorstellen, dass es sich um eine gemeinsam geplante Aktion zur Steigerung der Publicity handelte. Wie sollte es danach weitergehen?
„Nun?“, hakte die Kommissarin mit einem Anflug von Ungeduld nach. „Haben Sie mir etwas mitzuteilen?“
Rieke entschied sich dagegen. Die Ermittlungen hatten gerade begonnen, da musste sie nicht mit einer derartig abwegigen Idee vorpreschen. Sollte die Polizei erst einmal sehen, was sie herausfand und daraus ihre Schlüsse ziehen. Parallel würde sie ebenfalls die Augen und Ohren offenhalten, um weitere Fakten zu sammeln. Diese These konnte sie später immer noch preisgeben.
„Nein, ich bin einfach schockiert von den Ereignissen. Eben stellte ich mir die Frage, ob nun vielleicht sogar mein Arbeitsplatz in Gefahr ist“, erwiderte sie. In ihren eigenen Ohren hörte es sich nach einer lahmen Ausrede an, aber die Kommissarin gab sich damit zufrieden. Nickend wandte sie sich den Mannequins zu.
„Bitte ziehen Sie sich um und warten Sie danach in den Garderoben. Ich möchte gerne mit jeder Einzelnen sprechen. Überlegen Sie unterdessen, ob Ihnen in den letzten

Wochen oder Tagen etwas ungewöhnlich oder sogar verdächtig vorkam. Alle Kleinigkeiten, die noch so unwichtig erscheinen, können dabei hilfreich sein."
Während die Mannequins in ihre Umkleiden verschwanden, wandte sich Lilly Morgenroth wieder an Rieke.
„Hat sich Ihre Chefin bereits bei Ihnen gemeldet? Kommt sie hierher zurück, wenn Sie die Anzeige bei meinen Kollegen aufgegeben hat?"
„Nein, ich wundere mich ebenfalls über ihr Verhalten. Wir haben im letzten halben Jahr sehr eng zusammengearbeitet, aber heute Abend hat sie mich völlig ignoriert. Seit der Präsentation der Kollektion durch Hubertus Hohenfels ist sie wie ausgewechselt. Ich verstehe es nicht." Rieke fühlte sich erleichtert, endlich über ihre Empfindungen sprechen zu können.
„Na ja, es muss wirklich ein großer Schock für sie gewesen sein, wenn die Mode, an der sie über Monate gearbeitet hat, bei so einem wichtigen Ereignis von dem Konkurrenten vorgeführt wird. Wie ist eigentlich die Reihenfolge festgelegt worden? Der Altmeister muss ja vorher gewusst haben, zuerst dran zu sein", fragte die Kommissarin, wodurch sie sich Riekes Anerkennung erwarb. Auch wenn sie jung war und das Erscheinungsbild nicht zu ihrer Vorstellung einer Polizeibeamtin passte, schien sie immerhin intelligent zu sein. Das wiederum war vertrauenserweckend.
„Diese Frage habe ich mir auch gestellt", antwortete sie, wurde aber von dem Klingeln eines Mobiltelefons unterbrochen.
Lilly Morgenroth hob eine Hand. „Einen Moment, bitte. Ich will eben gucken, ob es wichtig ist." Nach einem Blick auf das Display nahm sie den Anruf stirnrunzelnd entgegen. Rieke lauschte dem kurzen Telefonat, konnte aber nicht verstehen, worum es ging. Als die Kommissarin

schließlich auflegte, war sie eine Nuance blasser geworden.
„Das war das Krankenhaus“, teilte sie ihrem Gegenüber tonlos mit. „Das Model, das vom Laufsteg gestürzt ist ... Laura ... sie ist gerade gestorben.“

Torge in SPO | Sonntag, den 04. April

Torge hatte sich nach den anstrengenden Vorbereitungen für die Modenschau und den Saisonstart zu Ostern sehr auf einen freien Tag außerhalb der *Weißen Düne* gefreut. Als seine kleine Lena ihn darum bat, ebenfalls die schönen Models mit ihren hübschen Kleidern auf dem Laufsteg anschauen zu dürfen, war er überrascht. Dass eine Dreijährige an sowas Gefallen finden würde, damit hatte er nicht gerechnet. Torge versuchte ihr nicht nur den Strand, sondern auch den Westküstenpark mit seinem Robbinarium und aufgrund des nordischen Schmuddelwetters ebenfalls die Dünentherme oder das Multimar Wattforum in Tönning schmackhaft zu machen, aber alle seine Vorschläge wurden mit einem charmanten Lächeln aus den runden blauen Augen abgelehnt. Mit einem ironischen Schmunzeln erkannte Torge seinen eigenen Dickkopf in dem kleinen Mädchen wieder, dem er sowieso nur selten etwas abschlagen konnte.

Der sechsjährige Lukas zeigte sich von dem Vorhaben alles andere als begeistert, gab aber schließlich nach, als der Hausmeister ihm versprach, die Gestaltung des folgenden Tages bestimmen zu dürfen.
Vor Freude kreischend verschwand Lena im Gästezimmer und kehrte mit einem bezaubernden Kleid zurück, das Annegret ihr erst kürzlich genäht hatte. Torge durfte seiner Enkelin beim Anziehen helfen. Stolz drehte sie im Anschluss vor ihm Pirouetten, die den Rock herrlich schwingen ließen. So viel Lebensfreude war wirklich ansteckend.

Also flanierten sie nach der Ankunft in der *Weißen Düne* gut gelaunt durch das Foyer, begrüßten Gloria und suchten sich einen Platz in dem großen Saal, von dem Lena den Laufsteg bestens im Blick hatte. Die Kleine zappelte voller Ungeduld auf ihrem Stuhl herum, weil sie es gar nicht abwarten konnte, die ersten feinen Roben auf der Bühne zu sehen. Als es endlich losging, saß sie mit Staunen in den strahlenden Augen ruhig da, wobei ihrem Opa das Herz weit aufging. Es gab einfach nichts Schöneres als so viel kindliche Begeisterung!
Umso größer war der Schrecken, als das Mannequin gegen Ende der Präsentation plötzlich anfing zu taumeln und schließlich ganz in ihrer Nähe vom Laufsteg stürzte. Da sofort Ersthelfer bei ihr waren, konnte sich Torge um die Kinder kümmern. Lena fing an zu weinen und musste getröstet werden. Was dann folgte, ließ ihn die Fassung verlieren. Das gestürzte Mannequin wurde immer noch vor dem Laufsteg erstversorgt, als die junge Designerin die Bühne betrat und nach kurzen Worten des Bedauerns diese unglaubliche Anschuldigung vortrug. Natürlich stand sie wohl unter Schock. Wenn es wirklich den Tat-

sachen entsprach, war das eine absolute Ungeheuerlichkeit. Trotzdem fand der Hausmeister das Timing ausgesprochen empathielos. Vermutlich wollte sie mit ihrem Vorwurf ein möglichst großes Publikum erreichen und befürchtete, dass die meisten den Saal in Kürze verlassen würden, aber es wirkte kalt und herzlos, nicht einmal abzuwarten, bis der Notarzt das gestürzte Mädel für den Transport ins Krankenhaus hinausbegleitet hatte.

Torge zog die Kinder von der Unglücksstelle weg, um sich auf die Suche nach seiner Annegret zu machen. Lena hatte sich schnell beruhigt, nachdem sie sich in die Arme ihres Opas kuscheln durfte. Sie wollte ihn gar nicht wieder loslassen. Hoffentlich fing sie nicht erneut an zu weinen, wenn er ihr erklärte, nun Knud und Kommissarin Wiesinger helfen zu müssen. Seine Befürchtungen waren jedoch unbegründet. Voller Freude, ihre Mutter zu sehen, drückte sich Lena stattdessen an sie.

„Du bist also wieder in deinem Element“, piesackte Annegret ihn, als er sie in seine Pläne einweihte. „Weiß Knud schon von seinem Glück?“

Torge ließ sich nicht aus der Ruhe bringen. „Min seute Deern, du siehst doch, was hier los ist. Erst die Diebstähle, dann dieser Sturz und nun auch noch Wirtschaftsspionage – und das alles in meiner *Weißen Düne*. Da muss ich einfach handeln! Das ist Ehrensache.“

„In deiner *Weißen Düne*, soso ...“, setzte Annegret zu einer Antwort an, wurde von ihrem Mann aber sofort wieder unterbrochen.

„Du weißt schon, wie ich es meine. Aber diese Vorkommnisse werfen kein gutes Licht auf die Ferienanlage.“

„Und die Ordinger Polizei, die gerade um ein neues Mitglied verstärkt wurde, bekommt es natürlich ohne ihren Hilfssheriff nicht auf die Reihe, ein paar Einbrüche sowie den Datenklau einer Modekollektion aufzuklären.“

Torge ignorierte die Ironie in der Stimme seiner Frau. Für so ein frotzelndes Wortgeplänkel hatte er keine Ruhe mehr. „Kannst du dir vorstellen, dass es sich bei dem Sturz gar nicht um einen Unglücksfall handelt? Vielleicht hat jemand nachgeholfen."
„Das kann nicht sein, ich habe alles ganz genau beobachtet. Da war niemand, der nachgeholfen hat", erwiderte sie ein wenig begriffsstutzig.
„Ich rede ja nicht von aktivem Schubsen, aber womöglich wurde sie betäubt oder vergiftet." So leicht ließ sich der Hausmeister in seinen Gedankengängen nicht beirren.
„Du siehst mittlerweile überall Mord und Totschlag! Manchmal handelt es sich einfach nur um einen tragischen Unfall." Auch Annegret blieb bei ihrer Meinung.
„Ja, aber im Zusammenhang mit diesem wirklich schweren Vorwurf habe ich daran meine Zweifel." Wie immer, wenn er über etwas intensiv nachdachte, raufte er sich seine vollen blonden Locken, die lediglich an den Schläfen ein wenig angegraut waren. Ein wenig mehr seit dem Doppelmord im Spätherbst, wie er neulich vor dem Spiegel feststellen musste.
„Geh nur. Wenn du so wild entschlossen bist, kann ich dich ja sowieso nicht aufhalten. Wir werden jetzt zurück nach Tating fahren. Komm bitte nicht zu spät. Wie du ja sicherlich noch weißt, begehen wir trotz allem das Osterfest im Kreise der Familie."
Torge drückte ihr einen Kuss auf die Lippen, womit er sich sonst in der Öffentlichkeit sehr zurückhielt. In ihren Augen konnte er sehen, wie sie sich über diese Geste freute. Mit einem abschließenden Nicken verschwand er in der Menge, um sich auf die Suche nach Knud sowie Kommissarin Wiesinger zu begeben.
Im Festsaal wurde heftig diskutiert. Den Wortfetzen nach zu urteilen, die an Torges Ohren drangen, bildeten

sich zwei Lager. Einige glaubten den vorgetragenen Vorwürfen von Frau Caspari, andere hielten sie für absurd. Er selbst hatte sich noch kein Urteil gebildet. So wie er die Modeschöpfer bei der Vorbesprechung kennengelernt hatte, zog es ihn allerdings auf die Seite der jungen Designerin. Dem unsympathischen Altmeister traute er so eine Intrige viel eher zu, aber er hatte gelernt, sich nicht nur von seinen Gefühlen leiten zu lassen, sondern erst einmal Fakten zu sammeln. Damit würde er jetzt beginnen, wusste jedoch spontan nicht, wo er anfangen sollte. Sein Netzwerk hier auf Eiderstedt würde ihm nicht viel nützen. Dagegen konnten ihm alle, die irgendwie mit der Modenschau in Zusammenhang standen, vielleicht nützliche Informationen anvertrauen.
Die Kommissare waren weder im Festsaal noch im Foyer zu entdecken. Also beschloss Torge, auf eigene Faust zu ermitteln. Auf seinem Rundgang hatte er sowohl Hubertus Hohenfels als auch Titus Seidensticker gesehen. Ersterer war von einer Traube Groupies umringt gewesen, außerdem steuerte Gloria mit ihrem Kameramann auf ihn zu. Bestimmt würde sie versuchen, ihm eine Stellungnahme zu den Vorwürfen zu entlocken. Da sie bessere Chancen hatte, mit dem Modeschöpfer ins Gespräch zu kommen, überließ der Hausmeister es ihr. Bestimmt teilte Gloria ihr Wissen mit ihm. Das meiste würde sie sowieso veröffentlichen.
Sollte er Titus Seidensticker befragen? Der wusste vermutlich nicht mehr über den Diebstahl der Kollektion als er selbst, allerdings war er natürlich ein Insider der Branche. Sicherlich konnte es nicht schaden, unverfänglich mit ihm zu plaudern. Immerhin hatten Caspari und Hohenfels ihm komplett die Show gestohlen. Da konnte es gut sein, dass sich der Modeschöpfer über ein wenig Aufmerksamkeit freute und dabei ins Schnacken kam.

Torge nahm sich fest vor, auf jedes kleine Detail zu achten. Vielleicht konnte er damit wieder bei Knud und der Kommissarin punkten. Als sich Seidenstickers Gesprächspartner verabschiedete, blieb der farbenfroh gekleidete Mann allein mit seinem Glas Orangensaft in der Hand stehen. Dabei wirkte er etwas verloren im Stimmengewirr der Menge. Torge überlegte fieberhaft, was er sagen konnte, um den Small Talk zu beginnen. Sollte er etwas Schmeichelndes über die ausgefallene Kollektion bemerken oder wirkte das unehrlich und aufgesetzt? Vermutlich blieb er am besten bei der Wahrheit. Während er mit der Formulierung rang, war er weiter auf den Designer zugegangen. Schließlich löste sich sein Problem, indem er angesprochen wurde.

„Herr Trulsen, sind Sie etwa immer noch im Dienst? Sie haben ja genauso lange Arbeitstage wie wir", sagte er mit einem kleinen Lächeln, welches das Eis brechen sollte.

„Ausnahmsweise habe ich tatsächlich frei. Meine Deerns wollten unbedingt die Show sehen, insbesondere meine kleine Enkelin hat dabei auf die Begleitung ihres Opas bestanden. Sie war übrigens begeistert von ihren Kreationen." Torge war froh, etwas Positives sagen zu können. Die farbenfrohe Mode war für Lena genau das Richtige gewesen.

„Das freut mich natürlich. Wie alt ist Ihre Enkelin?" Titus Seidensticker taute sichtlich auf. Wie Torge im Vorwege vermutet hatte, genoss er es, nun selbst im Mittelpunkt zu stehen.

„Drei", antwortete der Hausmeister verschmitzt, woraufhin Titus Seidensticker lauthals zu lachen begann.

„Na, da muss ich mich ja noch ein wenig gedulden, bis sie zu meinen Kundinnen gehört. Es freut mich trotzdem, dass es ihr gefallen hat. Wo ist sie denn?"

„Durch den Abbruch der Show wird sie gerade nach Hause gebracht“, gab Torge sinnierend zurück, während er überlegte, wie er etwas von dem Modeschöpfer erfahren konnte. Schließlich beschloss er, über das Model zu reden. „Das war ja wirklich ein tragischer Unfall“, fing er unverfänglich an, obwohl er nach wie vor eher an einen Mordanschlag glaubte.
„Da bin ich mir nicht so sicher“, antwortete Seidensticker unaufgeregt.
„Tatsächlich?“ Torge tat überrascht. „Wie meinen Sie das?“
Vorerst schweigend schien sein Gegenüber sich die nächsten Worte genau zu überlegen. Als er nach einer Weile immer noch nichts äußerte, versuchte Torge, ein wenig nachzuhelfen.
„Ich dachte, ein Schwächeanfall wäre vielleicht die Ursache. Wenn man sich die Mannequins so ansieht, hat man immer den Eindruck, sie würden ständig zu wenig essen.“
„Ja, so ist es wohl auch. Allerdings bekommen zumindest meine Models in den Tagen vor so einem großen Event eine ausgewogene Ernährung mit entsprechenden Vitaminen und Mineralien. Ich vermute, Hubertus handhabt es ähnlich, damit so etwas nicht passiert. Das befeuert nur die Kritiker. Vermutlich werden jetzt wieder zahlreiche Artikel in der Presse erscheinen, die den angeblichen Magerkult anprangern.“
„Finden Sie die Frauen nicht zu dünn?“, fragte Torge vorsichtig nach. „Also ich mag lieber ein bisschen was zum Anfassen“, ergänzte er schließlich und überlegte sofort, ob er den Designer damit verärgern würde. Doch dieser lachte nur.
„Wissen Sie, Herr Trulsen. Die Modebranche ist eben nicht die reale Welt. Tatsächlich bin ich betrübt, nicht die

Kollektion von Isabella Caspari in den Größen achtunddreißig oder vierzig sehen zu können. Ich war bisher immer überzeugt, dass wir unsere Haute Couture nur in der sehr schlanken Form zeigen können, weil es besser aussieht. Aber vielleicht sind wir lediglich daran gewöhnt. Ich finde es ausgesprochen mutig, sich über die Gepflogenheiten der Branche hinwegzusetzen und etwas Neues auszuprobieren. Tja, wie gesagt: Sehr schade!"

„Glauben Sie nicht an einen Unfall?", hakte Torge nach.

„Hhm."

„Aber wer hätte ein Interesse daran, das Model aus dem Weg zu räumen?"

„Ach, dazu fällt mir spontan eine Menge ein", kam die prompte Antwort.

„Da bin ich aber gespannt", tat Torge kund.

„Na ja, in erster Linie herrscht natürlich zwischen den Mädchen eine große Konkurrenz. Sie wissen ja, wie die Frauen sind. Frei nach dem Motto: ‚Wer ist die Schönste im ganzen Land?' beäugen sie sich gegenseitig. Dabei geht es ständig um die Figur, um die Länge der Haare, die Reinheit der Haut und selbstverständlich bei Hubertus um seine Gunst."

„Gibt es dabei ein Ranking?", fragte Torge interessiert.

„Auf jeden Fall den Kampf um den Platz des Topmodels. Nach meinem Eindruck ist die Unruhe in der Truppe dieses Jahr besonders groß. Keine Ahnung, ob es an Lauras Aufstieg als Hubertus Favoritin liegt."

„Laura ist Hohenfels´ erste Wahl?" Torge horchte auf.

„Ja, zumindest im Moment. Mal schauen, wie lange sie sich halten kann – wenn sie überhaupt wieder zurückkehrt", mutmaßte Seidensticker.

„Nur auf dem Laufsteg oder steckt da mehr dahinter?", fragte der Hausmeister nach.

„Ah, Sie haben einen Fuß in die Gerüchteküche gesetzt." Amüsiert schaute der Modeschöpfer ihm direkt in die Augen. „Meistens ist an Gerüchten um Hubertus etwas dran. Ihm eilt der Ruf voraus, nicht viel anbrennen zu lassen. Wenn er mit Laura tatsächlich eine Affäre hat, sind die anderen natürlich erst recht aufgebracht. Wer weiß, vielleicht ist eine von ihnen auf dumme Gedanken gekommen und wollte die Königin vom Thron stoßen, um selbst darauf Platz nehmen zu können – oder zumindest die eigenen Chancen zu verbessern."
Torge hielt den Atem an! Diese Theorie entsprach genau dem, was er am Vortag bei dem Bungalow belauscht hatte. Sofort wurde ihm heiß. Hätte er den Sturz etwa verhindern können, wenn er sein gestohlenes Wissen geteilt hätte? Aber mit wem?
„Herr Trulsen! Sie sehen ja richtig schockiert aus. Tut mir leid, wie sehr es Sie mitnimmt, aber auch wenn wir uns mit Glamour umgeben, ist dies ein knallhartes Business. Neid und Konkurrenzdenken sind an der Tagesordnung."
Seidenstickers Redeschwall gab Torge ein wenig Zeit, seine Gedanken zu sortieren und innerlich zur Ruhe zu kommen. Sollte er dem Designer von dem Streit erzählen? Sofort verwarf er den Gedanken wieder. Wie stand er dann da? Außerdem war es sowieso zu spät. Da war diese Information bei den Kommissaren besser aufgehoben. Lieber versuchte er, mehr herauszubekommen, als selbst zu tratschen.
„Sind Affären zwischen den Models und Hohenfels tatsächlich üblich?", wollte er stattdessen wissen.
„Das scheint Sie zu überraschen", erwiderte der Modemacher.

„Na ja, nichts für ungut, aber er ist ziemlich alt. Die Frauen dagegen sind blutjung und schön“, entrüstete sich der Hausmeister.
„Ja, da haben Sie recht. Da lockt der Ruf von Macht und Geld.“
„Äh, handhaben Sie das genauso?“, fragte Torge, bekam dabei sofort einen roten Kopf, weil er die Frage selbst als absolut indiskret empfand. Wieder erntete er schallendes Gelächter.
„Wie ich sehe, sind Sie nicht über alle pikanten Details aufgeklärt worden. Mich interessieren die Models rein in beruflicher Hinsicht. Ich bin verheiratet – und zwar mit einem Mann.“
Wenn Titus Seidensticker sein Gegenüber damit aus der Fassung bringen wollte, wurde er enttäuscht. Die sexuelle Orientierung eines Menschen war Torge herzlich egal. Solange niemand zu Schaden kam – was insbesondere natürlich für Kinder galt – sollte jeder nach seiner Vorliebe glücklich werden. Da es in diesem Fall um Hohenfels ging, war es ihm doppelt egal, wie Seidensticker tickte. Er konzentrierte sich wieder auf das, was wichtig war.
„Und was glauben Sie bezüglich der gestohlenen Entwürfe?“, gab er dem Gespräch eine andere Richtung. „Trauen Sie es Ihrem langjährigen Kollegen zu?“
„Kollegen?“ Wieder lachte der Modeschöpfer amüsiert. „Widersacher ist wohl treffender ausgedrückt.“ Bevor er weiterredete, wurde er ernst. „Ich weiß, ich lehne mich ziemlich weit aus dem Fenster, aber wenn Sie mich so direkt fragen: Ja, ich traue es Hubertus allerdings zu. Zumal er seit Jahren das immer gleiche langweilige Zeug präsentiert. Es ist nicht sehr wahrscheinlich, dass er plötzlich in der Lage ist, ein solches Feuerwerk der Kre-

ativität zu zünden. Aber das ist nur meine unmaßgebliche Meinung. Bitte posaunen Sie diese Aussage nicht als Zitat in eine Fernsehkamera, sonst habe ich am Ende eine Verleumdungsklage auf dem Tisch."

Nickend versicherte Torge ihm seine Verschwiegenheit, wobei er gleichzeitig registrierte, wie gern Seidensticker in Bildern sprach. „Können Sie sich auch den umgekehrten Fall vorstellen?", stellte er seine nächste Frage.

„Dass die Caspari Hubertus die Entwürfe gestohlen hat?" Es folgte eine Grimasse. „Eher nicht, aber ich war nicht dabei und kenne weder ihre Arbeitsweise noch ihre Routine. Vielleicht war sie am Ende mit der Vorbereitung einer so großen Kollektion überfordert. Ich bin ehrlich gesagt ziemlich gespannt, was die Polizei herausbekommt."

„Haben Sie das Gefühl, Ihnen wurde durch die Geschehnisse am heutigen Abend die Show gestohlen?", wagte Torge einen persönlichen Vorstoß.

„Das ist eine gute Frage." Seidensticker legte eine Pause ein, um einen Moment darüber nachzudenken. „Da ist was dran." Er überlegte weiter. „Nein, die Show gestohlen wäre zu viel gesagt. Meine Präsentation hat genauso funktioniert, wie ich geplant habe und sie ist gut beim Publikum angekommen. Natürlich wird die Wirkung von dem folgenden Drama ein wenig geschmälert. Ich denke, das wird mein Auftragsvolumen nicht beeinträchtigen", fügte er augenzwinkernd hinzu. „Obwohl die im Anschluss vorgestellten Kleider wirklich sehr ansprechend waren. Sie werden durch das Geheimnis, wer sie überhaupt entworfen hat, zusätzlich aufgewertet. Leider wissen die Kundinnen gar nicht, wo sie sie nun bestellen sollen", fügte er weiter gut gelaunt hinzu.

„Wer kann Ihrer Meinung nach den Diebstahl durchgeführt haben? Ein Model? Oder eine Schneiderin?" Torge war gespannt.

„Tja, das ist wohl die zentrale Frage. Hohenfels muss irgendeinen Maulwurf eingeschleust haben", überlegte er laut. „Ist alles möglich. Vielleicht hat er auch die Assistentin der Caspari gekauft …"
„Rieke Husbargen."
„Ja, genau. Wie man so hört, hat die gerade mal ihre Probezeit überstanden. Vielleicht arbeitet sie eigentlich für Hubertus. Möglich wäre es." Der Designer wiegte den Kopf. „Ist mir nicht bekannt, ob die Husbargen in die gesamte Kollektion eingeweiht war. Ich habe sie kaum erlebt. Da kann ich mir ausnahmsweise kein Urteil erlauben." Offensichtlich amüsierte sich Seidensticker köstlich über das, was er selbst sagte.
Torge nickte wieder. „Können Sie sich sonst jemanden vorstellen?"
„Schwer zu sagen. Kommt darauf an, wie viele Personen in die Produktion involviert waren; wann sie überhaupt angefangen hat, sie zu entwerfen; ob es Wechsel in ihrem Personal gab. Sie sehen: Es gibt viele Variable, in die wir keinen Einblick haben. Das ist Aufgabe der Polizei. Bin gespannt, wann die hier auftaucht, um Hubertus zu befragen. Ich denke, ich bleibe noch ein wenig länger hier. Könnte spannend werden." Er ließ seinen Blick durch den Festsaal schweifen. „Ah, schauen Sie mal: Gloria von Brandenburg ist ganz in ihrem Element. Na, die wird Hubertus richtig auf den Zahn fühlen. Wenn man sie lässt, holt sie aus dem Lackaffen bestimmt mehr heraus als die Polizei."
Torge guckte zu der Stelle, an der der Altmeister zuletzt gestanden hatte. Seine Anhängerinnen hatten für Gloria und ihren Kameramann Platz gemacht, schienen das Interview aber gebannt zu verfolgen.
„Kennen Sie Gloria?", fragte Seidensticker ihn in diesem Moment. „Sie gehört wirklich zu den Fähigen ihrer Zunft.

Eigentlich können mir die Journalisten alle gestohlen bleiben, auch wenn sie uns natürlich nützlich sind. Ich sehe sie allerdings lieber aus der Ferne – bis auf diese eine. Wenn Sie Gloria ein Interview geben, können Sie sicher sein, dass sie nicht alles Mögliche dazudichtet, um den Artikel aufzupeppen. Außerdem ist sie ein Ass in der Recherche und stets ausgesprochen gut vorbereitet. Sie sollten sich das Spektakel aus der Nähe anschauen. Diese Frau ist wirklich klasse."

„Ja, ich kenne sie. Im letzten Sommer war sie eigentlich auf Urlaub hier in Sankt Peter-Ording und hat uns mit ihrem Engagement sehr bei der Suche meiner entführten Enkelin unterstützt."

Bei dem Gedanken an die Geschehnisse lief Torge erneut eine Gänsehaut über den Rücken.

„Ihre Enkelin wurde entführt? Hier? Als ich hörte, wo in diesem Jahr unser prominentes Event stattfindet, wollte ich es erst gar nicht glauben. Ich dachte, das wäre ein total verschlafenes Nest, das lediglich Strandurlauber herlockt. Wie es aussieht, entfaltet sich an diesem Ort jedoch auch jede Menge kriminelle Energie."

Gloria in SPO | Sonntag, den 04. April

Einen Moment lang konnte sich Gloria nach der von Isabella Caspari vorgebrachten Anschuldigung kaum rühren. Sofort schossen ihr gefühlt tausend Fragen durch den Kopf. Diese Modenschau galt für diese Branche als Event des Jahres, aber was hier gerade passierte, war bei Weitem sensationeller.
Als die Designerin den Laufsteg verließ und aus dem Saal rauschte, überlegte Gloria, ob sie ihr folgen sollte, verwarf den Gedanken aber schnell wieder. Wenn Isabella Caspari vorhatte, die Polizei aufzusuchen, würde sie die Journalistin lediglich auf später vertrösten, wenn sie jetzt um ein Interview bat. Während die Gedanken durch ihren Kopf wirbelten, checkte Gloria den Saal. Das gestürzte Model wurde ins Krankenhaus gebracht, das war natürlich das Wichtigste. Der nächste Blick galt ihrem Kameramann. Hoffentlich hatte er die kleine Rede der Caspari im Kasten. Es wäre fatal, wenn die Kollegen mit

so einer Story punkteten und sie lediglich mit einem bilderlosen Bericht aufwarten konnte. Er streckte den Daumen in die Höhe, was sie erleichtert zur Kenntnis nahm. Da es Gloria nicht möglich war, mit allen Beteiligten gleichzeitig zu sprechen, versuchte sie, die Reaktionen in ihren Gesichtern abzulesen. Würde die Mimik einen von ihnen verraten? Das war vermutlich zu einfach gedacht. Trotzdem ließ die Journalistin ihren Blick durch den Saal wandern.

Hubertus Hohenfels stand in gelassener Haltung in der Nähe des Laufstegs. Ein leichtes Lächeln umspielte seine Lippen oder bildete sie sich das lediglich ein? Vermutlich wurde es durch seine Anhängerinnen hervorgerufen, die ihn sofort belagerten, um ihm ihre Treue zu signalisieren. Auch wenn Gloria ihn absolut blasiert fand, er war ein echter Frauentyp. Sie war gespannt, wie er auf die Vorwürfe reagieren würde. Sie gab ihrem Kameramann ein Zeichen, den Altmeister als Nächstes interviewen zu wollen.

Titus Seidensticker stand in ein angeregtes Gespräch vertieft mit seinem üblichen Orangensaft an der Rückwand des Saales. Die Geschehnisse um ihn herum schienen ihn im Augenblick weniger zu interessieren. Kommissarin Wiesinger folgte der Designerin, ihren Kollegen Knud Petersen konnte Gloria nicht entdecken. Vermutlich würden die beiden an einem ruhigen Ort die angekündigte Anzeige aufnehmen. Sie vertraute darauf, von der Polizei über eventuelle Neuigkeiten informiert zu werden. Bestimmt würde es am nächsten Tag außerdem eine Pressekonferenz geben.

Hubertus genoss sein Bad in der Menge und machte keine Anstalten, den Saal zu verlassen. Das verschaffte ihr die Möglichkeit, weitere Reaktionen einzufangen. Casparis Assistentin saß mit dem Rücken zu ihr. War es

möglich, dass sie die Spionin des Altmeisters war? Als Gloria schließlich einen Blick auf ihr Gesicht werfen konnte, sah sie lediglich eine versteinerte Miene, die absolut nichts preisgab. Wenn sie nichts mit dem Diebstahl der Entwürfe zu tun hatte, überlegte sie eventuell gerade, wie sie sich von einem möglichen Verdacht reinwaschen konnte. Vielleicht gingen ihr die gleichen Überlegungen durch den Kopf, wenn sie etwas damit zu tun hatte. Oder sie befürchtete, ihren Job zu verlieren. Bei so einem Skandal würden auf jeden Fall Köpfe rollen. Während Gloria noch abwog, ob sie sie ansprechen sollte, stand sie plötzlich auf und verschwand in Richtung der Garderoben der Mannequins.
Gloria konzentrierte sich auf das Interview, welches sie gleich mit Hubertus Hohenfels führen wollte. Um seine Gefühlslage einschätzen zu können, beobachtete sie ihn ganz genau, während sie sich ihm näherte. Mittlerweile versprühte er seinen üblichen Charme, was seine weiblichen Fans mit begeistertem Anhimmeln quittierten. Was für alberne Gänse! Wie die Teenager führten sich diese Frauen auf, die alle bereits im mittleren Alter waren.
Gloria interessierte sich jedoch für die Gedanken und Gefühle, die Hohenfels hinter seiner Maske des gefeierten Modeschöpfers verbarg. Die Kollektion war der absolute Knaller und damit sehr weit von dem entfernt, was der arrogante Altmeister in den letzten Jahren präsentiert hatte. Gloria war sich absolut sicher, die Vorwürfe von Isabella Caspari entsprachen den Tatsachen. Aber konnte sie es beweisen? Wenn Hubertus Hohenfels einen Spion in ihr Team eingeschleust hatte, müsste ihm das nachgewiesen werden. Dumm war der große Meister nicht. Wenn er sich wirklich zu so einem Schritt hinreißen ließ, waren sicherlich sowohl die Planung als auch

die Durchführung sorgfältig gewesen. Konnte er damit wirklich durchkommen?
Erst einmal war Gloria auf seine Reaktion gespannt, obwohl sie sich schon denken konnte, was passieren würde. Aalglatt wies er bestimmt alle Vorwürfe von sich und stellte sich dabei in seiner überheblichen Art quasi über die Caspari, wobei er ihre Arbeit abwertete. Er würde seine jahrzehntelange Erfahrung betonen und klarstellen, dass er so etwas nun wirklich nicht nötig hatte. An dem Punkt würde er vermutlich zum Gegenangriff übergehen, also den gleichen Vorwurf in Isabella Casparis Richtung schicken.
Bevor sie ihn erreichte, schaute sie noch einmal nach den Kollegen. Wie in den letzten Jahren waren zahlreiche Journalisten zu dem großen Event angereist, die lokale Presse war sowieso vertreten. Die meisten von ihnen schienen jedoch bereits die Informationen der letzten zwei Stunden zu verarbeiten: Die farbenfrohe, extravagante Kollektion von Titus Seidensticker war grundsätzlich ein Leckerbissen für die Fotografen und bot interessanten Stoff für die Berichterstattung. Mit den großartigen, nunmehr skandalumwitterten Entwürfen, dem Sturz des Models und schließlich der flammenden Rede von Isabella Caspari konnten sie etliche Spalten füllen. Sollte sie ebenfalls an dieser Stelle abbrechen und ihre gesammelten Informationen verarbeiten? Allerdings war der Abend bereits fortgeschritten. Ihre Onlineberichte wurden vermutlich erst am nächsten Tag gelesen. Die Reportage für das Fernsehen sollte im Vorabendprogramm des kommenden Abends gesendet werden. Den jetzigen Stand der Dinge würden alle Kollegen bringen, aber wenn sie außerdem ein exklusives Interview von Hohenfels bekäme, wertete das ihre Berichterstattung

erheblich auf. Das war genau das, was die Leute interessierte! Wie reagierte der Star der Branche auf die Vorwürfe der Newcomerin? David gegen Goliath. Solche Geschichten übten seit jeher Faszination auf die Menschen aus.
Außerdem war Gloria selbst neugierig. Sie beschloss, ihn mit ihren Fragen hart heranzunehmen. Der Kameramann folgte zwei Schritte hinter ihr. Geduldig passte er sich ihrem Tempo an. Sie arbeiteten bereits lange zusammen, wodurch er wusste, dass sie ein wenig Zeit benötigte, um im Geiste das Interview vorzubereiten. Spontanität war eine ihrer Stärken. Vielleicht war sie deshalb die einzige Journalistin, die sich in diesem Moment in die Nähe des großen Meisters wagte. Ihn jetzt zu den Vorwürfen zu befragen, wirkte wie eine Verstärkung, auch wenn Hohenfels sicherlich dafür aufgeschlossen war, seine Meinung vor einer laufenden Kamera kundzutun, um die Anschuldigung möglichst zu entkräften.
Als er sie entdeckte, wurde das Lächeln auf seinen Lippen noch breiter.
„Gloria von Brandenburg, meine Lieblingsreporterin. Ich freue mich, dass Ihr erster Weg nach der Präsentation meiner neuen Kollektion Sie zu mir führt. Wie hat sie Ihnen gefallen?“
Insgeheim zollte sie Hohenfels ihren Respekt. So viel Selbstbewusstsein musste man in einer derartigen Situation erst einmal aufbringen. Kein Wort über die Anschuldigung in der ersten Phase des Gesprächs. Ganz schön abgebrüht!
Gloria beschloss, sich auf das Geplänkel einzulassen, bevor sie ihn dann mit ihren Fragen attackierte. Im Grunde bot dieser Auftakt des Interviews eine großartige Vorlage.

„Hubertus, ich bin absolut begeistert von dieser Kollektion. Ein wahres Feuerwerk der Kreativität. Jedem Kleid die persönliche Note aus einem anderen Land zu geben, ist ein absolut genialer Einfall. So ist die Kollektion quasi eine Reise um die ganze Welt, die dadurch internationale Aufmerksamkeit erhält, weil sich jede Nation wiederfindet und angesprochen fühlt. Für eine Haute Couture außerdem erstaunlich tragbar.“ Gloria konnte sehen, wie Hubertus Hohenfels mit jedem Wort ein wenig größer wurde. Vermutlich wurde ihm erst durch diese Zusammenfassung klar, wie genial die Idee hinter den Entwürfen war.
„Erzählen Sie. Was hat Sie dazu inspiriert?“ Die Journalistin beobachtete den Modeschöpfer ganz genau, während sie die erste Frage abschloss. War da ein kleiner Anflug von Unsicherheit oder bildete sie sich das ein, weil sie es sehen wollte? Sie nahm sich vor, seine Reaktion so objektiv wie möglich zu bewerten. Da das Interview aufgezeichnet wurde, konnte sie im Nachgang die Großaufnahme studieren. Das würde sicherlich auch die Polizei interessieren. Im Bewusstsein ihrer Verantwortung konzentrierte sie sich noch stärker auf ihr Gegenüber und blendete alle Geräusche, die aus dem Saal an ihre Ohren drangen, aus.
„Wie schön, dass Sie das fragen, Gloria. Sie haben es genau erfasst. Seit Jahren bewege ich mich auf internationalem Parkett und bin auf meinen Reisen in so vielen Ländern dieser Erde zuvorkommend behandelt worden. Neben den offiziellen Veranstaltungen habe ich mir stets Zeit genommen, die jeweiligen Kulturen kennenzulernen. Zahlreiche Souvenirs aus der Modewelt haben dabei den Weg in mein Haus gefunden. Sie haben mich dazu inspiriert, diese Kollektion zu entwerfen. Ich freue mich über Ihre Begeisterung, Gloria. Sie haben stets ein sehr

kritisches Auge." Hohenfels deutete eine Verbeugung an, die auf sein Publikum sicherlich wie eine Geste der Anerkennung wirkte.
Doch Gloria ließ sich nicht einlullen. Bei ihr entstand stattdessen der Eindruck einer Kampfansage: ‚So leicht bekommst du mich nicht' schien der Altmeister ihr zuzurufen. Aber sie hatte ja noch gar nicht richtig angefangen.
„Die Entwürfe sind großartig, Hubertus. Und so innovativ. Einfach ganz anders als alles, was Sie bisher präsentiert haben. Was hat Sie dazu bewogen, Ihren über Jahrzehnte geprägten Stil zu verlassen?" Gloria bemühte sich um einen ruhigen Ton und einen neutralen Gesichtsausdruck. Sie war sich bewusst, dass alle Umstehenden an ihren Lippen hingen. Außerdem würde das Interview morgen im Fernsehen ein noch viel größeres Publikum erreichen. Sie wollte sich nicht dem Vorwurf aussetzen, die Fragen suggestiv gestellt zu haben.
„Meine Liebe, die Zeiten ändern sich. Sicherlich haben Sie von den Vorwürfen gehört, ich würde ständig nur das Gleiche präsentieren." Hohenfels war rhetorisch geschickt, das konnte sie ihm nicht absprechen. Sie selbst hatte es in ihren Artikeln durchklingen lassen. „Bevor ich aufs Altenteil geschickt werde, wollte ich zeigen, dass die Kontinuität meiner Entwürfe eine bewusste Entscheidung war, ich aber anders kann."
Gloria meinte, einen kleinen Triumph in seinen Augen wahrzunehmen. Anscheinend war er stolz auf seine eigene Argumentation. Gleichzeitig bot er der Journalistin jedoch wieder eine gute Möglichkeit, das Interview in die gewünschte Richtung zu steuern.
„Wo Sie es selbst ansprechen, ... es wurden Stimmen lauter, Sie hätten das Rentenalter erreicht. Planen Sie, in absehbarer Zeit in den Ruhestand zu gehen? Ist dies der krönende Abschluss Ihrer Karriere?"

„Mitnichten, meine Teuerste. Kreativität geht nicht in Rente. Wie Sie anhand dieser Kollektion sehen können, habe ich meinen Kundinnen nach wie vor viel zu bieten“, antwortete Hohenfels jovial.
„Inwieweit hat die Teilnahme der Newcomerin Isabella Caspari an der diesjährigen Modenschau ihren Entschluss bestärkt, nicht wieder das Gleiche wie im letzten Jahr zu präsentieren?“ Gloria war sich der Provokation ihrer Formulierung bewusst. Es wurde Zeit, den Schmusekurs zu verlassen und deutlichere Worte zu sprechen. So leicht ließ sich der erfahrene Designer allerdings nicht überrumpeln.
„Na, das ist jetzt aber nicht nett formuliert, Gloria. Die Kontinuität meines Hohenfels-Stils als das immer Gleiche zu bezeichnen. Ts ts. Nein, ich habe Ihnen ja eben bereits ausgeführt, was mich zu dieser Kollektion inspiriert hat. Vielleicht wollte ich meinen Kritikern zeigen, wozu ich in der Lage bin. Wie schon gesagt, meine Kontinuität war eine bewusste Entscheidung und keine mangelnde Kreativität, aber ich kann auch anders, wenn ich will. Tja, vielleicht hat mich sogar die Teilnahme von der Caspari darin bestärkt, etwas Neues auszuprobieren. Immerhin hat die gesamte Veranstaltung dadurch ein anderes Gesicht bekommen.“ Selbstzufrieden blickte Hubertus ihr direkt in die Augen.
Gloria fühlte sich herausgefordert, die aalglatte Fassade zu knacken. „Wenn ich mir die bisherigen Arbeiten von Isabella Caspari anschaue, dann entspricht diese eben von Ihnen präsentierte Kollektion eher dem Stil der Newcomerin als dem Ihren.“ Die Journalistin legte eine Pause ein, um ihren Worten mehr Wirkung zu verleihen. Bevor sie jedoch weiterreden konnte, blaffte Hohenfels sie an.

„Was soll das, Gloria? Wir plaudern hier die ganze Zeit so nett und nun kommen Sie mit einer derartigen Bemerkung. Ich lasse mich weder von dem jungen Gemüse noch von Ihnen verleumden! Ich weiß nicht, was in die Caspari gefahren ist, aber eins ist sicher: So baut man sich keine Karriere auf. Als ob ich es nötig hätte, eine Kollektion zu stehlen!“ Seine Entrüstung blieb, im Tonfall wurde er allerdings etwas gemäßigter. Vielleicht war ihm bewusst geworden, dass es sich um ein Fernsehinterview handelte, bei dem er einen souveränen Eindruck hinterlassen wollte.
Gloria ließ sich nicht einschüchtern. Es wäre nicht die erste Verleumdungsklage auf ihrem Tisch. Das gehörte zum Berufsrisiko.
„Sie weisen also die Anschuldigung von Isabella Caspari zurück?“, fragte sie nach, um ihn weiter aus der Fassung zu bringen.
„Ja, das habe ich doch bereits deutlich gemacht.“ Hohenfels ärgerte sich über sie, was Gloria als gutes Zeichen wertete.
„Warum sollte sie das tun, wenn es nicht der Wahrheit entspricht?“, hakte die Journalistin nach. Trotz des stechenden Blickes bereitete es ihr keine Mühe, ihm weiter direkt in die Augen zu schauen.
„Woher soll ich das wissen? Dafür kann es viele Gründe geben. Vielleicht hat sie sich einfach überschätzt. Mal hier und da ein Kleid zu designen ist etwas ganz anderes als eine umfassende Kollektion zu präsentieren, noch dazu für die Haute Couture. Außerdem wollte sie ja am morgigen Tag eine Sammlung von Kleidern der Prêt-á-Porter-Mode zeigen. Ich kann nur vermuten, dass sie damit insgesamt überfordert war. Statt dies zuzugeben, wirft sie mir vor, sie bestohlen zu haben. Ist schon grotesk! So etwas habe ich in meiner ganzen Laufbahn noch

nicht erlebt.“ Hohenfels hatte seine Selbstsicherheit wiedergefunden. „Was sie dazu bewogen hat, eine derartige Anschuldigung vorzubringen, das müssen Sie sie selbst fragen.“

„Ja, das werde ich. Mit Sicherheit bleibt Isabella Caspari jedoch bei ihrem Vorwurf, wodurch es eine polizeiliche Untersuchung geben wird. Können Sie beweisen, die Entwürfe selbst kreiert zu haben?“

„Genauso gut oder schlecht wie die Caspari“, antwortete Hohenfels gelassen. „Ich habe alle Ideen, erste Zeichnungen und Fortentwicklungen archiviert. Das ist Standard.“

Gloria nickte. „Das heißt also, Sie behaupten im Gegenzuge, Ihnen wurden die Entwürfe gestohlen.“

„Bisher hat sie lediglich Anschuldigungen vorgetragen. Ich habe von ihr bislang nichts gesehen, was sie für dieses Event vorbereitet hat. Wenn sie mit derselben Kollektion angereist ist wie ich, tja, dann muss ich davon ausgehen, von ihr bestohlen worden zu sein. Das wäre natürlich ein unglaublicher Skandal für unsere Branche!“ Hohenfels suchte die Kamera, um seinen Worten mit direktem Blick zum Publikum mehr Nachdruck zu verleihen. Er verstand es, die Medien für seine Zwecke zu nutzen, das musste Gloria zugeben. Sie überlegte fieberhaft, wie sie ihn ein weiteres Mal aus der Reserve locken konnte, während Hubertus den Flirt mit der Kamera beendete, um seine Aufmerksamkeit wieder seinen Fans im Saal zu widmen.

„Sind Ihre Sicherheitsvorkehrungen denn so schlecht, oder wie war es möglich, Ihre Entwürfe zu entwenden?“, schoss Gloria die nächste Frage ab, wie einen Pfeil.

Das Lächeln im Gesicht des Modeschöpfers verzerrte sich zu einer Grimasse. Wütend wandte er sich wieder

der fragenden Journalistin zu. „Sie überspannen den Bogen, Gloria! Natürlich sind meine Sicherheitsvorkehrungen bestens. Das ist wirklich eine lächerliche Frage."
„Wie konnte es trotzdem passieren?" Gloria ließ nicht locker. Seine Wut stachelte sie weiter an. Wenn sie viel Glück hatte, rutschte ihm in der Erregung etwas heraus, was ihn verriet.
Doch so einfach machte er es ihr nicht. „Wenn ich das wüsste, wäre ich einen großen Schritt weiter, aber Sie können versichert sein, dazu wird es eine interne Untersuchung geben. Ich werde die Schuldige finden."
„Haben Sie bereits einen Verdacht?", bohrte Gloria weiter. Dabei war sie gespannt, wie weit er sich auf diese Fragen vorbereitet hatte.
„Sie wollen es immer ganz genau wissen, liebe Gloria. Da muss ich Sie leider enttäuschen. Bevor nicht diverse Prüfungen abgeschlossen sind, werde ich kaum irgendwelche Verdachtsmomente in die Welt hinausposaunen. Dafür haben Sie sicherlich Verständnis. Das käme einer Vorverurteilung gleich, die bei Irrtum nur schwer zu rehabilitieren ist. Nein, mehr kann ich dazu leider nicht sagen", wandte er sich wieder an das Publikum hinter der Kamera. „Ich verspreche, Sie auf dem Laufenden zu halten. Ich bedanke mich für Ihre Treue und werde Sie nicht enttäuschen." Abschließend blickte er wieder zu der Journalistin. „Ich danke Ihnen für die Möglichkeit, hier umgehend Stellung nehmen zu können, Gloria. Das wäre von meiner Seite erst einmal alles. Guten Abend."
Gloria kannte ihn gut genug, um zu wissen, dass er keine weiteren Fragen beantworten würde. Sie gab ihrem Kameramann ein Zeichen zum Rückzug.

Charlie in SPO | Montag, den 05. April

Am Montagmorgen trafen sich die vier Kommissare trotz des Feiertages früh auf dem Revier, um die bisherigen Ergebnisse zusammenzufassen und das weitere Vorgehen zu besprechen. Lillys Anwesenheit war für Charlie immer noch ungewohnt, außerdem haderte sie nach wie vor mit deren Anblick. Sie war trotzdem gespannt, ob ihr Neuzugang am gestrigen Abend etwas herausbekommen oder lediglich privat unterwegs gewesen war.
Während Knud wie üblich den ersten Kaffee des Tages für alle bereitete, konzentrierte sich die Kommissarin auf ihre Notizen zu dem Gespräch mit dem Altmeister. Selbst in der Erinnerung ärgerte sie sich über Hohenfels´ blasiertes Verhalten. Nachdem Fiete die Besprechung eröffnet hatte, gab sie die Fakten und ihre Eindrücke für die Kollegen wieder.
„Richtig viel haben wir bislang nicht erfahren. Derzeit handelt es sich um eine gegenseitige Anschuldigung. Ich

schätze, wir werden lediglich durch umfassende Befragungen der Mitarbeiter beider Designer etwas Handfestes herausbekommen. Die Ateliers befinden sich in Hamburg. Vielleicht sollten wir dafür Durchsuchungsbeschlüsse beantragen." Charlie ließ ihren Blick in die Runde wandern. „Was meinen Sie dazu?"
„Wir sollten uns erst einmal darauf konzentrieren, die Models und Schneiderinnen zu vernehmen, die jetzt in der *Weißen Düne* weilen. Was bringen uns die Durchsuchungen? Vermutlich werden wir in beiden Studios die Entwürfe der Kollektion finden. Dann sind wir nicht schlauer als vorher", antwortete Knud.
„Das ist wirklich zu simpel gedacht, Knud", echauffierte sich Charlie. „Vielleicht finden wir irgendwelche Hinweise auf den Verrat. Es muss ja nicht unbedingt eine Spionin geben. Daneben existieren diverse technische Möglichkeiten, an Firmeninterna zu kommen."
„Das habe ich nicht in meine Überlegungen einbezogen", gab ihr Kollege etwas kleinlaut zu. „Ich bin wohl noch nicht ganz wach."
„Ich verzeihe Ihnen", grinste die Kommissarin gut gelaunt. „Fiete, bitte besorgen Sie uns die Durchsuchungsbeschlüsse – nicht nur für die Ateliers, sondern auch für die Häuser der beiden. Möglicherweise befinden sich dort ebenfalls geschäftliche Unterlagen."
„Wird gemacht, Charlotte", gab Fiete geflissentlich zur Antwort.
„Hat eigentlich jemand die Kleider von Isabella Caspari gesehen?", schaltete sich Knud wieder in die Unterhaltung ein.
„Ja", meldete sich Lilly Morgenroth zu Wort.
„Tatsächlich?", fragten Charlie und Knud wie aus einem Mund. Sie tauschten einen Blick, den Knud mit seinem typischen Grienen quittierte. „Tja, Charlotte, mindestens

ein weiteres Jahr haben sie mich an der Backe." Anschließend wurde er wieder ernst und wandte sich an die neue Kollegin: „Dann berichten Sie mal", forderte er sie freundlich auf.

Eine leichte Röte zog über Lillys Gesicht. „Eigentlich wollte ich nach dem Sturz des Models nur nach Amelie sehen. So heißt meine Freundin, die seit Kurzem bei Isabella Caspari unter Vertrag ist. Dass die Show nicht fortgesetzt wurde und sie damit nicht zu dem lang ersehnten Auftritt kam, war natürlich eine große Enttäuschung. Ich wollte sie ein wenig trösten. Außerdem dachte ich, ich könnte hinter den Kulissen vielleicht etwas herausbekommen, was uns in dem Fall weiterhilft." Sie nahm einen Schluck Kaffee, während die anderen ungeduldig auf die Fortsetzung ihrer Aussage warteten. „Die Mannequins standen im Gang vor den Umkleiden zusammen. Alle hatten die gleichen Kleider wie aus der Präsentation von Hubertus Hohenfels an. Das war schon skurril."

„Gut, das wäre damit geklärt", übernahm Charlie wieder die Führung. „Haben Sie noch etwas anderes in Erfahrung gebracht?"

„Ja. Ich war gerade im Gespräch mit der Assistentin, als ich einen Anruf vom Krankenhaus erhielt. Das Model Laura ist gestern Abend verstorben."

Einen Moment herrschte Stille. Charlie war sich nicht sicher, was sie mehr beeindruckte, die Nachricht von dem Tod der jungen Frau oder die Tatsache, dass ihre Jungkommissarin vor ihr davon erfahren hatte.

Knud gewann als Erster seine Fassung zurück. „Sie erhielten einen Anruf von dem Krankenhaus?", wiederholte er staunend. „Wie kamen die denn an Ihre Nummer?"

Lilly kam nicht umhin, daraufhin zu lächeln. Außerdem schwang ein wenig Stolz in ihrer Stimme mit, als sie antwortete: „Ich habe dem Notarzt vor der Abfahrt meine Karte in die Hand gedrückt. Diese habe ich mit der Bitte verknüpft, mich über den Gesundheitszustand auf dem Laufenden zu halten. Hat funktioniert“, fügte sie mit einem Grinsen hinzu.

„Respekt“, meldete sich Fiete wieder zu Wort. Charlie sah ihm deutlich an, wie sehr er sich in seiner Personalauswahl bestätigt fühlte.

„Dann haben wir es also zusätzlich mit einem Todesfall zu tun. Die Angelegenheit wird immer komplexer“, sinnierte Charlie.

„Es muss sich nicht zwingend um Mord handeln“, gab Knud zu Bedenken.

„Ja, das ist richtig. Es wäre aber ein großer Zufall, wenn es sich vor der Kulisse dieser Intrige um einen natürlichen Tod handeln würde. Mein Gefühl sagt mir, da steckt mehr dahinter!“ Wie immer, wenn Charlie sich gegen eine andere Meinung von Knud durchsetzen wollte, legte sie viel Energie in ihre Aussage. Ihre braunen Locken fingen an zu tanzen.

„Ihr Gefühl?“ Lilly biss sich auf die Zunge, aber es war zu spät. Die kurze Frage war ihr herausgerutscht. Am liebsten hätte sie sie zurückgenommen, das war ihr deutlich anzusehen.

„Oft fängt es mit einer Ahnung oder einem Gefühl an, was dann später mit Fakten untermauert wird“, gab die erfahrene Kommissarin lächelnd zurück. „Ansgar soll so schnell wie möglich eine Autopsie durchführen, dann wissen wir mehr. Schwebt er nach wie vor auf Wolke sieben oder ist die geplante Sommerhochzeit bereits wieder Geschichte?“

Knud, der von seiner Mutter Greta stets mit dem Eiderstedter Klatsch versorgt wurde, grinste: „Die Planungen laufen auf Hochtouren, was mich ehrlich gesagt wundert. Aber bis Ende August ist ja noch jede Menge Zeit. Vielleicht bekommt er erst in letzter Minute kalte Füße."
„Hauptsache die großen Vorbereitungen halten ihn nicht von der Arbeit ab. Wir brauchen schnelle Ergebnisse", forderte Charlie, als ob Knud dafür verantwortlich wäre.
„Ich kümmere mich darum", antwortete dieser gutmütig.
„Gut", freute sich Charlie, bevor sie sich wieder an die neue Kollegin wandte. „Sie haben also gestern Abend mit Rieke Husbargen gesprochen. Welchen Eindruck hat sie auf Sie gemacht? Trauen Sie ihr zu, ihre Chefin bestohlen und die Entwürfe an Hubertus Hohenfels verkauft zu haben?" Durch die Aktion mit der Visitenkarte war Lilly im Ansehen der Kommissarin gestiegen. Das war ein cleverer Einfall gewesen, der schnelles Handeln erforderte. Vielleicht hatte sie die Neue tatsächlich unterschätzt.
„Sie wirkte auf mich verunsichert und leicht überfordert. Auf der einen Seite war sie in Sorge um Isabella Caspari, auf der anderen Seite fühlte sie sich von ihrer Chefin allein gelassen, weil sie überhaupt nicht auftauchte. Sie kümmerte sich um nichts. Weder hatte sie ihre Assistentin über den weiteren Verlauf des Abends noch die Models über die Vorkommnisse im Saal informiert. Sie ist einfach abgehauen. Dadurch fühlte sich Rieke Husbargen zurückgesetzt. Monatelang hatten die beiden eng zusammengearbeitet und an diesem Abend wurde sie von der Designerin völlig ignoriert. Ich glaube, so langsam wurde ihr das Ausmaß der Vorfälle mit den möglichen Konsequenzen klar und sie bekam Angst um ihren Job. Vielleicht befürchtet sie, von der Caspari verdächtigt zu werden, die Kollektion an Hohenfels verkauft zu haben."

„Dafür, dass Sie sich eigentlich nur amüsieren wollten, waren Sie ja wirklich fleißig!“ Die Anerkennung war ehrlich gemeint und Charlie sah, wie sich Lilly darüber freute. „Wir sollten uns also auf jeden Fall kurzfristig mit Rieke Husbargen unterhalten. Gibt es mittlerweile eine Entscheidung, ob die heutige Präsentation stattfinden wird?“, fragte sie in die Runde, aber keiner war darüber informiert worden.
„Ich kümmere mich darum“, antwortete Fiete. „Angesichts des Todesfalls ist es wohl eher unwahrscheinlich, oder?“
„Tja, kann man so und so sehen“, überlegte Charlie laut. „Wenn Hubertus Hohenfels ihr wirklich die Haute-Couture-Kollektion geklaut hat, ist sie um ein Jahr ihrer Arbeit betrogen worden. Ehrlich gesagt könnte ich verstehen, wenn sie über die zweite Modenschau etwas retten will. Immerhin geht es um ihre Existenz.“
„Aber will das nach diesen Ereignissen jemand sehen? Solange die Angelegenheit nicht geklärt ist, klebt der Makel an ihr wie Möwenschiet“, gab Fiete zu bedenken.
„Wie Sie wissen, lieben die Menschen Skandale und Intrigen. Ich denke, die Aufmerksamkeit ist dadurch erheblich gestiegen“, antwortete Charlie.
„Das bringt einen glatt auf die Idee, die beiden Modeschöpfer könnten das gemeinsam geplant haben“, dachte Lilly laut. „Überlegen Sie mal! Mehr Publicity geht nicht. Die Kollektion wird sich jetzt verkaufen wie geschnitten Brot. Die beiden machen halbe-halbe und alle sind glücklich.“
„Die Idee ist gar nicht so abwegig, wie sie auf den ersten Blick klingt. Knud, Sie sind mal wieder am Whiteboard gefordert. Notieren Sie bitte alles, was wir bereits erörtert haben“, forderte Charlie ihren Kollegen auf. „Lassen Sie uns einen Moment über den Ansatz nachdenken, den

Kommissarin Morgenroth gerade ins Spiel gebracht hat. Vielleicht ist das wirklich die Lösung, denn im Grunde verstehe ich diesen Diebstahl der Kollektion überhaupt nicht."

„Ja, das ist genau genommen völlig bescheuert", meldete Lilly sich wieder zu Wort. Charlies Lob schien ihr Selbstsicherheit verliehen zu haben. „Weil es ja keinen großen Kreis von Verdächtigen gibt. Angenommen Hohenfels hat der Caspari die Entwürfe gestohlen, was in meinen Augen wahrscheinlicher ist, wenn man sich die Klamotten anguckt, die seiner Feder in den letzten Jahren entsprungen sind. Dann ist er der Einzige, der infrage kommt. Abgesehen von der Gegenanschuldigung gibt es keine Entlastung. Was bringt das, außer sich selbst die Laufbahn zu ruinieren?"

„Publicity bringt es in jedem Fall", gab Knud zu Bedenken.

„Wenn er überführt wird, geht sein Ruf den Bach runter. Außerdem landet er im Knast", widersprach Lilly.

„Vielleicht ist er arrogant genug, um zu glauben, damit durchzukommen." Auch Knud ließ sich nicht in seiner Argumentation beirren.

„Aber wie denn?", fragte Lilly.

„Tja, genau das müssen wir herausbekommen", antwortete er, während Charlie den Faden bereits weiterspann.

„Kann es sich um ein Ablenkungsmanöver handeln?", gab sie dem Team zu bedenken. „Vielleicht geht es bei diesem ganzen Szenario um etwas völlig anderes, was für uns nicht sichtbar ist."

„Das ist eine Möglichkeit. Haben Sie dazu eine Idee, Charlotte?", fragte Knud interessiert.

„Nein, aber wir sollten in der *Weißen Düne* die Augen in alle Richtungen offenhalten und uns bei den Befragungen nicht nur auf die Kollektionen dieser Modenschauen konzentrieren. Fiete, Ihre Recherchekünste sind gefragt. Suchen Sie alle Informationen über die Designer und ihre Models heraus, die Sie finden können." Charlie fühlte sich herausgefordert, das knifflige Rätsel zu lösen. „Wie passt in diesem Szenario der Tod des Models ins Bild?"

„Vielleicht handelt es sich wirklich um einen natürlichen Tod – wenn man es bei einem abgemagerten Mannequin so nennen will. Lassen Sie uns die Ergebnisse von Ansgar abwarten, bevor wir uns in Spekulationen ergehen." Wie immer war Knud pragmatisch. „Hubertus Hohenfels will kurzfristig zurück nach Hamburg. Gleiches gilt für die beiden mitgereisten Schneiderinnen. Die sollten wir also zuerst befragen. Vermutlich bleiben die Models ein paar Tage zur Erholung in der *Weißen Düne* – so war es jedenfalls vor den dramatischen Vorfällen geplant."

„Ich habe gerade Isabella Caspari erreicht", meldete sich Fiete wieder zu Wort. „Sie will die heutige Modenschau stattfinden lassen. Bis ungefähr fünfzehn Uhr steht sie mit ihren Mannequins für Fragen zur Verfügung. Außerdem halten sich zwei ihrer Schneiderinnen in der *Weißen Düne* auf. Danach wollen sie sich auf die Show vorbereiten."

„Das hört sich gut an. Was ist mit dem Dritten im Bunde? Kann uns Titus Seidensticker bei den Ermittlungen nützlich sein? Immerhin kennt er Hohenfels seit Jahrzehnten. Außerdem kann er uns vielleicht mit Interna der Branche weiterhelfen", fragte Knud die Kollegen, nachdem er die ersten Stichworte auf der modernen Tafel notiert hatte.

„Schaden wird es nicht. Sehen Sie irgendeinen Ansatzpunkt, durch den er selbst in die Vorkommnisse verwickelt sein kann?" Wie üblich versuchte Charlie, den Fall von allen Seiten zu beleuchten. Schnelle Vorverurteilungen brachten selten einen Ermittlungserfolg. Oft trog der Schein. Doch die anderen reagierten skeptisch.

„Ich kann mir nicht vorstellen, wie Seidensticker an der Intrige beteiligt sein soll. Selbst wenn es sich bei dem Tod des Models um Mord handeln sollte, was hätte er davon?“ Knud schien weiterhin darüber nachzudenken, obwohl er der Theorie gerade eine Absage erteilte.

„Finden wir es heraus“, forderte Charlie die Kollegen auf. „Wie gehen wir vor?“

Bevor die anderen antworten konnten, öffnete sich die Tür zum Revier und Torge Trulsen stürmte herein. „Moin! Ah, großartig! Ihr seid alle hier versammelt. Ich habe Neuigkeiten, die Euch bestimmt interessieren werden. Habt Ihr einen Kaffee für mich?“

Charlie kam nicht umhin, zu schmunzeln. Das war der Trulsen, wie sie ihn kennengelernt hatte. Auch wenn er ihr manchmal den letzten Nerv raubte, musste sie zugeben, ihn im vergangenen halben Jahr vermisst zu haben. Seine überwiegend fröhliche Laune trug erheblich zur positiven Stimmung bei. Selbst seine unorthodoxen Ermittlungsmethoden – wenn man sie so nennen wollte – hatten ihren Anteil am Erfolg des Teams gehabt. Außerdem schien es, als würde sie gerade ihre Wette mit Knud gewinnen. Was eigentlich ein Grund zur Freude war, wurde durch die Verantwortung getrübt, die dieser Sieg mit sich brachte. Charlie war sich nicht sicher, ob sie überhaupt einen Schlüssel zu Knuds Haus haben wollte. Bestimmt würde sie ihm nicht so schnell Kaffee am Bett servieren, wie er sich das wünschte. Und musste sie ihm im Gegenzuge freien Zugang zu ihrem heimeligen Zuhause im Dorf geben? Da er, wie es aussah, gerade die Wette verlor, würde er das hoffentlich nicht einfordern.

So gerne sie Knud auch mittlerweile mochte, dazu war sie nicht bereit.
Den Gedanken beiseiteschiebend konzentrierte sie sich auf den Hausmeister, der es gar nicht abwarten konnte, sie in seine Neuigkeiten einzuweihen. Er hatte am Besprechungstisch Platz genommen und trank einen großen Schluck von dem Kaffee, bevor er mit seinem Bericht begann.
„Ah, du hast schon Zucker hineingerührt. Danke dir, Knud."
„Ich weiß doch, wie du ihn magst, aber wenn du wieder in die Ermittlungen einsteigen willst, muss ich dich enttäuschen. Wie du siehst, haben wir deine Stelle des Hilfssheriffs bereits neu besetzt."
Es bereitete Charlie große Mühe, ernst zu bleiben. Sowohl Trulsen als auch ihrer Jungkommissarin entgleisten bei Knuds Ansage die Gesichtszüge. Sie war sehr gespannt, wer von beiden sich entrüsteter zeigen würde. Tatsächlich hatte es dem Hausmeister die Sprache verschlagen, was selten genug vorkam. Das gab Lilly Morgenroth die Gelegenheit, als Erste auf Knuds kleine Provokation zu reagieren.
„Was heißt denn hier Hilfssheriff? Ich habe einen Bachelor in Kriminologie. Ich dachte, ich bin nicht nur als Kriminalkommissarin, sondern als vollwertiges Mitglied des Teams eingestellt worden. Und jetzt erfahre ich so nebenbei, dass Sie mich als Hilfskraft sehen?" Lilly redete sich weiter in Rage. Keiner der Anwesenden bekam die Chance, Knuds Bemerkung richtigzustellen. Erst als Trulsen in schallendes Gelächter fiel und sich dazu das vertraute Grienen im Gesicht des Kommissars zeigte, schwieg Lilly verunsichert.
„Es geht gar nicht um mich?", fragte sie vorsichtig nach.

„Nur indirekt“, schmunzelte Knud. „Eigentlich wollte ich Torge auf die Schippe nehmen. Ihr Zugang in unserem kleinen Team war einfach ein zu schönes Argument, aber natürlich sind Sie hier nicht als Hilfssheriff eingestellt. Kein Grund, sich aufzuregen. Das war bisher Torges Job – bis er im letzten Spätherbst gekündigt hat, weil es ihm zu gefährlich wurde.“

„Ja ja, wer den Schaden hat, braucht für den Spott nicht zu sorgen, das ist bekannt. Darf ich mich vorstellen?“, wandte er sich an Lilly. „Torge Trulsen. Ich bin der Hausmeister der Ferienanlage *Weiße Düne* und außerdem der beste Freund von Knud ... Kommissar Petersen – auch wenn man davon gerade nichts merkt.“

„Ach so. Und nebenbei haben Sie hier im Polizeidienst gearbeitet?“ Lillys Verwunderung war deutlich zu erkennen.

„Nur inoffiziell“, kommentierte Charlie. Sie wollte endlich erfahren, welche Neuigkeiten Trulsen zu der Rückkehr auf das Polizeirevier bewogen hatten. Weitere Erklärungen zu seinem Status konnten sie später erörtern. „Legen Sie mal los, was haben Sie herausgefunden?“

Der Hausmeister ließ sich nicht zweimal bitten. „Ich bin gestern Abend direkt nach dem Sturz des Models mit Titus Seidensticker ins Gespräch gekommen“, begann er seine Ausführungen und blickte in die Runde, um sich der vollen Aufmerksamkeit zu vergewissern. „Dabei sind interessante Aspekte zur Sprache gekommen.“

„Spannen Sie uns nicht auf die Folter, Trulsen. Hauen Sie es einfach raus“, forderte Charlie ihn ungeduldig auf.

„Ich habe vermutet, es würde sich bestimmt nicht um einen Unfall handeln, und das hat mir der Modeschöpfer bestätigt. Auch er geht - insbesondere in Verbindung mit dieser unglaublichen Anschuldigung - eher von einem

Mordanschlag aus." Ergänzend wiederholte Trulsen die Argumente seines Gesprächspartners.
Die erfahrene Kommissarin war nicht überzeugt. Eine ausgewogene Ernährung war nicht gerade ein schlagendes Argument, nicht von einem Schwächeanfall auszugehen. Wie sie ihn kannte, war das allerdings nicht alles, was er zu berichten hatte. Dabei würde es sie nicht wundern, wenn es sich erneut um eine halbgare Aktion handelte.
„Da ist doch noch etwas, was Ihre Mordthese untermauert, Trulsen."
„Das stimmt. Darauf komme ich gleich zu sprechen." Es bereitete ihm sichtlich Freude, die Spannung auf den Höhepunkt zu treiben. Vielleicht rechnete er sich dadurch bessere Chancen aus, wieder in dem Team aufgenommen zu werden. „Hat Hohenfels Ihnen bestätigt, dass Laura sein Topmodell war und er eine Affäre mit ihr hatte?", ließ er die erste Bombe platzen.
Für einen Moment waren die Kommissare sprachlos. Lilly reagierte schließlich als Erste. „Sind Sie sicher? Hat Seidensticker das behauptet? Laura ist mit so einem alten Sack in die Kiste gestiegen? Das ist ja ekelhaft!", entrüstete sie sich, bevor sie einen prüfenden Blick in die Runde warf. „Äh, das war nicht so optimal ausgedrückt", ergänzte sie, als Fiete mit einem Stirnrunzeln reagierte. „Nichts für ungut."
„Ich würde es anders formulieren, empfinde es aber ebenfalls als befremdlich. Zumal ja eine deutliche Abhängigkeit besteht, auch wenn die Mannequins wohl gerade volljährig sind. Wenn wir tiefer graben, kommen vielleicht weitere Delikte zum Vorschein", kommentierte Charlie Lillys Ausbruch. „Der Fall scheint immer komplexer zu werden. Wer hätte das gedacht, als es am Donnerstag so harmlos mit den Einbrüchen begann."

„Worum wir uns ebenfalls kümmern müssen“, ergänzte Knud.
„Ja, lassen Sie uns einen Moment bei Laura bleiben“, unterbrach Charlie den Kollegen und wandte sich erneut an Trulsen. „Ist das lediglich eine Vermutung von Seidensticker oder gibt es dafür eine weitere Quelle?“
„So ist es!“ Es war dem Hausmeister anzusehen, wie sehr er sich freute, wieder etwas zu den Ermittlungen beisteuern zu können. „Zufällig bin ich am Samstag Zeuge eines Streits zweier Models aus der Hohenfels-Truppe geworden.“
„Zufällig“, kommentierte die Kommissarin trocken. „Lassen Sie mich raten. Sie sind wieder um die Bungalows geschlichen und haben gelauscht.“
Einen Moment lang war Trulsen daraufhin zu baff, um antworten zu können. Erst als Knud ihn grinsend aufforderte, weiterzureden, weihte er sie ein: „Es war wirklich ein Zufall. Ich war auf dem Rückweg von einigen Reparaturen in Richtung meiner Werkstatt, als ich meinte, einen Schrei gehört zu haben. Es hätte ja wirklich sein können, dass jemand Hilfe benötigt. War aber falscher Alarm.“ Trulsen gab wieder, was er durch seinen Lauschangriff erfahren hatte. „Der Bungalow ist mit vier Models belegt. Laura gehört dazu. Ich habe die Namen recherchiert. An dem Streit beteiligt waren nur zwei. Ob sie beide in dem Domizil wohnen, kann ich allerdings nicht mit Bestimmtheit sagen.“
„Okay, es herrscht also ein großer Konkurrenzkampf zwischen den jungen Frauen. Eigentlich nicht verwunderlich“, bemerkte Charlie. „Was ich viel interessanter finde, ist der mögliche Wechsel von Hohenfels zu Caspari. Ist es bisher nur eine Drohung oder gab es das bereits? Und wenn ja, wann? Das wäre vielleicht ein Ansatzpunkt, die Spionin zu finden.“

„Klingt ein bisschen zu einfach, aber wir werden es verfolgen.“ Trotz seiner Skepsis notierte Knud den Punkt auf der weißen Tafel. „Das könnte natürlich ein anderes Licht auf Lauras Tod werfen, aber wir sollten dafür trotzdem den Obduktionsbericht abwarten. Ich rufe Ansgar nachher an, damit wir das Ergebnis möglichst schnell bekommen. Bleiben die Einbrüche in die Ferienbungalows. Glauben Sie an einen Zusammenhang?“
„Unwahrscheinlich. Trotzdem sollten wir diesen Ansatz im Hinterkopf behalten“, antwortete Charlie. „Sie sind also wieder an Bord, Trulsen? Was hat denn Ihren Sinneswandel bewirkt?“
„Wenn es um meine *Weiße Düne* geht, fühle ich mich bei der Ehre gepackt“, weihte er die anderen in seine Empfindungen ein. „Außerdem habe ich mich wirklich schlecht gefühlt, Gloria wegzuschicken. Sie war im Sommer so selbstlos für uns da. Das kam mir einfach nicht fair vor.“
„Damit ist es wohl amtlich, Charlotte. Sie haben die Wette gewonnen.“ Knud griente bis über beide Ohren während er in seine Schreibtischschublade griff.
„Jetzt, wo du es ansprichst. Was hat es denn eigentlich mit dieser Wette auf sich?“, fragte Trulsen und blickte zwischen Charlie und Knud hin und her. „Meine Annegret hat mir vertellt, es hätte mit mir zu tun, wollte aber keine Einzelheiten verraten.“
„Es geht um deine weitere Einmischung in unsere Fälle“, erläuterte Fiete den Hintergrund. Auch Lilly schien neugierig zu sein. „Charlotte war überzeugt, dass du beim nächsten großen Fall wieder auf der Matte stehst, Knud hat dagegen gehalten.“
„Was heißt eigentlich Einmischung? Fiete, ich habe Euch wirklich zielführend bei der Lösung einiger Fälle unterstützt. Das kann man auch netter ausdrücken!“ Trulsen

tat einen Moment beleidigt, erntete aber von den beiden männlichen Kommissaren lediglich ein wissendes Grinsen, was ihn schließlich bewog, das Thema zu wechseln.
„Das ist alles? Na, Sie kennen mich wohl mittlerweile ziemlich gut, Kommissarin Wiesinger. Besser als mein bester Kumpel, das ist eine Aussage. Und um was habt Ihr gewettet?“, wollte er schließlich wissen.
„Tja, das ist das Pikante an der Sache“, gab Fiete schmunzelnd zurück. „Wenn ich mich richtig erinnere, ist es entstanden, weil Charlotte am Ende des letzten Falles von einer Erkältung total groggy war und Knud sich um sie kümmern wollte. Bei dem Wetteinsatz handelt es sich um die Schlüssel zu ihren Häusern. Da unsere geschätzte Kommissarin gewonnen hat, bekommt sie jetzt freien Zugang zu Knuds Haus im Tümlauer Koog.“
„Was Ihnen nicht automatisch den Kaffee am Bett bescheren wird!“ Ihr Ton klang schärfer als beabsichtigt. Sie gestand sich ein, von der Situation ein wenig überfordert zu sein, insbesondere weil es durch die Thematisierung vor allen Kollegen mehr Gewicht bekam. „Wollen wir uns jetzt wieder unseren Fällen zuwenden? Wie es aussieht, gibt es viel zu tun.“
Erleichtert nahm sie zur Kenntnis, wie Knud die Schublade wieder schloss, ohne ihr etwas entnommen zu haben. Wie immer war er äußerst sensibel und spürte ganz offensichtlich, warum sie den Schlüssel nicht vor versammelter Mannschaft entgegennehmen wollte. Das schätzte sie sehr an ihm.
„Konzentrieren wir uns einen Moment auf die Diebstähle“, wechselte er das Thema. „Was wissen wir bisher über den oder die Täter?“
„Das Hauptaugenmerk liegt auf Bargeld, Schmuck und technischen Geräten wie Laptops, Handys sowie Kameras. Sie kennen sich aus. Das bedeutet, sie selektieren die

Beute in Bezug auf die Wertigkeit. Billigen Kram lassen sie liegen“, resümierte Charlie erleichtert, sich wieder auf die Arbeit konzentrieren zu können.
„Genau. Außerdem sind sie in der Lage, die kleinen Tresore der Ferienbungalows, die von gehobener Qualität sind, zu öffnen“, ergänzte Knud. „Sie sind schnell. Ob sie Spuren hinterlassen, wissen wir nicht. Der Bericht aus der KTU steht noch aus.“
„Haben Sie dazu ebenfalls etwas gehört, Trulsen? Sie sind doch am Ort des Geschehens. Ist Ihnen irgendetwas verdächtig vorgekommen?“ Jetzt, wo sich der Hausmeister zurückgemeldet hatte, konnte sie ihn wieder einspannen. Gerade in der *Weißen Düne* kam er wesentlich unauffälliger nah an die Gäste heran als sie selbst. Es war nicht auszuschließen, den Langfinger unter den Bewohnern der Ferienanlage zu finden.
„Nein, bisher nicht, aber ich halte die Ohren offen“, versicherte er ihr geflissentlich.
„Gut, dann sollten wir im nächsten Schritt erneut Hubertus Hohenfels und sein Team befragen. Mal schauen, was der Altmeister zu der vermeintlichen Affäre mit seinem Topmodel sagt. Außerdem bin ich sehr gespannt, wie er ihren Tod sowie die Wechselgerüchte kommentiert. Also, auf in die *Weiße Düne*“, forderte die Kommissarin ihre Kollegen auf. „Fiete, Sie halten hier die Stellung.“

Rieke in SPO | Montag, den 05. April

Die Nachricht von Lauras Tod hatte Rieke erschüttert. Wo war sie nur hineingeraten? Aus dem Wunsch, ihrem etwas langweiligen Leben zu entfliehen, wurde langsam ein Albtraum. So wie sich Isabella Caspari ihr gegenüber verhielt, lag die Vermutung nahe, dass die Designerin sie der Wirtschaftsspionage verdächtigte. Womöglich versuchte am Ende jemand, ihr den Mord an dem Model anzuhängen. Eines natürlichen Todes war sie – vor dem Hintergrund einer solchen Intrige – bestimmt nicht gestorben. Das alles wurde Rieke zu viel. Am liebsten wäre sie aus der unsäglichen Situation geflohen. Einfach die Koffer packen, nach Hause fahren und sich in ihrem Reihenhaus am Rande der Stadt verkriechen. So hatte sie sich ihren Ausflug in die Welt des Glamours nicht vorgestellt!
Aber sah es nicht wie ein Schuldeingeständnis aus, wenn sie jetzt überstürzt abreiste? Außerdem würde man sie

natürlich finden und erneut mit der Angelegenheit konfrontieren. Abreisen war keine Lösung. Sie musste die Sache aufklären. Zwar war sie nicht sicher, wie sie ihren beruflichen Weg nach diesem Wochenende fortsetzen wollte, aber sie konnte es sich nicht leisten, ihren - wenn auch recht unbedeutenden – Namen mit so einem Skandal zu beschmutzen. Nach all den arbeitsreichen Monaten mit unzähligen Überstunden war ihre Chefin ihr zumindest ein Gespräch schuldig. Und was war das eigentlich für ein unprofessionelles Verhalten? Selbst wenn der Schock die Modeschöpferin lähmte, konnte sie ihre rechte Hand nicht so einfach ignorieren. Gleiches galt für die Models. Isabella Caspari war verschwunden, ohne sich um irgendetwas zu kümmern. Die Anzeige bei der Polizei musste längst aufgegeben sein! Warum kam sie jetzt nicht zu ihnen? Wie sollte es weitergehen?
Neue Energie durchfloss ihren Körper, nachdem Rieke beschlossen hatte, die Designerin zur Rede zu stellen. Sie selbst hatte mehr Respekt verdient. Außerdem wollte sie wissen, ob die Modenschau am kommenden Tag stattfinden würde. Noch war Rieke ihre Assistentin und damit verantwortlich für diverse Aufgaben.
Ohne sich weiter um die junge Kommissarin oder die Mannequins zu kümmern, hatte sie sich auf dem Absatz umgedreht, zu den Bungalows zu marschieren. Schnell wurde die Tür geöffnet, nachdem Rieke angefangen hatte, dagegen zu hämmern.
„Sind Sie von allen guten Geistern verlassen?“, schleuderte Isabella Caspari ihr anstelle einer Begrüßung entgegen. Ihr sorgfältig frisiertes Haar sah derangiert aus. An den Spuren des zerlaufenen Make-ups konnte Rieke erkennen, dass sie geweint hatte. Einen Moment übermannte sie Mitleid mit der Frau, mit der sie im letzten halben Jahr mehr Zeit als mit ihrem eigenen Ehemann

verbracht hatte. Dadurch wankte sie in ihren Entschluss, ein schonungsloses Gespräch zu führen. Doch hier ging es um ihre eigene Laufbahn, so bedeutungslos sie derzeit auch schien. Selbst wenn Isabella Caspari in ihrer Existenz bedroht war, war es einfach nicht fair, sie komplett zu ignorieren. Obwohl der stechende Blick sie zu durchbohren schien, zählte sie in Gedanken langsam bis zehn, um nicht in der gleichen Lautstärke und Aggression zu antworten. Sie wollte Klärung. Die würde sie in einem lautstarken Streit bestimmt nicht erreichen.

„Darf ich hereinkommen?“, fragte sie beherrscht in einem möglichst neutralen Tonfall.

Isabella Caspari zögerte. Weil Rieke nicht genauso aufgeregt wie sie selbst reagierte, schien sie verunsichert zu sein. Ohne eine Antwort zu geben, öffnete sie schließlich die Tür vollständig, was die Assistentin als Einladung verstand, ihr in den Bungalow zu folgen. Er war etwas geräumiger als ihr eigener. So wie sie es in dem Atelier der Modeschöpferin kennengelernt hatte, herrschte auch hier penible Ordnung. Lediglich die halbleere Flasche Whiskey gab einen Hinweis auf die Gefühlslage der Bewohnerin. Noch nie hatte Rieke ihre Chefin etwas Hochprozentiges trinken sehen, höchstens mal ein Glas Sekt oder Wein.

Mit einer Geste forderte Isabella Caspari ihre Mitarbeiterin auf, Platz auf dem bequem aussehenden Sofa zu nehmen, während sie sich selbst auf einem Sessel niederließ und erneut zu dem Glas griff, ohne jedoch Rieke etwas anzubieten.

„Und? Sind Sie gekommen, um Ihre Beichte abzulegen?“, fragte sie, wobei die Aggression in ihre Stimme zurückkehrte.

Rieke verschlug es für einen Moment die Sprache. Auch wenn es wahrscheinlich gewesen war, mit diesem Vorwurf konfrontiert zu werden, hatte sie trotzdem nicht mit einer derartig offensichtlichen Vorverurteilung gerechnet.

„Geben Sie es ruhig zu. Ich weiß es ohnehin. Wer aus meinem Team würde sonst einen derartigen Verrat begehen?“ Isabella Caspari nahm einen weiteren Schluck. „Ah, widerliches Zeug!“

Riekes Gedanken rasten. Warum ging die Designerin davon aus, sie sei für das Drama verantwortlich? Es konnte dafür keinerlei Beweise geben.

„Alle anderen, die in die Kollektion eingeweiht waren, begleiten mich seit Jahren. Wir sind gemeinsam durch die erste harte Zeit gegangen. Sie sind mit mir gewachsen. Ich bin mir sicher, keine von ihnen hätte meine Arbeit, in die ich ein ganzes Jahr investiert habe, an den aufgeblasenen Hubertus Hohenfels verkauft. Keine von ihnen!“, wiederholte sie im Brustton der Überzeugung.

„Ja klar! Da bleibe natürlich nur ich übrig, weil ich als Letzte zu Ihnen gekommen bin!“ Rieke war nahe daran, ebenfalls die Geduld zu verlieren.

„Genau. Außerdem gehören Sie zu den heimlichen Hubertus-Fans. Ich weiß, wie sehr sie ihn verehren, obwohl Sie bei mir wirklich viel mehr lernen können. Hand aufs Herz: Wenn er Ihnen einen Job anbieten würde, hätte ich im Nu Ihre Kündigung auf dem Tisch, oder?“

Rieke fühlte sich ertappt. Es war ihr nicht bewusst gewesen, wie gut Isabella Caspari sie während der gemeinsamen Wochen beobachtet hatte.

„Na also. Ich wusste es. Was liegt näher, als davon auszugehen, dass Sie mich und mein gesamtes Team verraten haben? Hoffentlich hat sich wenigstens für Sie gelohnt! Oder haben Sie meine Kollektion etwa zu einem

Schleuderpreis an Hohenfels verschachert?“ In ihrer Erregung griff sie erneut zu dem Glas, stellte es aber auf den Tisch zurück, ohne daraus zu trinken.
„Wäre ich jetzt hier, wenn ich das wirklich getan hätte? Würde ich das Gespräch mit Ihnen suchen?“, versuchte Rieke, ihr Gegenüber mit Logik von ihrer Unschuld zu überzeugen.
Einen Augenblick schien die Modeschöpferin zu überlegen, doch dann schüttelte sie den Kopf. „Netter Versuch, aber darauf falle ich nicht herein.“
Rieke spürte, wie die Ungeduld übermächtig wurde. Am liebsten wäre sie aufgestanden und hätte den Bungalow - begleitet von einigen lautstarken Beschimpfungen - verlassen, aber das war natürlich komplett kontraproduktiv. Den Job brauchte sie nicht unbedingt, das hatte sich wohl sowieso erledigt. Auch wenn es sie erschütterte, so wenig Vertrauen zu genießen, bei allem, was sie in den letzten sechs Monaten geleistet hatte. Aber sie wollte nicht als Diebin oder Wirtschaftsspionin abgestempelt werden! Damit brauchte sie sich nie wieder irgendwo bewerben.
„Was bringt Sie zu der Annahme, ich wäre für diese Intrige verantwortlich?“, fragte sie deshalb noch einmal nach.
„Das habe ich doch schon gesagt. Was ist denn daran nicht zu verstehen?“, kam die lakonische Antwort.
„Bisher haben Sie lediglich einen Verdacht geäußert. Haben Sie Beweise für Ihre Anschuldigung?“ Rieke wurde lauter. „Immerhin habe ich ein halbes Jahr für Sie geschuftet ...“
„Nun fangen Sie nicht an zu jammern“, wurde sie burschikos unterbrochen. „Ich habe Ihnen von Anfang an gesagt, wie viele Überstunden in der Vorbereitung auf dieses bedeutende Event anfallen würden. Sie wollten

unbedingt dabei sein und sind ja wohl gut bezahlt worden. Na ja, anscheinend nicht gut genug!"
„Hören Sie endlich auf damit! Ich habe Ihre Entwürfe nicht gestohlen. Wo sind Ihre Beweise? Wo?" Riekes Stimme überschlug sich. Ihr Vorsatz, sich weder aufzuregen noch zu schreien, war nicht mehr zu halten. Zu sehr fühlte sie sich in ihrer Ehre gekränkt. Warum sah Isabella Caspari nicht, wie loyal sie ihr verbunden war? Ihre Hoffnung auf ein Einlenken wurde jedoch enttäuscht.
„Mir reicht es jetzt", fauchte die andere zurück. „Ich habe heute genug mitgemacht und habe es nicht nötig, mich von meiner Mitarbeiterin beschimpfen zu lassen. Verlassen Sie jetzt meinen Bungalow. Ich stelle Sie bis auf Weiteres frei. Wenn Sie sich wieder beruhigt haben, können wir uns in meinem Atelier in Hamburg treffen, um das weitere Vorgehen zu besprechen."
„Was gibt es da noch zu besprechen? Sie misstrauen mir. Ihre Anschuldigungen sind haltlos, aber sie ziehen es trotzdem durch. Ist Ihr Vorwurf Hubertus Hohenfels gegenüber genauso aus der Luft gegriffen? Das werden Sie bereuen!"

Rieke konnte sich nicht daran erinnern, jemals so aufgewühlt gewesen zu sein. Nie hatte sie sich so ungerecht behandelt gefühlt. Nach Verlassen des Ferienhauses umfing sie die Dunkelheit der nordfriesischen Nacht. Es hatte mittlerweile aufgehört zu regnen, aber der Wind war nicht ganz eingeschlafen.
Vielleicht würde ein Spaziergang am Strand ihre Nerven beruhigen. Außerdem musste sie darüber nachdenken, wie sie weiter vorgehen sollte. Aus ihrem Domizil holte sie sich eine gefütterte Windjacke und die kleine Taschenlampe, die Gerrit ihr vor ihrer Abreise geschenkt

hatte. Spontan fand sie das ein bisschen albern, aber jetzt war sie froh, darauf zurückgreifen zu können. Noch selten hatte Rieke so eine Dunkelheit erlebt wie hier an der Küste. Je weiter sie sich von der Ferienanlage entfernte, desto besser konnte sie den Sternenhimmel erkennen. Die Wolken waren komplett verschwunden. Als sie den Sand erreichte, zog sie ihre Schuhe aus und steckte die Lampe in ihre Anoraktasche. Die Wellen des auflaufenden Wassers wurden kraftvoll auf den Strand gespült. Wie es schien, hatte die Flut ihren Höhepunkt nahezu erreicht. Der Wind zerrte an ihren Haaren. Sie überlegte, ob sie sich mit der Kapuze schützen sollte, ließ es jedoch bleiben. Es war herrlich, ihren Körper als Teil dieser Naturgewalten zu spüren, wodurch sie sich bereits nach kurzer Zeit merklich beruhigte. Sicherlich würde es ihr gelingen, wieder Ordnung in ihre Gedanken zu bringen und einen Plan für das weitere Vorgehen zu schmieden. Doch für eine Weile wollte sie einfach nur genießen!

Obwohl sie ganz alleine war, verspürte sie keine Angst. Warum war sie eigentlich noch nie an dieser Küste gewesen? Früher hatte Rieke das Meer geliebt. Berichte über die Nordsee mit ihrer Ebbe und Flut hatten sie seit jeher fasziniert, aber Gerrit schwärmte für die Wärme des Mittelmeeres. Bei ihrer gemeinsamen Urlaubsplanung war es im Grunde immer nach seinen Wünschen gegangen. Sie erinnerte sich gut an das einzige Mal, bei dem sie es gewagt hatte, vehement zu widersprechen. Ein heftiger Streit war die Folge gewesen. Tatsächlich nutzte er als Argument, er würde ja schließlich das Familieneinkommen sichern. Wenn er sich das ganze Jahr abschuftete, wollte er wenigstens die wenige freie Zeit nach seiner Vorliebe verbringen, statt im Regen durchs Watt zu laufen, weil das Wasser dem Mond folgend, gerade einmal wieder verschwunden war. Das sei ja nun wirklich kein

Urlaub. Außerdem sollte sie an die Kinder denken, für die die Wärme im Süden von Europa weit attraktiver war als das norddeutsche Schmuddelwetter. Spanien gäbe der gesamten Familie die Freiheit, die sie auf Reisen brauchte.
Als ob es hier im Norden immer regnen würde! Aber natürlich hatte sie nachgegeben. Wenn es zu einem ernsten Konflikt zwischen ihnen kam, hatte sie grundsätzlich nachgegeben. Vermutlich war das der entscheidende Fehler, gestand sie sich ein. Sie musste etwas in ihrem Leben ändern. Der Job bei Isabella Caspari war der erste Schritt dafür gewesen, auch wenn es gerade so aussah, als sei das gründlich schiefgegangen. Trotzdem wollte sie sich dadurch nicht einschüchtern lassen. Sich einfach wieder in ihrem alten Leben zu verkriechen, war keine Option. So klar hatte sie das bisher nicht gesehen.
Sie ließ ihren Blick über den Strand wandern. Die imposanten Pfahlbauten waren nur schemenhaft zu erkennen. Die Sichel des zunehmenden Mondes sah wunderschön aus und gab ihr auf seltsame Weise Kraft.
Was sollte sie jetzt tun? Ob Hubertus Hohenfels sich auf ein Gespräch mit ihr einließ? Was konnte der Aufhänger dafür sein? Noch immer hielt Rieke es für wahrscheinlicher, dass er der Initiator für den Diebstahl der Entwürfe war. Was sollte es da bringen, mit ihm zu reden? Er würde es ihr bestimmt nicht gestehen, erst recht nicht, nachdem er sie so von oben herab behandelt hatte. Bei dem Modeschöpfer aktiv zu werden, schien nicht der richtige Weg zu sein.
Wer konnte die Verräterin im Team von Isabella Caspari sein? Oder gab es gar keine Spionin? Hatte Hohenfels vielleicht in einer Nacht- und Nebelaktion das Atelier verwanzt und mit versteckten Kameras ausgestattet? Vielleicht sollte sie die Polizei um Unterstützung bitten.

Bei dem Gedanken, mit so einer Theorie bei den Kommissaren vorstellig zu werden, wurde ihr abwechselnd heiß und kalt. Bestimmt wurde ihr mit einem Stirnrunzeln sowie der Frage begegnet, ob sie zu viele Krimis oder Spionagefilme sah. Rieke wollte sich aber keinesfalls der Lächerlichkeit preisgeben, sondern endlich ernst genommen werden. Vielleicht hörte sie sich lieber bei den Models ein wenig um. Wo viele Frauen auf engem Raum zusammengluckten, wurde naturgemäß viel getratscht. Wenn sie etwas herausfand, was ihre Überlegungen untermauerte, wurde sie bei der Polizei bestimmt besser respektiert.
Bei all den rotierenden Gedanken spürte sie trotzdem, wie wohl ihr dieser kleine nächtliche Ausflug tat. Nach einer Stunde fing sie an zu frösteln und kehrte in ihren Bungalow zurück. Im Vertrauen, am nächsten Tag die richtige Entscheidung für die folgenden Schritte treffen zu können, schlief sie beruhigt ein.

Wider Erwarten fühlte sich Rieke am Montagmorgen gut ausgeruht und optimistisch. Ihr Plan, sich erst unter die Mannequins zu mischen und anschließend zur Polizei zu fahren, zeigte ihr die Richtung, in die sie jetzt gehen wollte, um sich von jeglichem Verdacht reinzuwaschen.
Bei einem Frühstück im Restaurant der *Weißen Düne*, das ihr zusätzlich Kraft geben sollte, würde sie heute sicherlich die Models von Hubertus Hohenfels und Titus Seidensticker antreffen. Für sie war das Event vorbei. Als Belohnung für die harte Arbeit durften sie sich ausnahmsweise am Buffet bedienen. Vielleicht kam sie mit ihnen ins Gespräch oder schnappte etwas auf, was sich als hilfreich erwies. Da sie damit rechnete, außerdem auf die Modeschöpfer zu treffen, wollte sie dieses Mal ein perfektes Erscheinungsbild bieten. Ihre Wahl fiel vor

dem Kleiderschrank auf einen schlichten, aber eleganten Hosenanzug, den sie mit einer selbst entworfenen Bluse kombinierte. Sie schminkte sich sorgfältig, was an diesem Morgen länger als gewöhnlich dauerte, weil ihre Hände vor Aufregung leicht zitterten. Zufrieden mit dem Ergebnis ihrer Bemühungen machte sie sich schließlich auf den Weg zum Frühstück.

Der lichtdurchflutete Raum war erfüllt von Stimmengewirr. Rieke war sich sicher, dass die Geschehnisse des gestrigen Abends im Mittelpunkt des Interesses standen. Automatisch fragte sie sich, ob sich der tragische Tod von Laura bereits herumgesprochen hatte. Schnell entdeckte sie einige von Hohenfels´ Mädchen, die einen Fensterplatz mit Blick in die Dünen ergattert hatten. Ein Tisch in unmittelbarer Nähe war frei. Das fing gut an! Sie zog ihren Blazer aus und hängte ihn über die Stuhllehne, um ihn für sich zu beanspruchen. Die Models waren in ausgelassener Stimmung. Weder der Skandal um die Kollektion noch der Unfall der Kollegin schien sie in ihrer Laune zu beeinträchtigen. Obwohl Rieke darauf brannte zu hören, worüber sie sich unterhielten, ging sie erst zum Buffet. Er würde merkwürdig aussehen, wenn sie ohne einen Teller vor sich stehen zu haben, einfach aus dem Fenster starrte.

Die Auswahl begeisterte sie an diesem Morgen genauso wie an den vorherigen Tagen und ließ sie für einige Augenblicke das ganze Drama vergessen. Sie genoss sowohl die herrlichen Düfte als auch die appetitliche Präsentation der Speisen.

„Sie war eine arrogante Zicke, die sich für etwas Besseres gehalten hat. Im Grunde geschieht es ihr recht."

Rieke wurde aus der schwärmerischen Betrachtung der Delikatessen gerissen. Unauffällig betrachtete sie die

beiden jungen Frauen, die vor ihr am Buffet standen. Wie üblich befand sich nur wenig auf ihren Tellern.
„Wie kannst du so etwas behaupten?! Hast du etwa nicht mitbekommen, dass sie tot ist?“, fragte die andere entrüstet.
„Doch, aber sie hat es selbst herausgefordert. Immer auf der Überholspur, immer die Nummer eins, immer komplett auf Hubertus fixiert. Das musste so kommen.“ Durch die Vehemenz in ihrer Stimme zog das Mannequin die Blicke einiger Gäste auf sich.
„Nicht so laut“, wurde sie von ihrer Kollegin zurechtgewiesen. „Hohenfels flippt aus, wenn wir die gesamte Aufmerksamkeit auf uns ziehen.“
„Im Moment ist er ja nicht da. Warum kuscht Ihr bloß alle immer vor ihm?“ Wie, um ihrer Frage Nachdruck zu verleihen, schaufelte sie eine große Portion von dem Nudelsalat mit Lachs auf ihren Teller.
„Das willst du nicht wirklich alles essen, oder?“
„Warum nicht? Kümmere dich lieber um deinen eigenen Kram. Ich habe es satt, immer nach der Pfeife des großen Meisters zu tanzen.“
„Damit wirst du Lauras Nachfolge nicht antreten“, gab die Zurückhalterende von beiden zu bedenken.
„Wer sagt, dass ich das will? Du siehst ja, was aus ihr geworden ist. Das Leben kann schnell zu Ende sein.“
„Nun tu doch nicht so, Annalena! Du warst schon immer scharf darauf, das Topmodel der Truppe zu sein. Jetzt hättest du die Chance, Lauras Position einzunehmen.“
„Hhm, der Salat ist richtig lecker! Solltest du probieren.“ Sie klemmte die Gabel unter den Teller, um sich weitere Spezialitäten darauf zu packen. „Seit ich weiß, dass ich dafür sogar das Bett mit ihm teilen müsste, bin ich nicht mehr so begeistert von der Idee.“

„Ach, das sind alles nur Gerüchte. Ihr seid doch immer neidisch auf Lauras Erfolg gewesen. Und nun ist sie tot. Ich kann es nicht fassen!“ Mit leicht angewidertem Gesichtsausdruck musterte sie die ständig größer werdende Portion ihrer Rivalin. „Willst du das wirklich alles essen? Also mir ist der Appetit vergangen. Ich hole mir lieber einen Kaffee.“
„Laura wird nicht wieder lebendig, wenn du dir das hier entgehen lässt, meine Liebe. Denk dran, ab morgen heißt es abermals Diät halten. Kaffee kannst du jederzeit trinken. Ich habe sie übrigens gesehen.“
Die Angesprochene hielt inne. „Was heißt, du hast sie gesehen?“
„Vor seinem Haus.“ Die knappe Antwort machte nicht nur das zweite Model neugierig, auch Rieke hielt den Atem an.
„Du hast ihm nachspioniert?“
„Nun beruhige dich mal. Es war ein Zufall“, antwortete Annalena.
„Ja, klar. Du warst ganz zufällig in der Nähe seiner Villa in Blankenese. Wer´s glaubt, der irrt sich.“ Die Aussage wurde von einem verächtlichen Schnauben begleitet. „Und was genau willst du gesehen haben, als du so ganz zufällig vor seinem Haus herumgelungert hast?“
„Ich habe nicht herumgelungert, Jana. Tatsächlich habe ich sie zusammen in der Waitzstraße bei einem Juwelier gesehen. Das war wirklich Zufall“, verteidigte sich das Mannequin. „Weil meine Oma dort wohnt. Ich bin für sie einkaufen gegangen. Er hat Laura Ohrstecker gekauft!“
„Na und? Das bedeutet gar nichts. Du weißt doch, wie er seine Favoritinnen bei Laune hält.“
„Also, ich habe keinen Schmuck von ihm bekommen.“
„Tja, dann gehörst du eben nicht zu dem elitären Kreis der Auserwählten. Das wird übrigens so bleiben, wenn

du dich weiter vollstopfst.“ Die Zurückhaltung wurde von einem zickigen Ton abgelöst. „Ist das alles, ein paar Ohrstecker?“

„Nein, hör doch zu: Ich habe sie bei seiner Villa in Blankenese gesehen.“

„Geht das hier mal weiter? Sie sind nicht die Einzigen, die Hunger haben“, dröhnte eine tiefe Stimme hinter Rieke. Es kam so überraschend, wodurch sie unwillkürlich zusammenzuckte. „Nichts für ungut, Lady. Ich wollte Sie nicht erschrecken, aber die Plappermäulchen dort vorne sollten langsam mal zu Potte kommen.“

Als Rieke sich umdrehte, schaute sie dem Mann direkt in die Augen. Er sah aus, als sei er gerade von seinem Krabbenkutter gekommen. Ein echter Seebär mit einem imposanten Bart. Sie nickte ihm kurz zu und konzentrierte sich sofort wieder auf die Mannequins. Auf keinen Fall wollte sie die Pointe der Geschichte verpassen!

„Komm! Setzen wir uns an unseren Platz. Dann erzähle ich dir den Rest. Hol dir gerne vorher einen Kaffee“, fügte Annalena ein wenig spitz hinzu.

Rieke beeilte sich, ihren eigenen Teller zu füllen. Anschließend folgte sie den beiden zu den Tischen mit der phänomenalen Aussicht, für die sie jetzt allerdings lediglich einen flüchtigen Blick übrig hatte. Die Wahl ihres Platzes war hervorragend, sie konnte die Fortsetzung des Berichts bestens verstehen.

„Was heißt, du hast sie bei seiner Villa gesehen? Bist du ihnen etwa gefolgt?“ Erneut begleitete leichte Fassungslosigkeit die Frage der ungläubigen Jana.

„Krieg dich wieder ein. Ja, ich bin ihnen nachgefahren. Ich wollte eben wissen, was da läuft.“ Annalena zuckte mit den Schultern.

„Und? Nun erzähl schon!“

„Ah, jetzt willst du es doch genau wissen.“ Aus dem anfänglichen Lächeln wurde ein Grinsen, als die Gefragte eine Pause eingelegte, um ihre Kollegin einen Moment länger auf die Folter zu spannen. Rieke musste zugeben, es genauso interessant zu finden. Vor lauter Aufregung zerbröselte sie ihr Croissant.

„Tja, viel mehr gibt es eigentlich nicht zu erzählen. Sie sind zu Hohenfels´ Villa gefahren und haben zusammen die Nacht verbracht.“

„Du hast dort die ganze Nacht gewartet?“ In Janas Staunen mischte sich Respekt. Spontan schien sie beeindruckt von dem Handeln der Kollegin zu sein, aber schließlich überwogen die Zweifel: „Ach, du bindest mir einen Bären auf. Hohenfels ist verheiratet. Der nimmt keine von uns mit nach Hause.“

„Glaub es, oder lass es bleiben“, antwortete Annalena gelassen. „Dann war seine Frau wohl verreist. Ich bin erst um zwei Uhr nachts abgehauen. Bis dahin waren sie auf jeden Fall zusammen, das sagt ja wohl alles.“ Triumphierend schob sie sich eine prall beladene Gabel mit dem Nudelsalat in den Mund. „Hhm, köstlich. Das solltest du dir wirklich nicht entgehen lassen!“, wiederholte sie mit einem demonstrativen Blick zu Janas Kaffeetasse. „Ich sage dir, diesen ganzen Stress habe ich langsam ohnehin satt. Ich schaue mir heute Abend mal die Models von Isabella Caspari an. Vielleicht bewerbe ich mich bei ihr. Dieses ewige Hungern hält auf Dauer kein Mensch aus – und am Ende kippst du vor dem Publikum vom Laufsteg.“

„Du willst zu der Caspari wechseln?“

„Ist bisher nur eine Idee“, antwortete Annalena ausweichend.

„Wenn es da überhaupt noch Jobs gibt. Vielleicht bricht ihr die ganze Affäre das Genick.“

„Das ist wahrscheinlich genau das, was Hubertus beabsichtigt. So kann man seine Konkurrenten auch loswerden. Er stiehlt ihr nicht nur die Kollektion, sondern auch die Show, steigert seine eigene Publicity und lässt die Neue der Branche alt aussehen. Der ist bereits ewig im Geschäft. Niemand wird glauben, dass er solche Winkelzüge nötig hat. Vermutlich steigen sogar seine Verkäufe, wenn die ganze Chose auffliegt."
„Klingt, als wärst du in die Angelegenheit eingeweiht", mutmaßte Jana.
„Eingeweiht nicht, aber ich habe etwas Verdächtiges beobachtet. Wenn ich es dir erzähle, musst du mir fest versprechen, es für dich zu behalten!"
So sehr Rieke sich auch bemühte, sie konnte nicht mehr verstehen, was das Mannequin ihrer Kollegin anvertraute, weil sie sich zu deren Ohr vorbeugte und zu flüstern begann.
Gab es Beweise für den Diebstahl der Kollektion oder handelte es sich lediglich um einen Verdacht? Vielleicht wollte sich die junge Frau nur wichtigmachen. Aber immerhin war sie recht nah an Hubertus Hohenfels dran. Vielleicht hatte sie wirklich etwas Konkretes mitgekommen. Und was war mit Laura? Gab es einen Zusammenhang zwischen der Affäre und dem Tod der jungen Frau?
Spontan wusste Rieke nicht, was sie mit den gerade gehörten Informationen anfangen sollte. War das interessant für die Polizei oder banaler Klatsch? Da ausgerechnet Laura ein Verhältnis mit dem Modeschöpfer hatte, war es bestimmt von Bedeutung.
Rieke ließ ihren Blick durch den Raum wandern. Keiner der Designer war zum Frühstück erschienen. Vermutlich wollten sie den Journalisten entgehen und zogen es vor,

sich in ihren Bungalows für den Tag zu stärken. Die Gespräche an den Tischen der Models drehten sich nach wie vor um die Ereignisse, schienen aber nichts Neues zu ergeben. Vielmehr hatten sich zwei Lager gebildet. Während einige von ihnen wirklich betroffen waren, gingen die anderen bereits wieder zur Tagesordnung über, indem sie sowohl die Umgebung als auch die ungewohnten Köstlichkeiten genossen.

Rieke beschloss, es ihnen gleich zu tun, bevor sie schließlich zu der Polizeistation in Sankt Peter-Ording aufbrach, wo sie den Kommissar Fiete Nissen antraf.

Torge in SPO | Montag, den 05. April

Torge spürte, wie ihn die altbekannte Aufregung erfasste, die er in dieser Form lediglich empfand, wenn es einen Fall zu lösen gab. Er war wieder dabei!
Am liebsten hätte er sich sofort diesen aufgeblasenen Modeschöpfer vorgeknöpft: Hubertus Hohenfels. Der bildete sich allemal ein, etwas Besseres zu sein. Wie er ihn von oben herab behandelt hatte! Torge kannte diese Typen. Er traute ihm nicht nur zu, der jungen Designerin die Entwürfe geklaut zu haben. Es würde ihn außerdem nicht wundern, wenn er für den Tod des Models verantwortlich war. Zu gerne hätte er diesen Fatzke in einem Verhör richtig hart herangenommen. Genauso neugierig war er darauf, was die Durchsuchungen des Ateliers und des Hauses des selbst ernannten großen Meisters ergab. Insbesondere in die private Villa hätte Torge mit Vergnügen einen Blick geworfen. Es interessierte ihn tatsächlich, wie der Modeschöpfer wohnte.

Aber das gehörte natürlich nicht zu seinen Aufgaben. Er stellte sich das Gesicht von Kommissarin Wiesinger vor, wenn er sie danach fragte. Nein, ihm war bewusst, dass er anders vorgehen musste, um etwas Zielführendes beizutragen.

Die Kommissarin hatte ihn direkt auf die Diebstähle in der *Weißen Düne* angesprochen. Wie es aussah, traute sie ihm zu, dazu etwas herauszufinden, weil seine Anwesenheit in der Ferienanlage niemanden zur Vorsicht mahnte - auch nicht die Einbrecher. Er gehörte dort genauso hin wie das Inventar. Torge ging außerdem von einem Zusammenhang zwischen all den Taten aus. Vielleicht konnten sie sogar den gesamten Fall aufklären, wenn sie die Diebe fassten, die die Gäste der Bungalows beklauten.

Aber wie sollte er am besten vorgehen? Bevor er sich in sein kleines Kabuff zurückzog, versorgte er sich mit einem großen Kaffee aus dem Automaten in der Lobby der *Weißen Düne*. Auf dem Rückweg kam er an dem Brunnen vorbei, in dessen Mitte das Wasser sanft über die aufgetürmten Steine plätscherte. Da ihn das Geräusch beruhigte, blieb er eine Weile stehen. Beim Anblick der schimmernden Münzen auf dem Boden fielen ihm zahlreiche Details der alten Fälle aus den vergangenen Monaten ein. Sie waren nicht nur bedrohlich, sondern auch knifflig gewesen, aber jedes Mal hatte er großartige Hilfe bekommen, mit der sie letztendlich alles aufgeklärt hatten.

Während er darüber nachdachte, wessen Unterstützung er sich bei seinen nächsten Schritten sichern könnte, stellte er den Kaffeebecher auf dem Rand des Brunnens ab, um seine Geldbörse aus der Tasche zu angeln. Es konnte keinesfalls schaden, Fortuna milde zu stimmen. Er schnippte alle einzelnen Centmünzen im hohen Bogen

ins Wasser und betrachtete fasziniert, wie sich flache Wellen bildeten. Er hoffte, für den Anfang seiner Ermittlungen mit einer guten Idee belohnt zu werden.
In seinem winzigen Büro ließ er sich auf den bequemen Stuhl hinter seinem Schreibtisch fallen. Mit kleinen Schlucken trank er den Kaffee und wartete dabei auf die erhoffte Eingebung, wie er die Diebe am besten überführen konnte. Es musste irgendetwas geben, womit sie sich verrieten. Irgendwelche Spuren, die sie hinterließen oder ein System, nach dem sie vorgingen. Doch so sehr Torge sich sein Hirn zermarterte, ihm fiel nichts ein. Auf diese Weise hatte er sich seine Rückkehr zu der Ordinger Polizei nicht vorgestellt!
Leicht verärgert schleuderte er den leeren Becher in den Papierkorb in der Ecke seines Kabuffs. Dabei fiel sein Blick auf den Lageplan der Ferienanlage und endlich kam ihm die ersehnte Idee. Wenn er eine Übersicht erstellte, wann genau, in welchen Bungalow eingebrochen worden war, könnte er vielleicht erkennen, welchem Muster der Täter folgte. Heute am späten Nachmittag sollte die zweite Modenschau stattfinden. Isabella Caspari wollte trotz Lauras Tod nicht darauf verzichten. Torge war sich sicher, dass es während dieser Show erneut zu Einbrüchen kommen würde. Vielleicht reiste der Dieb mit dem Ende des Osterfestes sowie der großen Veranstaltung genauso ab wie zahlreiche andere Gäste. Damit wäre am heutigen Tag die letzte Gelegenheit, ihn auf frischer Tat zu ertappen. Sofort spürte Torge die Aufregung als leichten Druck in der Magengrube. Er würde jetzt alle Informationen in so einen Plan eintragen und sich im Anschluss überlegen, in welche Ferienhäuser der Dieb wohl als Nächstes einbrechen würde. Dort musste er sich dann nur auf die Lauer legen. Klang einfach, aber war es das auch?

Was, wenn es mehrere Täter gab? Die womöglich zu allem Übel bewaffnet waren? Würde er sich dadurch wieder in Gefahr begeben – so wie im letzten Spätherbst? Das prickelnde Jagdfieber wich spontan einem erheblichen Unwohlsein. Wie ein Stein lag die Angst plötzlich in seinem Bauch, wodurch ihm übel wurde.
Sollte er lieber nicht so tief in die Ermittlungen einsteigen? Vielleicht reichte es aus, wenn er die Informationen zusammenstellte, um sie den Kommissaren zu übergeben. Im zweiten Schritt konnte er sich bei den Gästen ein wenig umhören, ob sie etwas beobachtet hatten. Oder er guckte, ob der Dieb während des Events seine Langfinger ausstreckte. Das war bestimmt weniger gefährlich, als allein in der Ferienanlage herumzuschleichen, beziehungsweise hinter den Hecken auf der Lauer zu liegen – obwohl es zugegebenermaßen spannender war!
Torge beschloss, die Entscheidung aufzuschieben und erst einmal eine Übersicht aller Einbrüche zu erstellen. Vielleicht fiel ihm ja was ein, wie er die Gefahr für seine eigene Person etwas reduzieren konnte. Einen Schritt nach dem anderen!
Eine Stunde später betrachtete Torge zufrieden sein Werk. Nicht nur das jeweilige Datum der Einbrüche hatte er in einen Übersichtsplan eingetragen, sondern auch die Gegenstände, die als gestohlen gemeldet wurden. Letztere ergaben eine imposante Liste. Natürlich hatte der Hausmeister keine Ahnung, welche Preise sich für solche Hehlerware erzielen ließen, aber es musste sich für die Einbrecher gelohnt haben. Was sollte er nun mit diesen Informationen anfangen? Sie der Polizei übergeben oder selbst aktiv werden? Keinesfalls wollte er den Helden spielen, wenn er dabei sein Leben riskierte. Das war er seiner Annegret schuldig!

Aber würden ihm die Täter nach dem Leben trachten? Vermutlich waren sie nicht einmal bewaffnet, versuchte er sich selbst zu beruhigen. Einbrecher waren schließlich keine Mörder!
Trotzdem würde er sich bedeutend sicherer fühlen, wenn er dabei nicht auf sich allein gestellt wäre. Außerdem wäre es vielleicht treffsicherer, zu zweit festzulegen, in welchen der Ferienhäuser der Dieb heute zuschlagen würde. Torge konnte sich auf seinen Instinkt verlassen, hatte aber mittlerweile gelernt, das Urteil anderer mit in seine Überlegungen einzubeziehen. Wen könnte er also um Verstärkung bitten? Im Geiste ging er die Liste einiger ihm nahestehender Personen durch, verwarf sie aber sofort wieder. Auf keinen Fall wollte er einen seiner Kumpels in die Ermittlung hineinziehen. Vermutlich würde er damit die Geduld von Knud und Kommissarin Wiesinger überstrapazieren. Wer also blieb übrig?
Torge holte einen Schokoriegel aus seiner Schreibtischschublade, packte ihn geistesabwesend aus und biss schließlich hinein, während er fortwährend auf den Plan starrte, als ob er dadurch einen Geistesblitz erzwingen konnte. Für einen Moment schloss er die Augen und konzentrierte sich auf den Geschmack von Karamell und Erdnüssen. Zucker beruhigte ihn grundsätzlich, nicht selten waren ihm auf diese Weise die entscheidenden Ideen gekommen. Er lehnte sich in seinem bequemen Managerstuhl zurück. Ganz abschalten konnte er zwar nicht, fühlte sich aber schnell ein wenig entspannter.
Als er die Augen wieder öffnete, fiel sein Blick auf einen Bungalow in der ersten Wasserlinie direkt am Rande der Dünen und sofort wusste er, wer ihn unterstützen konnte: Gloria von Brandenburg!
Die Journalistin war wirklich tough und immer an einer guten Story interessiert. Den Einbrecher auf frischer Tat

zu ertappen, war bei Weitem eine interessantere Nachricht als die Bilder einer weiteren Modenschau! Sofort griff Torge nach seinem Mobiltelefon, um die Reporterin anzurufen. Er hoffte, sie schnell von seiner Idee überzeugen zu können. Bereits nach dem zweiten Klingeln nahm sie ab.

„Torge! Moin! Das freut mich aber, dass Sie sich bei mir melden. Gibt es etwas Neues?"

„Moin Gloria. So isses! Können Sie in mein Büro kommen? Ich habe etwas Wichtiges mit Ihnen zu besprechen", antwortete Torge in dem Bestreben, ihre Neugier zu wecken, hörte allerdings stattdessen ein herzhaftes Lachen am anderen Ende der Leitung. „Lachen Sie mich aus?", fragte er irritiert.

„Auf keinen Fall", versicherte sie ihm sofort. „Aber ehrlich gesagt, klang das ziemlich verschwörerisch. So, als wären Sie den Dieben auf der Spur. Brauchen Sie Unterstützung bei der Durchführung Ihres Plans?"

Torge war sprachlos. Die ganze Zeit war er von Glorias Spürsinn überzeugt gewesen, aber das war geradezu unheimlich!

„Torge? Sind Sie noch dran?", fragte die Journalistin inzwischen nach.

„Sie beeindrucken mich immer mehr, Gloria. Ja, Sie haben den Nagel auf den Kopf getroffen. Sind Sie dabei?"

„Sie haben Ihre Meinung also geändert?" Es war deutlich zu hören, wie sich Gloria amüsierte. „Großartig! Sie haben mich also für eine Zusammenarbeit bei der Verbrecherjagd auserwählt?"

„Das hat im letzten Sommer hervorragend funktioniert. Wir waren ein tolles Team", schmeichelte Torge der Reporterin. Auch wenn es ehrlich gemeint war, versuchte er sie außerdem für seinen Plan zu gewinnen.

„Dazu sehr erfolgreich“, ergänzte Gloria offensichtlich bestens gelaunt. „Sie haben tatsächlich eine Spur?“
„Na ja, genau genommen ist es bisher nur eine Theorie“, gab der Hausmeister zu. „Aber eine vielversprechende.“
„Es geht also um die Einbrüche?“, fragte sie.
„Ja. Sind Sie interessiert? Nach meiner Vermutung stehen die sowohl mit dem Skandal um die gestohlenen Entwürfe als auch mit dem Tod des Models in Verbindung“, weihte Torge die Journalistin in seine Überlegungen ein.
„Laura ist tot?“, drang die aufgeregte Frage an sein Ohr.
„Das wussten Sie nicht?“ Torge war überrascht.
„Nein, die Polizei hat für heute Mittag eine Pressekonferenz angekündigt. Vermutlich will sie es dabei bekanntgeben. Kennen Sie weitere Fakten, die bisher nicht veröffentlicht wurden?“ Gloria war interessiert, das war deutlich.
„Kommen Sie in mein Kabuff, dann teile ich all meine Informationen mit Ihnen. Ich war heute Morgen bei der Polizei“, ergänzte er, als er ihr Zögern bemerkte.
„Also gut. Ich bin gleich da. Soll ich Kaffee mitbringen?“
„Gern. Am besten mit zwei Franzbrötchen. Es könnte eine Weile dauern“, fügte er hinzu, um ihre Neugier weiter zu steigern.
Schneller als erwartet stand Gloria mit dem angekündigten Proviant in seinem Türrahmen: „Jetzt haben Sie mein Interesse aber geweckt“, lächelte sie Torge an, während sie sich auf dem Besucherstuhl niederließ und einmal gequält aufstöhnte. „Bah, ich hätte mir lieber ein bequemes Sitzmöbel mitbringen sollen. Wie konnte ich das hier vergessen!“
„Das werden Sie gleich, wenn Sie von meinem Plan hören!“, behauptete Torge in voller Überzeugung. Kurz war

er sogar versucht, ihr seinen eigenen Stuhl anzubieten, entschied sich aber dagegen.
„Na, dann schießen Sie mal los“, forderte die Journalistin ihn auf, während sie ihm den Kaffee mit dem Hamburger Plunderteilchen reichte. „Sie haben es ordentlich spannend gemacht.“
„Wir beide werden heute die Einbrecher fassen, die in der *Weißen Düne* ihr Unwesen treiben!“, platzte Torge heraus, obwohl er sie eigentlich schonender auf sein Vorhaben vorbereiten wollte.
Gloria, die gerade den Deckel von ihrem Becher entfernte, hielt mitten in der Bewegung inne. „Was werden wir?“, fragte sie ungläubig.
„Ja! Sie haben richtig gehört.“ Torge strahlte über das ganze Gesicht. Mittlerweile war er sich sicher, es zusammen mit der selbstbewussten Reporterin schaffen zu können.
„Sie wissen, wer hinter den Einbrüchen steckt?“, fragte Gloria atemlos. „Stehen sie in Zusammenhang mit dem Modeskandal und dem Tod des Mannequins?“
„Das kann ich nicht mit Gewissheit sagen, aber ich vermute es.“ Torge fühlte eine leichte Unsicherheit aufwallen. Echte Fakten konnte er nicht vorweisen, wollte aber nicht mehr auf das Abenteuer verzichten.
„Ihnen ist bekannt, wer die Einbrüche begangen hat?“ Die Journalistin ließ nicht locker.
Nachdem der Hausmeister einen Augenblick herumgedruckst hatte, beschloss er schließlich, Gloria alles zu erzählen, was er wusste – und was er lediglich vermutete. Ein wenig befürchtete er, sie würde einen Rückzieher machen. Sollte es so kommen, musste er eben seine geballten Überredungskünste aktivieren. Tatsächlich war sie erst einmal skeptisch.

„Ich halte es für eine ziemlich vage Theorie. Die Gäste sind alle vorgewarnt und haben ihre Wertsachen in den Safe der Sparkasse gebracht oder tragen sie während der Modenschau am Leib. Ich denke, der Dieb würde eher dort zuschlagen."
„Davon geht die Polizei ebenfalls aus, deshalb werden die Kommissare sich auf den Festsaal sowie das Foyer konzentrieren. Es ist unsere Chance, etwas Bedeutendes zu erreichen." Torge war in seinem Element und versuchte, die Reporterin mit seiner Begeisterung anzustecken.
Diese zögerte jedoch: „Eigentlich wollte ich an der Show teilnehmen, um endlich eine Kollektion zu sehen, die sicher von Isabella Caspari designt wurde. Alle Kollegen werden darüber berichten, meine Leser erwarten einen Artikel."
„Ah, die Fotos lassen Sie von Ihrem Kameramann aufnehmen, das kann er bestimmt ohne Ihre Anweisungen. Auf der Grundlage seiner Arbeit können Sie Ihre Reportage schreiben, dafür brauchen Sie gar nicht selbst im Saal sein. Sie sind doch ein Profi", schmeichelte er weiter, was sie natürlich sofort durchschaute.
„So läuft das also. Jetzt kommt der Honigquast zum Einsatz!" Unwillkürlich musste Gloria lachen. Sie konnte ihm nichts übelnehmen, das wusste der Hausmeister genau.
„Der Zweck heiligt die Mittel", gab er pragmatisch zu. „Allerdings glaube ich wirklich daran. Wie viele Modenschauen haben Sie in Ihrem Leben schon gesehen? Das läuft immer nach dem gleichen Schema ab. Wenn Sie aber mit mir auf Verbrecherjagd gehen, erleben Sie etwas Besonderes! Echten investigativen Journalismus!"
Gloria lachte weiter. „Sieh mal einer an. Sie haben Ihre Hausaufgaben gemacht. Ich hätte nicht vermutet, dass Sie diesen Begriff überhaupt kennen!"

Obwohl Torge beleidigt tat, war er davon überzeugt, sie langsam auf seine Seite zu ziehen. „Das wäre eine exklusive Story, die keiner Ihrer Kollegen vorweisen kann. Nur Sie allein“, wiederholte er, um seine Aussage zu verstärken. Er konnte dabei förmlich hören, wie Glorias Denkapparat arbeitete. „Na, kommen Sie. Geben Sie sich einen Ruck!“ Er ließ ihr einen Moment Zeit, darüber nachzudenken.
„Es ist aber nicht eindeutig, in welche Bungalows die Einbrecher als Nächstes einsteigen werden. Sollten wir nicht lieber die Polizei mit ins Boot holen?“, fragte sie schließlich, während sie ihren Kopf skeptisch wiegte.
„Wie gesagt: Die sind anderweitig beschäftigt, aber immerhin ganz in der Nähe, wenn wir Verstärkung brauchen.“
Noch war die Journalistin nicht überzeugt. „Klingt so, als würden Sie selbst nicht an den Erfolg Ihres Plans glauben, Torge!“
„Gloria!“, appellierte der Hausmeister an die Ehre der Reporterin. „So kenne ich Sie gar nicht. Im Sommer waren Sie wesentlich tougher! Die Beteiligung der Polizei wird Ihnen die Exklusivität der Story vermasseln.“ Da er sie unbedingt dabeihaben wollte, spielte er jetzt seinen letzten Trumpf aus: „Haben Sie vergessen, wie ich Sie aus dem Maisfeld gerettet habe?“ Er begleitete seine Frage mit einem unschuldigen Blick, auf den die intelligente Frau natürlich nicht hereinfiel.
„Sie wollen mich damit unter Druck setzen?“, fragte sie etwas ungläubig.
„Nein“, gab er ehrlich zu. „Das liegt mir fern – aber ich hätte Sie wirklich gerne im Team.“
Das brachte sie erneut zum Lachen. „Torge Trulsen, Sie sind echt Ihr Geld wert. Es gibt überhaupt kein Team!“

„Doch“, widersprach er vehement. „Wir beide sind das Team! Gucken Sie sich bitte den Plan der Ferienanlage an. Was glauben Sie, welche Bungalows der Einbrecher heute aufsuchen wird?“
Der alte Trick funktionierte. Gloria dachte nicht mehr darüber nach, ob sie sich beteiligen sollte, sondern wie. Torge schmunzelte über seine List.
„Ich weiß, dass Sie mich gerade bestens manipulieren“, bemerkte sie nach einer Weile, in der sie sich mit der ihr gestellten Aufgabe beschäftigt hatte. „Also gut. Ich denke, diese Ferienhäuser könnten für den Dieb interessant sein, dort logiert die betuchte Klientel. Nicht alle von ihnen nutzen den Safe, zumal sie vermutlich gut versichert sind.“ Gloria tippte auf das Papier, während Torge zufrieden nickte. Genau diese Domizile hatte er ebenfalls ausgesucht.
„Sie sind also dabei?“, fragte er lieber nach, damit er am Ende nicht allein auf Verbrecherjagd gehen musste.
„Ich bin dabei. Geben Sie mir etwas Zeit, um meinen Kameramann zu instruieren, danach können wir unsere Observation vorbereiten. Wie stellen Sie sich das genau vor? Die Sonne wird noch nicht untergegangen sein, wenn die Show um achtzehn Uhr beginnt.“ Erwartungsvoll guckte Gloria ihm direkt in die Augen. Offensichtlich wollte sie wissen, ob er sich darüber bereits Gedanken gemacht hatte.
Torge wurde etwas verlegen. „Alle Details habe ich noch nicht geplant. Wir müssen uns eben in der Nähe auf die Lauer legen, am bestens schwarz gekleidet. Die meisten Gäste werden zu der Modenschau gehen, also fallen wir hoffentlich nicht dumm auf. Bringen Sie eine Kamera mit. Falls wir den Einbrecher nicht erwischen, haben wir wenigstens Fotos. Allerdings sind Sie ja sportlich, Gloria. Können Sie schnell laufen?“

„Ja, das kann ich. Und wenn er bewaffnet ist?“
„Das glaube ich nicht.“
„Torge, darauf soll ich mich verlassen?“ Glorias Empörung war nur zur Hälfte gespielt.
„Wie gesagt, die Kommissare sind hier in der *Weißen Düne*. Wenn wir den Einbrecher auf frischer Tat ertappen, können wir sie rufen. Viel wichtiger ist: Konnten Sie sich eine Ersatzkamera besorgen, mit der wir den Raubzug aufnehmen können? Ein Handy reicht dafür wohl nicht aus!“
„Eine qualitative Kamera, die bei schwindendem Licht gut funktioniert, kann ich organisieren. Ansonsten scheint mir Ihr Plan recht unausgegoren“, merkte die Journalistin ihre Zweifel an.
„Wir brauchen lediglich einen optimalen Startpunkt für unsere Überwachung. Ich schaue mal, ob heute bereits Gäste aus den umliegenden Domizilen abgereist sind. Dann könnten wir uns dort hinter den Hecken verstecken. Den Rest improvisieren wir. Das können wir beide gut. Wo bleibt Ihre Abenteuerlust, Gloria? Nur den Stars hinterherzulaufen, ist auf die Dauer nicht spannend!“
„Also gut, versuchen wir es. Wann treffen wir uns wo?“, antwortete die Journalistin ergeben.

Torge hatte als Treffpunkt tatsächlich einen freien Bungalow gefunden, der optimal zu denen lag, die er mit Gloria als mögliche Tatorte ins Visier nehmen wollte. Als sie sich kurz vor achtzehn Uhr dort wiedersahen, schien die Journalistin mindestens so aufgeregt zu sein wie er selbst. Nervös spielte sie an dem Riemen ihrer Kamera herum, während sie die Vorgehensweise abstimmten.
„Meinen Sie nicht, dass es auffällt, wenn wir hier herumlungern?“, fragte sie mit ungewohnt bebender Stimme.

„Wem denn? Alle sind jetzt in dem großen Festsaal. Nachdem, was gestern passiert ist, wird sich das keiner entgehen lassen, nicht einmal die Modemuffel werden darauf verzichten. Glauben Sie mir!“ Eigentlich wollte Torge seine Mitstreiterin mit seinen Worten beruhigen, was jedoch misslang. Er selbst war voller Sorge, sie könnten diese Aktion gründlich vermasseln. Nicht nur seine Chefin Marina Lessing würde toben, auch bei Kommissarin Wiesinger konnte er das erlangte Vertrauen verspielen. Für einen Rückzieher war es jedoch zu spät. Gloria war hier, und er hatte ihr die außergewöhnliche Story quasi versprochen. Daneben brannte Torge darauf, sich für die Polizei nützlich zu machen, um in dem Fall einen Durchbruch zu erzielen.

„Also gut. Die Show dauert eineinhalb Stunden. Das Finale würde ich gerne mitbekommen. Wir haben also ungefähr siebzig Minuten, um den Einbrecher zu fassen.“

Die pragmatische Erwiderung der Reporterin entspannte Torge. Fast hätte er laut gelacht, beherrschte sich aber im letzten Moment. „Das klingt wie eine Ansage, an die der Dieb sich halten muss“, flüsterte er, obwohl niemand außer Gloria in der Nähe war. „Dann also los, konzentrieren wir uns auf die Beobachtung. Mal sehen, ob wir mit unserer Vermutung recht behalten.“

Stille hatte sich über die Ferienanlage gesenkt. Wie der Hausmeister vermutet hatte, waren die meisten Gästen zu der Show gegangen, niemand kam an ihrem Versteck vorbei, um zum Strand zu spazieren oder in einem anderen Bungalow einen Besuch abzustatten.

Beide schraken zusammen, als eine Möwe direkt über ihnen kreischte. Sie zog eine Runde, wobei Torge der Gedanke durch den Kopf blitzte, sie würde ihr Versteck hinter dieser Hecke verraten. Das war natürlich Quatsch. Er schob den absurden Gedanken beiseite, um sich auf die

Beobachtung der Umgebung zu konzentrieren. Der Regen des Vortages war zwar nicht zurückgekehrt, aber dicke Wolken zogen träge landeinwärts. Gloria verfolgte mit dem Sucher ihrer Kamera den schreienden Vogel, der nun in Richtung Watt davonflog. Ansonsten passierte nichts. Bei Torge stellten sich bereits die ersten Zweifel an dem Unterfangen ein, als er plötzlich meinte, etwas bemerkt zu haben.

„Gloria, schauen Sie: Ich glaube, dort in dem Bungalow hat sich jemand bewegt." Wieder war das Zittern in Torges Stimme zu hören. Die Angesprochene folgte mit ihrem Blick der ausgestreckten Hand. Nach wie vor hielt sie den Fotoapparat vor ihr Gesicht.

„Können Sie etwas erkennen? Ist dort jemand?", fragte Torge aufgeregt nach.

„Warten Sie! Im Moment regt sich nichts." Gloria war konzentriert. Alle ihre Bedenken schienen verschwunden zu sein.

„Und?" Der Hausmeister trat nervös von einem Fuß auf den anderen. „Ist das unser Mann?"

„Nun zappeln Sie nicht so herum, Torge. Ich sage Ihnen Bescheid, wenn ich etwas sehe. Beobachten Sie solange die anderen Ferienhäuser. Vielleicht ist es ja auch falscher Alarm!", gab Gloria klare Anweisungen, die Torge halfen, sich wieder zu beruhigen. Wie ihm geheißen, ließ er seinen Blick über die umliegenden Bungalows wandern. Seine Sinne waren geschärft, die Nerven zum Zerreißen gespannt. Jede noch so kleine Bewegung ließ ihn innehalten und genauer hingucken, doch er konnte nichts Verdächtiges entdecken. Er hörte Gloria flach atmen. Konzentriert fixierte sie den Bungalow. Es kostete ihn viel Kraft, nicht andauernd nachzufragen, ob sie etwas entdeckt hatte. Er wollte ihr aber nicht auf die Nerven gehen. Außerdem war ihre Ansage deutlich gewesen.

Hätte er bloß sein Fernglas mitgebracht! Nichts zum ersten Mal hatte der Hausmeister den Eindruck, die Aktion sei zu spontan und nicht ausreichend gründlich geplant gewesen. Aber mehr Zeit hatte er eben nicht gehabt, damit mussten sie jetzt klarkommen.
„Da rührt sich nichts“, unterbrach Gloria seine Gedanken. „Tut sich in einem der anderen Bungalows noch etwas?“
„Bisher nicht“, erklärte Torge. Ihm war die Enttäuschung bestimmt anzumerken. Vorhin in seinem Kabuff fand er die Idee genial, aber je mehr Zeit verstrich, desto größer wurden seine Zweifel.
Gloria gab die Beobachtung des Ferienhauses auf, um ebenfalls ihren Blick über die nahe Umgebung wandern zu lassen. Das Kameraobjektiv verbesserte ihre Sicht. Eine Weile schwiegen sie beide. Jeder hing seinen Gedanken nach, dabei hoffend, nicht umsonst zu warten. Torge fragte sich unwillkürlich, ob Gloria es schon bereute, auf ihre Teilnahme an der Show verzichtet zu haben.
Ein Geräusch in ihrem Rücken ließ sie erneut zusammenzucken. Sie wechselten einen raschen Blick, bevor sie sich mit angehaltenen Atem umschauten. Schlich sich der Einbrecher gerade von der anderen Seite an sie heran? Da der Bungalow unbewohnt war, hatten sie diese Möglichkeit ausgeschlossen. War das ein entscheidender Fehler in ihrem Plan gewesen? Vielleicht überwältigte der Dieb gleich seine Beobachter. Richtig gefährlich konnte das werden, wenn es sich nicht um einen Einzeltäter, sondern ein Duo handelte. Noch während Torges Gedanken rasten, sah er eine Katze aus dem Busch an der Terrasse klettern. Sie streckte sich genüsslich, bevor sie schließlich auf dem angrenzenden Grundstück verschwand.

Erleichtert ließ Torge die angehaltene Luft ausströmen, von Gloria hörte er ein ungewohntes Kichern.
„Na, wir sind vielleicht Helden“, kommentierte sie in die nachlassende Anspannung hinein. „Wir erzählen aber niemandem, dass uns eine Katze beinahe aus der Bahn geworfen hätte.“
„Auf keinen Fall“, bestätigte Torge mit Nachdruck. „Dieser Teil der Geschichte bleibt unser Geheimnis.“
Wieder bezogen sie ihren Beobachtungsposten. Torge spürte die Ungeduld. Er war sich so sicher gewesen! Saßen sie an der verkehrten Stelle oder hatte der Einbrecher genug abgesahnt, um ein weiteres Risiko einzugehen? Im Grunde hielt der Hausmeister dieses Variante für komplett unwahrscheinlich. Am liebsten hätte er sich einmal ausgiebig gestreckt. Die hockende Position war auf Dauer echt anstrengend, außerdem drohten ihm die Beine einzuschlafen. Wie sollte er damit den Täter verfolgen?
„Da kommt jemand den Weg entlang“, wisperte Gloria im gleichen Moment, in dem er den Gedanken in die Tat umsetzen wollte. Torge hielt mitten in der Bewegung inne. War das der Dieb oder wieder falscher Alarm? Vorsichtig verlagerte er sein Gewicht, um ja keine Aufmerksamkeit auf sich zu ziehen.
Seite an Seite mit der Journalistin starrte er in die Richtung, aus der sich die Person näherte. Sie bewegte sich fast lautlos, was jedoch in erster Linie den Sportschuhen geschuldet war. Torge konnte nicht einschätzen, ob es sich um den Einbrecher handelte. Leise hörte er die Kamera klicken, als Gloria die ersten Fotos schoss. Beide waren bis aufs Äußerste gespannt, was als Nächstes passieren würde. Was, wenn die Person ihren Weg fortsetzte, ohne einen der umliegenden Domizile anzusteuern? Sollten sie ihr folgen oder weiter hier warten? Am

liebsten hätte er Torge Gloria nach ihrer Meinung befragt, wagte es aber nicht. Um nichts in der Welt wollte er an diesem Punkt die Observierung vermasseln.
Und wenn es sich gar nicht um den Täter handelte? Wie sollten sie vorgehen, wenn er jetzt einfach eine Tür aufschloss und im Bungalow verschwand? Je länger Torge hinter der Hecke hockte und sich seinen Gedanken hingab, desto größer wurden seine Bedenken. Hoffentlich endete diese Aktion nicht mit einer Peinlichkeit, die er mühsam wieder ausbügeln musste!
„Da! Schauen Sie! Die Person geht zu der Tür des Ferienhauses. Ob das unser Einbrecher ist?“, fragte er leise. Im Näherkommen konnte der Hausmeister lediglich die Kapuze erkennen, die weit ins Gesicht gezogen war. Es war warm und nur mäßig windig. War das ein Indiz oder geriet er gerade auf einen Holzweg?
„Das ist eine Frau“, antwortete Gloria ebenso halblaut.
„Sind Sie sicher?“, fragte Torge überrascht. Mit einer Frau hatte er an dieser Stelle nicht gerechnet, obwohl das natürlich chauvinistisch gedacht war. Das amüsierte Gesicht seiner Tochter schob sich vor sein inneres Auge.
„Ganz sicher!“ Gloria ließ den Zoom schnurren, um ihre Sicht zu verbessern. „Sie zieht sich gerade Handschuhe an! Torge, das ist unsere Person. Sie haben mit ihrer Theorie absolut recht gehabt. Rufen Sie Knud an. Wir brauchen hier Verstärkung.“
„Meinen Sie nicht, wir sollten sie selbst festnehmen? Da würden die Kommissare aber staunen!“ Vor lauter Aufregung raufte sich der Hausmeister wieder seine Locken. „Kommen Sie, das schaffen wir!“
„Nein, Torge! Erinnern Sie sich an das Donnerwetter, welches wir im Sommer bekommen haben, weil wir eigenmächtig gehandelt haben, statt umgehend die Polizei

zu informieren. Ich begleite Sie nicht in diesen Bungalow, sondern rufe jetzt Knud an, bevor die Einbrecherin uns entwischt."
Schweren Herzens gab Torge sich geschlagen, obwohl er kurz davor war, die Sache selbst in die Hand zu nehmen.

Charlie in Hamburg | Dienstag, den 06. April

Hubertus Hohenfels war bei der zweiten Befragung am Montag genauso arrogant und aalglatt gewesen wie in der ersten. Über den Tod seines Models war er natürlich bereits informiert worden. Er zeigte sich bestürzt, aber die Kommissarin war sich nicht sicher, ob sie ihm glauben konnte.
Die Gespräche mit den einzelnen Mannequins schienen sich endlos hinzuziehen, brachten allerdings unter dem Strich keinerlei neue Erkenntnisse. Gleiches galt für die mitgereisten Schneiderinnen der verschiedenen Teams. Bis zu der Modenschau am Nachmittag, die allein von Isabella Caspari bestritten wurde, ergab sich nichts Neues. Sie schienen komplett auf der Stelle zu treten. Charlie hoffte sehr auf die Durchsuchungsbeschlüsse für den nächsten Tag. Die Lösung des Falles schien in Hamburg in den Ateliers oder vielleicht sogar in den

privaten Häusern der beiden Modeschöpfer verborgen zu sein.
Die gezeigte Kollektion war interessant und tatsächlich tragbar, gab aber keinen Aufschluss darüber, ob die skandalumwitterten Entwürfe wirklich von Isabella Caspari stammten. Außerdem konnte sie sich dafür an der Haute Couture orientiert haben, als sie diese Kleider und Hosen entwarf. So intensiv Charlie die Besucher beobachtete, konnte sie keinen Langfinger ausmachen, der sich statt in die Bungalows einzubrechen, hier direkt bei den Opfern bediente. Wenn nicht noch irgendetwas passierte, war dieser Tag nutzlos verstrichen. Leichter Frust stieg in der Kommissarin hoch.
Dies änderte sich schlagartig, als Knud ihr eine SMS schickte, sie solle sofort zu dem *Bungalow 99* kommen, weil Torge und Gloria vermutlich den Einbrecher auf frischer Tat ertappt hatten. In Windeseile war sie zu dem Ferienhaus gelaufen, wo sie mit ihrem Kollegen zeitgleich eintraf. Als sie das Domizil betraten, welches Torge mit seinem Generalschlüssel geöffnet hatte, räumte eine komplett in schwarz gekleidete Person mit einer voluminösen Kapuze gerade den kleinen Safe aus. Überraschenderweise handelte es sich um eine Frau, die sich ohne großen Widerstand festnehmen ließ, seitdem aber beharrlich schwieg. Weder Gesichtserkennung noch Fingerabdrücke oder DNA gaben Aufschluss über ihre Identität. Vor dieser Festnahme war sie im System der Polizei nicht erfasst worden. Ein schneller Ermittlungserfolg würde das auch wieder nicht werden.

Am Dienstagmorgen meldete sich Knud erneut bei ihr, weil endlich die ersehnten Durchsuchungsbeschlüsse vorlagen.

„Soll ich Ihnen einen Kaffee ans Bett servieren oder wollen Sie direkt aufbrechen?“, frotzelte er, obwohl er genau wusste, dass sie so schnell wie möglich nach Hamburg wollte.
„Sie haben die Wette verloren, Kollege. Trulsens Aktion gestern war wohl Beweis genug. Sie bekommen keinen Schlüssel für mein Haus, ich bekomme dafür keinen Kaffee ans Bett. Sie wissen ja, wie sehr ich meine Unabhängigkeit liebe.“ Sie kam nicht umhin, zu lächeln, als sie im Geiste Knuds enttäuschtes Gesicht sah. „Ich bin geduscht und habe bereits einen Pott Kaffee intus. Wollen Sie mich abholen oder treffen wir uns auf dem Revier?“
„Es ist mir eine Ehre, Sie abzuholen, Charlotte. Vielleicht bringe ich Ihnen sogar einen Coffee-to-go mit. Wenn Sie erst einen Becher hatten, reicht der bestimmt nicht bis nach Hamburg.“ Es bereitete Knud ganz offensichtlich Freude, sie zu veräppeln.
„Ich kann auch mit Lilly Morgenroth in die Hansestadt fahren“, gab sie provozierend zurück.
„Abgelehnt! Sie wissen doch, wie gerne ich die Ausflüge an die Elbe mit Ihnen unternehme.“
„Hauptsache, Sie rücken nicht mit einem ganzen Picknickkorb hier an. Ausflüge! Wenn das Fiete hört!“
„Fiete ist sehr zufrieden mit der Gesellschaft von unserer neuen Kommissarin. Die beiden wollen heute mit vereinten Kräften versuchen, das Schweigen der Einbrecherin zu brechen. Sie müssen also mit mir vorliebnehmen.“
„Tja, wenn das so ist, dann kommen Sie halt her.“ Während sie es aussprach, war sie sich sicher, dass Knud zufrieden vor sich hin griente. Das konnte ein amüsanter Tag werden. Hoffentlich brachten sie auch die Ermittlung voran.

Die Fahrt verlief relativ staufrei, weil die meisten Ostergäste bereits am Vortag abgereist waren. Charlie und Knud waren sich einig, zuerst das Atelier von Hubertus Hohenfels aufsuchen zu wollen. Der Modeschöpfer war bereits am späten Montagmittag in die Hansestadt zurückgekehrt. Auf seine Anwesenheit bei der Modenschau hatte er demonstrativ verzichtet. Vermutlich wollte er damit sein Desinteresse sowohl an Isabella Caspari selbst als auch an ihren Entwürfen bekunden. Charlie fragte sich unwillkürlich, ob er diese Kollektion ebenfalls bereits kannte. Wäre sonst nicht die Neugier auf die Entwürfe der Wettbewerberin eher nachvollziehbar gewesen? Titus Seidensticker wohnte der Veranstaltung jedenfalls bei und zollte der jungen Kollegin seinen Respekt, indem er nach jedem Durchgang kräftig applaudierte.
Das Atelier von Hubertus Hohenfels befand sich in der ersten Etage eines gediegenen Gebäudes am Jungfernstieg. Erst als die Kommissare es betreten hatten, wurde deutlich, dass seine Räume das gesamte Stockwerk mit einer Fensterfront über Eck einnahmen. Während Knud nicht nur von dem atemberaubenden Blick auf die Binnenalster mit ihrer Fontäne, sondern außerdem von der Aussicht auf das Hamburger Rathaus beeindruckt war, fand Charlie es wieder zu protzig. Was für eine feudale Lage! Dem Modeschöpfer musste es wirklich gut gehen. Sie war gespannt, was sie bei der Prüfung der Bücher sowohl über seine Einnahmen als auch über die Miete dieser Gewerbefläche erfahren würden.
„So schnell sieht man sich wieder“, wurden sie von dem großen Meister empfangen, nachdem er sie eine halbe Stunde hatte warten lassen – ohne ihnen etwas zu trinken anzubieten. Achselzuckend warf er einen Blick auf den Beschluss. „Den hätten Sie sich gar nicht zu besorgen

brauchen“, behauptete er eloquent. „Ich habe nichts zu verbergen. Eine Frage danach wäre vollkommen ausreichend gewesen.“

Charlie ließ sich nicht von ihm einwickeln, Knud zeigte die Andeutung eines Stirnrunzelns. Er glaubte den Worten genauso wenig, wie sie selbst.

„Umso besser. Dann legen wir gleich los. Sie können inzwischen Ihren Buchhalter informieren. Wenn wir hier im Atelier fertig sind, möchten wir uns Ihre Zahlen zeigen lassen. Vorerst die der letzten drei Jahre. Außerdem möchten wir mit den Näherinnen sprechen, die nicht mit in Sankt Peter-Ording waren. Sind sie jetzt hier anwesend?“ Charlie guckte dem Hausherrn direkt in die Augen. Sein Gesicht schien eine Nuance blasser geworden zu sein, aber er verzog keine Miene, sondern hielt dem Blickkontakt stand. Knud fing währenddessen bereits an, sich umzuschauen. Nickend zögerte Hohenfels einen Moment, verließ aber schließlich den Raum in Richtung der Verwaltungsräume, die sich vermutlich nicht dieser herrlichen Aussicht erfreuten.

„Na, dann wollen wir mal. Ich bin wirklich gespannt, was wir finden werden“, wandte sich die Kommissarin an ihren Kollegen.

„Sie meinen wohl eher, ob wir überhaupt etwas finden werden“, widersprach Knud.

„Nein, ich glaube fest daran, dass dieser Besuch nicht umsonst sein wird. Dieser arrogante Fatzke hat etwas zu verbergen.“ Wie immer, wenn Charlie von einer Sache überzeugt war, wurden ihre Gesten beim Sprechen ausladender. Ihre braunen Locken fingen dabei an zu tanzen.

„Wollen Sie wieder wetten?“ Knud betrachtete sie schmunzelnd, wobei sie sich nicht sicher war, ob er sie ernst nahm.

„Fordern Sie mich nicht heraus“, antwortete sie mit einem Lächeln. „Sie wissen ja, wie es ausgegangen ist – und dieses Mal bestimme ich den Wetteinsatz.“
„Ich bin ganz Ohr“, verkündete Knud, ohne die Durchsuchung des Ateliers zu unterbrechen. „Das könnte der Beginn einer wunderbaren Tradition werden. Bei jedem großen Fall wetten wir um ein Detail und bestimmen abwechselnd den Einsatz.“
„Das könnte dir so passen“, murmelte Charlie vor sich hin. Bis zu seinem Lachen war sie davon ausgegangen, von ihm nicht gehört zu werden. „Keine weitere Wette, bevor Sie nicht Ihre Schulden bezahlt haben“, forderte sie ihn heraus.
„Kein Problem, daran soll es nicht scheitern.“ Nach dem Griff in seine Jackentasche hielt er den Schlüssel hoch. Immerhin hatte er kein Herz, sondern einen in ein Schaf verwandelten Pompon daran gehängt. „Der passt doch perfekt in die Gegend des Tümlauer Koogs.“ In dem Moment, in dem Knud einen Schritt in ihre Richtung ging, öffnete sich die Tür. Hohenfels kehrte zurück. Sofort verschwand der Schlüssel wieder in Knuds Tasche.
„Ich habe jetzt einen Termin“, teilte er den überraschten Kommissaren mit. „Wenn Sie etwas brauchen, wenden Sie sich an meine Sekretärin. Sie kann mich im Notfall erreichen, aber bitte wirklich nur im Notfall. Es wäre außerdem schön, wenn Sie in zwei Stunden das Atelier wieder verlassen haben, dann beginnen hier die Vorbereitungen für ein Shooting.“ Damit wollte Hohenfels auf dem Absatz kehrtmachen, um das Atelier zu verlassen, doch Charlie bremste ihn aus.
„Moment mal, Sie können jetzt nicht einfach gehen“, stoppte sie ihn, was sofort Ärger in ihm auslöste.
„Frau Kommissarin Wiesinger! Die gesamte Angelegenheit ist nicht nur ärgerlich und zeitraubend, sondern

auch in erheblichem Maße geschäftsschädigend. Ich wiederhole es gerne für Sie: Ich habe jetzt einen wichtigen Termin, der sich nicht aufschieben lässt. Wenn Sie weitere Fragen an mich haben, müssen die leider warten."
„Wir brauchen das Passwort für Ihren Computer", forderte Charlie, woraufhin Hubertus Hohenfels einen Blick zu seinem Schreibtisch in der Ecke mit der besten Aussicht warf. Es schien, als überlegte er, wie er die Preisgabe umgehen konnte, gab aber schließlich nach.
„Es lautet Hubertus", verkündete er. „Jetzt muss ich aber wirklich los!" Ohne einen Gruß verließ er den Raum.
„Na, der hat vielleicht Nerven! Er scheint sich ja sehr sicher zu sein, dass wir hier nichts Belastendes finden", kommentierte Knud den selbstbewussten Abgang.
„Hochmut kommt vor dem Fall. Dafür würde ich meine Hand nicht ins Feuer legen." In der nächsten halben Stunde konzentrierten sie sich schweigend auf die Suche. Der helle Raum wurde von imposanten Tischen dominiert, auf denen zahlreiche Zeichnungen und Stoffproben lagen, die mit der Modenschau der letzten Tage nicht in Verbindung standen. Außerdem gab es eine große freie Fläche, die wie eine Bühne wirkte. Vermutlich ließ Hohenfels sich hier die Umsetzung seiner Entwürfe präsentieren. Sein klobiger Eichenschreibtisch füllte die gesamte Ecke aus. Dabei wirkte er wie ein Fremdkörper im Raum. Der hochwertige, sehr breite Bildschirm schien darauf deplatziert und versperrte genau genommen die schöne Aussicht.
Während Knud weiter das Atelier durchsuchte, meldete sich Charlie auf dem Rechner an. „Hubertus, was für ein ausgefallenes Passwort! Und das bei einem Kreativen", murmelte sie missgelaunt, weil die bisherige Durchsuchung zu keinem Ergebnis geführt hatte. Täuschte sie sich so sehr in dem Modeschöpfer? Oder würden sie in

den anderen Räumen fündig werden? Die Schneiderinnen waren nebenan untergebracht, dazu gab es außerdem die Verwaltung. Wie erwartet entdeckte die Kommissarin die Entwürfe auf der Festplatte. Sie erstellte Screenshots von den Detailangaben der Dateien, wohl wissend, wie leicht diese manipuliert werden konnten. Das allein war kein Beweis.
„Heilige Sanddüne, das gibt es nicht! Charlotte, das müssen Sie sich anschauen!“ Knud kam aus dem Staunen gar nicht mehr heraus.
„Haben Sie etwas gefunden?“, fragte Charlie.
„Kommen Sie her und sehen Sie selbst!“ Er schaute sie herausfordernd an, damit sie seiner Aufforderung folgte.
„Das ist ja eine Kamera!“ Nun war die Kommissarin ebenfalls überrascht. „Entweder hat Hohenfels, die selber installiert, um seine Mitarbeiterinnen zu überwachen ...“
„Was ausgesprochen illegal ist!“, warf ihr Kollege ein.
„... oder wir haben hier einen ersten Hinweis auf die Spionage!“, ergänzte Charlie, ohne auf seine Bemerkung einzugehen. „Kann das wirklich sein? Wenn Hohenfels die selbst installiert hätte, wäre sie vor unserem Eintreffen entfernt worden. Er ist zwar arrogant, aber kein Dummkopf!“
„Gucken wir mal, ob es mehr davon gibt“, forderte Knud seine Kollegin auf, bevor er die Kamera vorsichtig in einer transparenten kleinen Tüte verschwinden ließ.
„Kennen Sie sich damit aus? Können Sie erkennen, ob sie lediglich Bilder aufnimmt oder auch mit einem Mikro kombiniert ist?“, fragte Charlie. Sie spürte die vertraute Aufregung. War das der Durchbruch in dem Fall? War wirklich Isabella Caspari die Spionin? Die Sicherheitsvorkehrungen schienen in diesem Gebäude eher lasch zu

sein. Sie nahm sich vor, die Sekretärin nach einer Alarmanlage zu befragen.
„Bingo!", ließ Knud verlauten.
„Bingo? Wo haben Sie das denn aufgeschnappt?", fragte Charlie amüsiert. Durch den Fund hatte sich ihre Laune spontan verbessert. Über Knuds Gesicht zog eine leichte Röte, die ihn verletzlich aussehen ließ.
„Äh, das ist jetzt ein bisschen peinlich. Meine Mutter hat mich neulich zu so einem Spiel in der Kirchengemeinde mitgeschleppt. Ich wollte ihr einen Gefallen tun", stammelte er, wobei sich die rote Färbung verstärkte.
„Sie stecken wirklich voller Überraschungen!" Charlie kam nicht umhin, darüber zu lachen. „Aber Spaß beiseite, haben Sie noch mehr gefunden?"
„So ist es", antwortete der Kommissar, ganz offensichtlich froh darüber, sich wieder auf die Arbeit konzentrieren zu können. „Hier ist eine weitere Kamera. Lassen Sie uns nach Mikros suchen, solange wir nicht sicher sind, ob diese Wunderwerke ebenfalls Ton aufnehmen können."
Die folgende Durchsuchung förderte tatsächlich kleine Wanzen zutage. Schon wollte Charlie den Raum verlassen, um sich einen Einblick in die Bücher des Modeschöpfers geben lassen, da kam der nächste überraschte Laut von Knud.
„Das wird ja immer besser! Charlotte!", rief er sie wieder zu sich.
„Ein Medaillon? Wo haben Sie das denn gefunden?"
„In dieser Wandlampe steckte ein Mikro. Die Kette mit dem Anhänger habe ich darunter entdeckt. Hier zwischen diesen ganzen Illustrierten blitzte sie plötzlich auf", freute sich Knud über seine Entdeckung.
Charlie betrachtete das imposante Regal genauer. Es maß sicherlich drei Meter in der Breite. Auf den unteren

Flächen befanden sich Ordner und Körbe mit allerlei Utensilien, auf dem oberen Board standen unter anderem etliche Stehsammler mit Magazinen, darunter Fachzeitschriften zum Thema Modedesign.

„Es war kaum zu sehen. Das Ende der Kette hatte sich scheinbar beim Fallen hier verhakt, ansonsten wäre sie bis auf den Boden des Schubers durchgerutscht", führte er weiter aus.

„Haben Sie es schon geöffnet?", fragte Charlie.

„Geöffnet?", zeigte sich der Kommissar begriffsstutzig.

„Ja, wie ich sagte: Es ist ein Medaillon. Das heißt, es lässt sich öffnen", erklärte Charlie in gespannter Erwartung. „Meist befinden sich Fotos darin."

„Das könnte einen Hinweis auf diejenige geben, die das Mikro hier versteckt hat!" Knud ließ die Kette vor Aufregung fallen. Ungeduldig hob die Kommissarin sie wieder auf. Nur mit Mühe ließ sich das kleine Schloss öffnen. Zwei strahlende Kindergesichter guckten ihr entgegen. Leichte Ernüchterung erfasste sie. Wie sollten sie die identifizieren?

„Zeigen Sie mal", machte sich Knud wieder bemerkbar, woraufhin Charlie ihm die Bilder vor die Nase hielt. Im gleichen Moment entdeckte sie die Gravur auf der Rückseite: *Für Rieke in Liebe G.*

„Hey, wie soll ich so schnell etwas erkennen?", beschwerte er sich, als sie das Medaillon selbst wieder genauer betrachtete.

„Die Bilder sind nicht wichtig. Schauen Sie mal hier. So langsam wird die Sache interessant", triumphierte die Kommissarin aufgrund ihrer Entdeckung.

„Rieke? Etwa Rieke Husbargen, die Assistentin von Isabella Caspari?", staunte Knud.

„Fragen wir sie, ob das ihre Kinder sind, wenn wir hier durch sind. Als Nächstes sprechen wir mit den Schneiderinnen. Danach lassen wir uns die Bücher zeigen."
Wie am Tag davor brachten sie die Befragungen der an der Produktion der Kollektion Beteiligten nicht weiter. Vor lauter Loyalität bekamen die Frauen kein negatives Wort über ihren Chef heraus. Die meisten schienen außerdem eingeschüchtert zu sein. Hatte Hohenfels Druck auf sie ausgeübt?
Der Buchhalter sah genauso aus, wie sich Charlie einen Mann dieser Zunft vorstellte: Klein, leicht untersetzt, mit Halbglatze und schwarzer Hornbrille mit runden Gläsern. Er war allerdings bestens organisiert, wodurch er alle Fragen ohne Verzögerung beantworten konnte. Viele der Zahlen hatte er im Kopf. Dabei war er blitzgescheit und dachte schnell. Bereits eine halbe Stunde später standen die Kommissare mit einem Eis in der Hand an der Binnenalster und fassten das eben Gehörte zusammen.
„Hohenfels hat ziemlich hohe Einnahmen", stellte Knud gerade fest, während Charlie sich auf die Aussicht konzentrierte. Der Anblick der Alster mit ihrer Fontäne und den Ausflugsschiffen konnte sie spontan in Urlaubsstimmung versetzen. Am liebsten hätte sie sich den Rest des Tages freigenommen, um bei diesem herrlichen Sonnenschein einmal wieder in vollen Zügen ihre Heimatstadt zu genießen. Eine selten gewordene Sehnsucht erfasste sie.
„Träumen Sie?", fragte Knud im gleichen Moment.
„Hhm ja, tatsächlich würde ich jetzt gerne so eine Bootstour machen. Waren Sie schon einmal in den Fleeten? Das ist wirklich ein Erlebnis. Sie bekommen Hamburg von einer ganz anderen Seite zu sehen", geriet Charlie ins Schwärmen.

„Ich bekomme gerade Charlotte Wiesinger von einer ganz anderen Seite zu sehen", frotzelte Knud. „Ich dachte, Sie wären begeistert, was wir herausgefunden haben, stattdessen fangen Sie an, von Bootsfahrten zu träumen. Was ist los mit Ihnen?"
Charlie riss sich von dem Anblick der schönen Binnenalster los. „Ach, ich weiß nicht. Irgendetwas stört mich an der ganzen Angelegenheit. War es nicht ein bisschen zu einfach, diesen Lauschangriff aufzudecken? Wäre es nicht logischer, wenn die Spionin das technische Equipment nach ihrem erfolgreichem Einsatz wieder entfernt hätte – wir also nichts gefunden hätten?"
„Sie meinen Rieke Husbargen?", fragte Knud nach.
„Ja, wenn sie es denn war. Auch das ist ja bisher nur eine Vermutung."
„Ich finde, es ist mehr als das. Vielleicht hatte sie keine Gelegenheit, sich erneut Zutritt zu verschaffen", mutmaßte der Kommissar.
„Ja, das ist natürlich möglich, wenn auch ziemlich dilettantisch. Es war ja so gut wie klar, dass eine Untersuchung folgen würde", gab Charlie zu Bedenken.
„Was halten Sie von seinen Zahlen?", wechselte Knud das Thema.
„Er verdient wesentlich mehr, als ich dachte. Brutal sind seine Betriebskosten – allein schon die Miete dieser Räume. Außerdem hat er enorm hohe Privatausgaben. Merkwürdig sind die Ein- und Auszahlungen in bar! Da sollten wir weitergraben. Wo fließt das ganze Geld hin? Wieso zahlt er immer wieder große Beträge auf sein Konto ein und hebt sie später wieder ab? Das ist weder zeitgemäß noch sinnvoll!"
„Er scheint mit den Bareinzahlungen Durststrecken zu überbrücken. Danach hebt er es wieder ab. Vielleicht hat er neben den jungen Frauen eine weitere Schwäche –

oder er gibt das Geld für sie aus. Merkwürdig, dass er bei seinem hohen Einkommen praktisch keine Rücklagen bildet. Wir werden ihn noch einmal befragen müssen. Wenn er vorhin nicht verschwunden wäre, hätten wir das gleich erledigen können."

„Jetzt wissen wir, was hinter dem wichtigen Termin steckte. Es gab aber keine Möglichkeit, ihn festzuhalten", sinnierte Charlie.

„Ja! Setzen wir die Durchsuchung bei seiner Widersacherin fort. Ich bin jetzt echt gespannt, was wir bei Isabella Caspari vorfinden." Vor lauter Konzentration auf die Ermittlungsergebnisse hatte Knud sein Eis vergessen. Ein Tropfen der schmelzenden Köstlichkeit landete auf seiner Hose.

„Sie bekleckern sich", bemerkte Charlie trocken. „Was ist mit Hohenfels´ Villa? Meinen Sie, wir finden dort etwas, was die Lösung des Falles voranbringt?"

Knud rieb mit der Serviette auf dem Fleck herum, womit er die Sache verschlimmerte. „Na super. Warten Sie hier, ich verschwinde eben dort im Waschraum. Wir sollten aber nichts auslassen, gerade weil Sie nicht überzeugt sind", rief er ihr zu, bevor er den Rest des Eises in einen Abfallkorb warf.

Das Atelier von Isabella Caspari entsprach genau Charlies Erwartungen der Wirkungsstätte einer aufstrebenden Kreativen. Es befand sich in einem alten Fabrikgebäude im Stadtteil Ottensen und wirkte wie ein Loft. Allem Anschein nach waren alle Arbeitsbereiche in einen großen Raum integriert. Lediglich ein kleines Büro mit zwei Schreibtischen war separat untergebracht.

Zwar konnte die Modeschöpferin bei Weitem nicht mit der Aussicht ihres Wettbewerbers Hubertus Hohenfels mithalten, dafür gab es riesige Oberlichter, die den Eindruck erweckten, unter freiem Himmel zu arbeiten. An einem sonnigen Tag wie diesem war der Raum lichtdurchflutet, was optimale Arbeitsbedingungen bot. Obwohl es sich um ein altes Bauwerk handelte, gab es hochwertige Schlösser in den Metalltüren sowie eine Alarmanlage. Isabella Caspari schien mehr Wert auf Sicherheit zu legen, als der erste Anschein der Immobilie vermuten ließ. Sie selbst wirkte an diesem Tag wie ausgewechselt. Die Kommissarin führte den Stimmungswandel auf den Erfolg der zweiten Modenschau zurück. Außerdem war sie an einer Aufklärung des Falles äußerst interessiert, weshalb der Durchsuchungsbeschluss an dieser Stelle tatsächlich überflüssig schien. Trotzdem blieb Charlie wachsam. Immerhin gab es erstes belastendes Material gegen ihre rechte Hand. Wenn sich der Verdacht erhärtete, würde er am Ende auf die Designerin selbst zurückfallen.

Im Gegensatz zu der Stille in dem Atelier des Altmeisters, der seinen Mannequins nach dem großen Event – und vielleicht auch im Hinblick auf die verstorbene Kollegin – eine Pause gönnte, wurde hier bereits wieder fleißig gearbeitet. Niemand schien sich an den summenden Nähmaschinen zu stören. Sie waren Teil der Arbeit und somit im gleichen Raum untergebracht.

„Wir würden uns gerne im gesamten Atelier umschauen, einen Blick sowohl in Ihren Computer als auch in Ihre Buchhaltung werfen und außerdem mit Rieke Husbargen sprechen. Ist sie hier?“, eröffnete Knud die Untersuchung.

„Nein, sie ist freigestellt. Warum wollen Sie meine Bücher überprüfen? Was haben meine Zahlen mit den Vorfällen zu tun?“ Isabella Caspari wurde mit jedem Wort lauter.

„Bei einer derartigen Anschuldigung ist alles wichtig", klärte Charlie die Modeschöpferin auf. „Außerdem liegt das Obduktionsergebnis der toten Laura noch nicht vor. Wir können also einen unnatürlichen Tod nicht ausschließen."

„Aber damit habe ich nichts zu tun! Wollen Sie mir jetzt zu allem Überfluss einen Mord anhängen? Das wird ja immer schöner. Haben Sie Hubertus Hohenfels dazu befragt?", regte sich die Designerin auf.

„Ja, das haben wir", bestätigte Knud, ohne über das Ergebnis weiter Auskunft zu geben.

Charlie wunderte sich über Isabella Casparis Reaktion. Welchen Grund sollte der Altmeister haben, sein eigenes Topmodel umzubringen? Auch wenn sie trotz der Fundstücke in seinem Atelier eher dazu tendierte, ihn der Wirtschaftsspionage zu verdächtigen, fand sie das Verhalten der Jungdesignerin nicht minder seltsam. Diese Anschuldigung auf ganzer Linie, quasi als Rundumschlag war schwer nachzuvollziehen.

„Warum interessieren Sie sich dafür, was Hohenfels dazu gesagt hat?", fragte sie, um ihr Gegenüber aus der Reserve zu locken.

„Ach, keine Ahnung. Vielleicht würde ich einfach nur gerne wissen, was in diesem Mann vorgeht. Immerhin ist er gerade dabei, meine Karriere zu zerstören. Ich bin heilfroh, dass ich gestern die Chance hatte, meine Prêt-á-Porter zu präsentieren, sonst wäre das gesamte Event ein reines Fiasko gewesen. Trotzdem verstehe ich nicht, was meine Buchhaltung damit zu tun hat", kam sie auf das ursprüngliche Thema zurück.

„Ihre Zahlen – genauso wie die von Hubertus Hohenfels – sind eine mögliche Ursache für den Diebstahl der Entwürfe. Da Sie sich gegenseitig beschuldigen, müssen wir

so umfassend wie möglich ermitteln", erklärte Knud in seiner so typisch ruhigen Art.
„Wenn es der Wahrheit dienlich ist, bitteschön. Wollen Sie hier beginnen? Dann sage ich meiner Mitarbeiterin Bescheid, dass Sie später zu ihr kommen. In wie viele Geschäftsjahre wollen Sie Einblick nehmen?"
„Drei", antwortete Knud, woraufhin sie nickte.
„Darf ich Ihnen etwas zu trinken anbieten? Einen Kaffee vielleicht?"
Schließlich durchsuchten die Kommissare das Atelier, indem sie genauso vorgingen wie bei Hohenfels, allerdings ohne fündig zu werden. Beide Computer waren miteinander vernetzt und bestens geschützt. Ihre nicht veröffentlichten Entwürfe, die nicht digital vorlagen, legte Isabella Caspari zusätzlich jeden Abend in einen Tresor. Die Buchhaltung zeigte ein ähnliches Endergebnis wie das des Wettbewerbers. Weder die Einnahmen noch die Ausgaben waren so hoch wie die von Hohenfels, einen beachtlichen Überschuss erwirtschaftete die Modeschöpferin bislang nicht. Allerdings stiegen die Umsätze, wogegen sie bei dem Altmeister eher rückläufig waren.
„Wie Sie sehen, arbeite ich auf einem hohen Sicherheitsstandard. Nach meiner Vermutung können die Entwürfe lediglich über eine menschliche Schwachstelle nach außen gedrungen sein. Da ich mit meinen Schneiderinnen und Models, die in die Kollektion eingeweiht waren, seit Jahren zusammenarbeite, muss ich leider davon ausgehen, dass mich meine Assistentin Rieke Husbargen verraten hat. Das trifft mich nicht nur geschäftlich, sondern ebenfalls persönlich außerordentlich. Ich habe sie als loyal eingeschätzt - außerdem anständig bezahlt. Offensichtlich habe ich mich in ihr getäuscht. Menschlich sehr schade und wirtschaftlich eine Katastrophe!"

Die Kommissarin nickte mitfühlend. In ihrer Aussage wirkte die Designerin glaubwürdig. „Haben Sie Frau Husbargen ein Handy zur Verfügung gestellt?“
„Nein, wieso?“
„Nun, auch wenn es unwahrscheinlich ist, könnte sie von dem Anschluss mit Hohenfels Kontakt aufgenommen haben. Wir müssten es auf jeden Fall überprüfen“, antwortete Charlie. „Wahrscheinlicher ist natürlich die Nutzung einer Prepaidkarte. Wissen Sie, wo Ihre Assistentin sich jetzt aufhält? Ist sie bereits abgereist oder weilt sie noch in der *Weißen Düne*?“
„Das kann ich Ihnen leider nicht beantworten. Sie kam nach dem Fiasko zu mir, aber ich war nicht in der Lage klar zu denken. Es war so mörderisch viel Arbeit, die Kollektion herzustellen ... äh, entschuldigen Sie den Ausdruck.“ Sie drückte sich die Finger gegen ihre Schläfen. „Ich habe einfach rot gesehen und sie suspendiert. Ich hätte es nicht ertragen, sie heute um mich zu haben. Auch wenn ich an ihre Schuld glaube, war das natürlich eine krasse Vorverurteilung. Bitte helfen Sie mir, diesen Schlamassel aufzuklären. Ich habe hart gearbeitet, um bis zu diesem Punkt zu kommen. Das darf nicht alles umsonst gewesen sein!“
„Wir werden alles tun, was in unserer Macht steht, um den Täter zu überführen. Bitte geben Sie uns die Kontaktdaten von Rieke Husbargen. Wir müssen sie unbedingt kurzfristig erreichen, um mit ihr zu sprechen“, forderte Charlie die Designerin auf.
„Haben Sie einen Verdacht oder eine Spur?“, fragte Isabella Caspari aufgeregt.
„Wir können Ihnen derzeit nichts darüber sagen. Wenn es etwas Konkretes gibt, werden wir Sie jedoch informieren. Abschließend müssen wir die Durchsuchung auf Ihr

Privathaus ausweiten. Wohnen Sie hier in der Nähe?", wollte Knud wissen.

„Ja, aber das wird sich für Sie nicht lohnen. Ich habe kein Haus, sondern lediglich eine kleine Wohnung. Ich stecke mein gesamtes Geld in die Firma und gönne mir selbst nur wenig. Ich halte Sie nicht davon ab, warne Sie lediglich vor. Sie werden enttäuscht sein. Im Grunde hause ich nach wie vor in meiner Studentenbude. Mehr als zum Schlafen und Duschen halte ich mich dort allerdings kaum auf. Eigentlich bin ich immer hier."

Nach nur wenigen Minuten zu Fuß erreichten sie gemeinsam das Mietshaus, in dem Isabella Caspari genauso wohnte, wie sie es beschrieben hatte. Es folgte die schnellste Durchsuchung, die Charlie je durchgeführt hatte. Als sie sich verabschiedeten, wurden sie von der Modedesignerin gebeten, das Gesehene nicht öffentlich zu machen.

„Das würde das Bild zerstören, das meine Kundinnen von mir haben."

„Wir sind nicht von der Presse, Frau Caspari, von uns erfährt es keiner", versicherte Knud mit einem gewinnenden Lächeln, welches sie zu beruhigen schien.

Als sie wieder bei Knuds Wagen ankamen, war bereits der späte Nachmittag angebrochen.

„Ich sterbe vor Hunger", jammerte Charlie. „Ohne vorher etwas zu essen, stehe ich es nicht durch, Hohenfels´ Villa zu inspizieren. Das dauert bestimmt wesentlich länger als bei der kleinen Butze von der Caspari."

„Ist kein Problem. Lassen Sie uns irgendwo einen Imbiss nehmen, dann lade ich Sie hinterher zum Essen ein."

„Sie wollen bestimmt einen Blick auf die Elbphilharmonie werfen und dort in der Nähe speisen, stimmt´s?", neckte Charlie dieses Mal Knud.

„Genau, oder direkt im Restaurant der Elphi. Bei diesem klaren Wetter haben wir einen sagenhaften Blick über den Hafen."
„Sie verstehen es, mich aufzumuntern. Klingt gut! Mit dieser Aussicht verkrafte ich sogar noch ein weiteres Zusammentreffen mit Hohenfels. Also gut, Snack mit Kaffee. Nach Blankenese fahren wir nur eine Viertelstunde."

Dort angekommen öffnete ihnen eine freundlich zurückhaltende Frau die Tür. Nachdem die Formalitäten geklärt waren, führte sie sie in die Bibliothek, die ihr Mann zusätzlich als Büro nutzte, wenn er sich Arbeit mit nach Hause brachte. Sie bot den Kommissaren etwas zu trinken an und zog sich anschließend zurück. Es schien ihr gleichgültig zu sein, wie umfangreich die beiden Besucher den Raum inspizierten. Am interessantesten wirkte auf Charlie ein klobiger Eichenschrank, der für die Aufbewahrung etlicher Ordner genutzt wurde.
„Kommen Sie, Knud, lassen Sie uns die prüfen. Die Atmosphäre der Villa ist fürchterlich. All dieses dunkle Holz scheint einen zu erdrücken."
„Ehrlich gesagt, finde ich die Jagdtrophäen viel gruseliger. Wer hängt sich denn noch ausgestopfte Tierköpfe an die Wand? Ich dachte, das gibt es nur in alten Filmen!"
„Sie wissen ja, was ich von solchen vermeintlichen Prachtbauten halte. Vermutlich wohnen die zu zweit in diesem riesigen Kasten. Schrecklich." Während Charlie sich echauffierte, fing sie an, in dem ersten Ordner mit Versicherungsunterlagen zu blättern. Sie wollte ihn gerade wieder zuklappen, weil er scheinbar nichts enthielt, was die Firma betraf, da stockte sie mitten in der Bewegung.

„Knud, gucken Sie sich diese Papiere an! Hubertus Hohenfels hat eine Vertrauensschadenversicherung. Was hat das denn zu bedeuten?“

Gloria in SPO | Dienstag, den 06. April

Gloria konnte gar nicht fassen, wie gut Torges Plan funktioniert hatte. Sie gestand sich ein, hauptsächlich ihm zuliebe bei dieser Aktion mitgemacht zu haben – und aus der alten Schuld heraus. Die Rettung aus dem Maisfeld im letzten Sommer hatte sie nicht vergessen. Während sie die Fotos des gestrigen Abends sichtete, war sie mehr als zufrieden. Das war eine echte Story – und sie lag exklusiv bei ihr. Zwar konnte man aufgrund der riesigen Kapuze das Gesicht der Einbrecherin nicht erkennen, aber die Täterin geschnappt zu haben, war eine Meldung wert.
Sie war froh, dieses Mal die Polizei rechtzeitig informiert zu haben. Auch Torge hatte sich diesbezüglich weiterentwickelt. Das hätte sonst bestimmt enormen Ärger gegeben, insbesondere wenn die Einbrecherin durch ihren Alleingang geflohen wäre.

Da sie von dem Hausmeister über das beharrliche Schweigen der Frau in Kenntnis gesetzt worden war, beschloss sie, sich an der Aufdeckung ihrer Identität zu beteiligen. Recherche war eine ihrer Stärken. Vielleicht fand sie im Internet etwas heraus. Als ersten Schritt plante sie zu schauen, ob es weitere Einbrüche dieser Art gegeben hatte. Das war immerhin sehr wahrscheinlich. Interessant war insbesondere, ob es einen Zusammenhang mit der Modenschau gab. War diese Frau sogar für den Diebstahl der Entwürfe verantwortlich? Dann stellte sich natürlich sofort die Frage, auf wessen Seite sie tätig war. Bei Hohenfels oder Caspari?
Sollte sie sich erst unter den Anwesenden umhören? Die Models von Isabella Caspari weilten vermutlich noch in der *Weißen Düne*, würden jedoch spätestens am Mittag abreisen. Aber brachte sie das weiter? Nach kurzer Überlegung entschloss sie sich für eine Internetrecherche. Sicherlich war bereits über ähnliche Einbrüche berichtet worden. Außerdem wollte sie noch einmal Hubertus Hohenfels und Isabella Caspari ins Visier nehmen. Vielleicht fand sie etwas über ihr Privatleben heraus, was irgendwie hilfreich war. Zumindest über den Altmeister gab es zahllose Artikel, die unter anderem über Skandale berichteten. Seit Jahren war bekannt, dass er dem weiblichen Geschlecht nicht widerstehen konnte. Besonders blutjunge Mädels hatten es ihm angetan. Es war Gloria ein Rätsel, warum seine Frau nicht die Scheidung anstrebte. So ein Verhalten hätte sie ihrem Herbert nie durchgehen lassen. Wenn schon ein Seitensprung, dann bitte diskret!
Stunde um Stunde kämpfte sie sich durch zahllose Veröffentlichungen. Natürlich hatte es Einbrüche dieser Art gegeben. Oftmals waren sie in exklusiven Hotelanlagen

in Verbindung mit großen Events vorgekommen. Allerdings handelte es sich dabei nicht nur um Veranstaltungen der Modebranche, sondern auch Kongresse, Bälle oder Konzerte namhafter Künstler. Nie hatte die Einbrecherin irgendwelche Spuren hinterlassen.

Glorias anfängliche Begeisterung wich einer leichten Frustration. Sich den schmerzenden Nacken reibend überflog sie ihre mageren Notizen.

Hohenfels war an der Seite von zahlreichen schönen Frauen fotografiert worden. Vermutlich war die Liste seiner Gespielinnen so lang wie die der Berichte darüber, aber sie bekam nichts heraus, was die Identität der Einbrecherin preisgegeben hätte. Es schien eine Sackgasse zu sein, hier eine Verbindung aufdecken zu wollen.

Bei der Recherche über Isabella Caspari fand sie dagegen lediglich Reportagen über ihre steigenden Erfolge. Ihr Privatleben hielt die Designerin komplett aus der Presse heraus, wenn sie überhaupt eins hatte. Gloria erinnerte sich bestens an die ersten Jahre ihrer Karriere. In den meisten Branchen schufteten Frauen wesentlich härter als ihre männlichen Kollegen, um an die Spitze zu gelangen. Sie konnte sich gut vorstellen, dass Isabella Caspari ihre gesamte Energie in ihre Laufbahn steckte. Was für ein Desaster mussten die Vorfälle des Wochenendes für sie sein!

Insgesamt hatte sie nach vier Stunden am PC nichts herausbekommen, was in irgendeiner Form verwertbar war. Frustriert über den ungewohnten Misserfolg schaltete sie den Computer schließlich aus. So kam sie nicht weiter, das führte zu nichts.

Weil sie bereits auf das Frühstück verzichtet hatte, entschied sie sich für ein stärkendes Mittagessen. Dabei konnte sie ihre nächsten Schritte überlegen. Aufgeben war jedenfalls keine Option. Torge Trulsen hatte sie in diesen Fall hineingezogen und nun würde sie dranbleiben. Außerdem war sie persönlich betroffen. Gern hätte sie ihre Kamera sowie den Laptop zurück. Wenn ihr beim Essen nichts einfiel, konnte sie im Anschluss an den Strand gehen. Vielleicht brachten ihr Wind und Wellen eine neue Inspiration.

Im Restaurant der *Weißen Düne* herrschte nach der Hektik der letzten Tage ungewohnte Stille. Viele der Urlauber waren lediglich für das Osterfest oder die Modenschauen angereist und bereits wieder auf dem Heimweg. Ohne Mühe ergatterte Gloria einen Fensterplatz. Allein der Blick in die Dünen beruhigte ihre Nerven. Bei herrlichem Sonnenschein konnte sie von dem leicht erhöhten Platz bis zum Strand gucken. Die sonst so imposanten Pfahlbauten schienen auf die Entfernung viel kleiner zu sein. In der Ferne glitzerte das Wasser der auflaufenden Flut. Vielleicht sollte sie den ganzen Fall beiseiteschieben. Die Einbrecherin war gefasst, den Rest konnte sie der Polizei überlassen. Ihren Auftrag, über die Modenschauen zu berichten, hatte sie erfüllt. Warum sich die geplanten Urlaubstage mit der Jagd auf Verbrecher verderben? War es nicht besser, ihrem ursprünglichen Plan zu folgen und die wunderschöne Umgebung zu genießen? Sich einfach frei fühlen, die reine Luft atmen und dabei fotografieren. Daraus konnte sie im Anschluss eine ansprechende Reportage gestalten. Hier gab es so herrliche Motive. Erneut kam ihr die Idee, über Torge zu berichten in den Sinn. Der Hausmeister war ein echtes nordfriesisches Original! Über ihn würden ihre Leser bestimmt gern mehr erfahren. Das konnte sogar der Auftakt zu einer Reihe sein, die ihr einen guten Grund gab, häufiger hierherzukommen. Wenn Herbert sie begleitete, konnten sie das Angenehme mit dem Nützlichen verbinden. Auch er gönnte sich für gewöhnlich zu wenig Pausen.

Froh über ihren Entschluss genoss sie ihre Scholle mit Krabben und Bratkartoffeln. Nach einer so reichhaltigen Mahlzeit war ein Strandspaziergang ohnehin eine gute Idee.

An der Wasserkante angekommen, hatte die Flut ihren höchsten Punkt erreicht. Sofort war sie in Versuchung, einige der in unterschiedlichen Farben schimmernden Muscheln aufzuheben. Sie hielt in der Bewegung inne, als ihr erneut die Begegnung mit Knud in Erinnerung kam. Sie hatten sich im letzten Jahr zufällig fast genau an dieser Stelle getroffen. Der Blick in die Vergangenheit löste eine undefinierbare Sehnsucht aus. Wie gern hätte sie sich jetzt mit ihm ausgetauscht, um mehr über den Fall zu erfahren - aber auch, um einfach seine Gesellschaft zu genießen. Ob sein schüchternes Werben um die Kommissarin mittlerweile zum Erfolg geführt hatte? Gloria hatte ganz vergessen, Torge danach zu fragen.
Als sie sich schließlich trotzdem bückte, um eine besonders große, blau schillernde Muschel aufzuheben, fiel plötzlich ein Schatten über sie. Noch während sie sich wunderte, wer ihr so nahegekommen war, zertrat ein Fuß nicht nur das zarte Objekt, sondern gleichzeitig auf ihre Hand. Verärgert fuhr sie hoch und blickte direkt in das erschrockene Gesicht von Rieke Husbargen, die sich sofort überschwänglich bei ihr entschuldigte.
„Oh, mein Gott, ich bin gerade so mit mir beschäftigt, dass ich gar nicht darauf geachtet habe, wohin ich laufe. Ich hoffe, ich habe Sie nicht verletzt."
„Schon gut, so schlimm ist es nicht. Es war wohl mehr der Schreck – und die Zerstörung dieser wunderschönen Muschel. Aber ich finde bestimmt eine andere", fügte sie hinzu, um ihr Gegenüber ein wenig zu beruhigen.

Gloria hatte Rieke Husbargen zuletzt am Sonntag an der Seite von Isabella Caspari gesehen. Seitdem schien sie um Jahre gealtert zu sein. Ungeschminkt und mit einem verkniffenen Gesichtsausdruck wirkte sie nur halb so attraktiv. Vielleicht würde ein kräftiger Pharisäer sie ein wenig aufmuntern. Gleichzeitig hoffte die Journalistin, von ihr interne Informationen zu erhalten. Nach dem Auftreten der Assistentin zu urteilen, verdächtigte ihre Chefin sie der Wirtschaftsspionage. Das konnte interessant werden. Sie sollte ihr ein Interview anbieten. Ganz offensichtlich hatte Rieke etwas zu sagen, was sie loswerden wollte, das spürte die Reporterin deutlich.
„Was halten Sie davon, wenn wir uns dort bei einem Kaffee mit Schuss entspannen?“ Gloria wies auf die *Arche Noah*. „Dort ergattern wir jetzt, wo die meisten Touristen wieder abgereist sind, bestimmt einen Platz mit einer herrlichen Aussicht.“
Rieke Husbargen zögerte, willigte aber ein, als Gloria sich vorstellte.
„Sie sind Gloria von Brandenburg! Das ist ja großartig. Ich lese sehr gerne Ihre Kolumne. Sie recherchieren nicht zufällig auch in dem Skandal um die gestohlene Kollektion?“
„Doch. Wenn Sie mir Ihr Herz ausschütten wollen, finden Sie in mir eine gute Zuhörerin.“ Als sie den skeptischen Blick auffing, ergänzte sie: „Sie entscheiden, was davon in meinen Artikel gelangt, das verspreche ich Ihnen.“
Sofort entspannte sich die nervös wirkende Frau wieder. Schweigend legten sie den Rest des Weges zurück. Bei der *Arche Noah* angekommen, fanden einen Tisch, der ein wenig separat in einer Ecke stand. Ideal, um ein vertrauliches Gespräch zu führen. Gloria ließ ihr die notwendige Zeit, um ihre Gedanken zu sortieren. Außerdem

war sie gespannt, welchen Gesprächseinstieg die Assistentin der Jungdesignerin wählen würde.
„Waren Sie am Sonntag dabei?", fragte sie nach einer Weile.
„Ja", antwortete Gloria knapp, weil sie keinen Einfluss auf den weiteren Verlauf der Unterhaltung nehmen wollte.
„Sie verdächtigt mich des Verrats." Rieke Husbargen schien selbst über diese Aussage nachzudenken. Schließlich schüttelte sie den Kopf. „Ich kann es nicht fassen." Es folgte eine umfangreiche Beschreibung der langen Arbeitszeiten sowie ihrer Loyalität. In Glorias Ohren klang es nach selbst empfundener Aufopferung und insgesamt zu dick aufgetragen. Anscheinend sehnte sich ihr Gegenüber nach Anerkennung, die Isabella Caspari ihr im gewünschten Umfang nicht gegeben hatte. Übertrieb die Assistentin maßlos oder war etwas an den Vorwürfen dran? Ging sie lediglich in Verteidigungshaltung? Die Gedanken der Journalistin arbeiteten auf Hochtouren. Im ersten Schritt wollte sie Rieke Husbargen am Reden halten. Je mehr sie erfuhr, desto besser. Doch Gloria brauchte gar nichts dazutun. Die gesamte Chronologie der Geschehnisse wurde vor ihr ausgebreitet. Der zweite Pharisäer ließ den Redefluss der Gekränkten weiter anschwellen. Trotzdem erfuhr Gloria nicht viel Neues. Als die Erzählung in die Wiederholung ging, beschloss sie, selbst die Gesprächsführung zu übernehmen.
„Sind Sie sicher, dass Isabella Caspari die Kollektion entworfen hat?", stellte sie ihre erste Frage, die sofort Verunsicherung auslöste.
„Davon bin ich die ganze Zeit ausgegangen. Glauben Sie, die Anschuldigung ist nur ein großes Theater, weil sie in Wahrheit selbst die Wirtschaftsspionage initiiert hat?", fragte Rieke Husbargen ungläubig zurück.

„Möglich wär´s. Sie haben monatelang an ihrer Seite gearbeitet. Kam Ihnen dabei irgendetwas verdächtig vor? Oder zumindest jetzt in der Rückschau? Überlegen Sie in Ruhe“, forderte Gloria sie auf. „Wir haben Zeit.“
Während die Assistentin in ihren Erinnerungen forschte, gab Gloria sich ganz der Umgebung hin. Mit allen Sinnen nahm sie die Eindrücke auf, um sie für möglichst lange Zeit in ihren Alltag mitzunehmen. Das Rauschen der Wellen würde sie am meisten vermissen. Aber auch der leichte Wind, der mit ihren Haaren spielte, und das Salz auf der Haut waren ihr mittlerweile vertraut geworden. Sie sollte sich zusammen mit Herbert nach einem Häuschen umschauen, welches sie als Zweitwohnsitz nutzen konnten. Dann würden sie bestimmt viel regelmäßiger herkommen, um zu genießen. Es musste nicht direkt in Sankt Peter-Ording stehen, irgendwo auf Eiderstedt oder etwas nördlich davon. Ein kleines Haus – am besten mit so einem schönen Reetdach. Sie sollte Torge dazu befragen. Vielleicht konnte er sich ein wenig für sie umhören.
„Ich weiß nicht“, holte Rieke Husbargen Gloria schließlich von ihrem gedanklichen Ausflug auf den Pfahlbau zurück. „Die ersten Entwürfe waren bereits fertig, als ich bei ihr angefangen habe. Sie wirkte immer sehr zielstrebig und sicher in dem, was sie tat. Ich hatte nie den Eindruck, dass sie nach Ideen rang – im Gegenteil. Sie sprudelte stets über. Vermutlich hätte sie sogar eine dritte Kollektion entwerfen können.“ Sie legte eine Pause ein, um zu überlegen. „Wer weiß, möglicherweise war das alles gespielt. Allerdings ist sie sehr auf Sicherheit bedacht. Die Computer sind passwortgeschützt und keiner hat die Berechtigung, schnell mal einen USB-Stick anzudocken, um sich Daten zu kopieren. Alle Entwürfe auf Papier werden grundsätzlich in einem Tresor verschlossen,

wenn Isabella Caspari das Atelier verlässt. Da müsste ein Experte ran, um den zu knacken."

War genau das der Zusammenhang zwischen den Fällen? Die gestern verhaftete Frau wusste, wie man einen Safe öffnete. Galt das nur für die kleinen Modelle in den Ferienhäusern oder wurde sie genauso mit einem größeren Exemplar in einem Büro fertig? Gloria kannte die Unterschiede nicht. Das war wieder ein Thema für die Polizei. Aber was hatte es dann zu bedeuten? War die Einbrecherin von Hohenfels beauftragt worden? Und wie hatte er den Kontakt hergestellt? Es fiel Gloria schwer, sich den konservativen Altmeister in zwielichtigen Kneipen auf der Suche nach einem professionellen Panzerknacker vorzustellen. Oder diente dazu ebenfalls das Internet? Einen Auftragskiller fand man sicherlich im Darknet, aber galt das ebenfalls für einen Einbrecher? Und hatte Hubertus Hohenfels dazu den Zugang? Hier in der strahlenden Sonne am Strand der eigentlich so friedlichen Küstengemeinde an der Nordsee schienen derartige Gedanken geradezu lächerlich.

Vielleicht konnte Rieke Husbargen etwas zur Klärung der Identität der Einbrecherin beitragen. Die Journalistin hielt eine persönliche Verbindung ohnehin für wahrscheinlicher. Der Bericht zu Beginn der Unterhaltung hatte deutlich gezeigt, wie sehr die Frau die Arbeit von Hubertus Hohenfels bewunderte. Vielleicht war sie ja ein kleiner Groupie, der die Zeitungsberichte in der Regenbogenpresse über ihn verfolgte. Darin sah die Journalistin für den Moment eine weitere Chance, die Aufklärung der Fälle voranzutreiben. Wie fragte sie am besten danach, ohne einen falschen Eindruck zu erwecken? Keinesfalls wollte Gloria die andere gegen sich aufbringen.

„Wie sind Sie eigentlich dazu gekommen, sich bei Frau Caspari zu bewerben?“ Kaum hatte sie die Frage ausgesprochen, da befürchtete sie schon, Rieke Husbargen würde sehr weit ausholen und ihre gesamte Lebensgeschichte erzählen, doch so kam es nicht.
„Ich habe selbst Modedesign studiert – allerdings ist mir der große Durchbruch nicht gelungen. Deshalb habe ich mich schließlich für eine Familiengründung entschieden. Nun sind unsere Kinder groß genug, sodass ich wieder arbeiten kann. Die Stelle schien mir verlockend, weil ich zumindest in der Branche tätig sein kann, auch wenn es keine eigene Karriere wird.“
Das hörte sich vielversprechend an. Vielleicht hatte Rieke Husbargen während ihrer Zeit zu Hause trotzdem in den Medien die Laufbahnen der erfolgreichen Modeschöpfer verfolgt. Mit Glück interessierte sie sich daneben für den Klatsch und Tratsch, der drumherum veröffentlicht wurde. Auf die direkte Nachfrage zog eine zarte Röte über ihr Gesicht.
„Ich gebe zu, den über Jahrzehnte stabilen Erfolg von Hubertus Hohenfels zu bewundern. In der letzten Zeit waren seine Kollektionen ein wenig einfallslos ...“ Das Rot verstärkte sich. „... ehrlich gesagt hätte ich gerne so ein Leben gelebt. Na ja, es erfüllen sich nicht alle Wünsche.“ Sie blickte über die Weite des Meeres, wobei sie für einen Moment gedanklich in eine andere Welt zu verschwinden schien. „Aber das wollten Sie vermutlich gar nicht wissen.“
„Mich interessiert alles“, gab Gloria ausweichend zurück. „Haben Sie seine Stationen in der Presse verfolgt?“
„Ja, es ist etwas peinlich, aber ich habe alle Artikel der Branche verschlungen“, gab Rieke Husbargen lächelnd zu. „Mein Mann hat mich damit oft aufgezogen, aber mir

gab es das Gefühl, nicht nur noch Hausfrau und Mutter zu sein. Das klingt für Sie bestimmt ziemlich albern."
Obwohl es tatsächlich so war, verneinte die Journalistin. Was sie davon hielt, war ohnehin gleichgültig. Durch die gerade getroffene Aussage erhöhten sich ihre Chancen, etwas aus dem Privatleben von Hubertus Hohenfels zu erfahren, was sie bei ihrer Recherche nicht entdeckt hatte. Weiter als sechs, sieben Jahre war sie nicht zurückgegangen, da gab es einfach zu viele Berichte über den Altmeister, der nur allzu gerne vor den medialen Kameras posierte. Außerdem hatte sie nicht den Eindruck gewonnen, dabei viel herauszufinden, was zu der Lösung des Falles beitrug. Nach allem, was sie jedoch von Isabella Casparis Assistentin gehört hatte, vermutete sie erneut einen Zusammenhang zwischen dem Privatleben des Stardesigners und den Ereignissen des Wochenendes. Aber um was ging es dabei? Rache? Anerkennung? Abhängigkeiten? Gloria musste zugeben, nach wie vor im Nebel zu stochern.
„Erinnern Sie sich an irgendetwas, was große Aufmerksamkeit in der Presse erzeugt hat?", fragte sie in einem ersten Versuch, Rieke Husbargens Insiderwissen anzuzapfen.
„Was meinen Sie damit?"
„Wenn ich das nur selbst wüsste. Irgendein Skandal in den Hohenfels verwickelt war: Eine Anschuldigung wie die vom Sonntag, Unterhaltsklage wegen angeblicher Vaterschaft, Trunkenheit am Steuer, Fahrerflucht ... keine Ahnung." Es stellte Gloria nicht zufrieden, so unkonkret zu sein, aber es schien bei ihrer Gesprächspartnerin trotzdem etwas zu bewirken. Zumindest kramte sie in ihrem Gedächtnis.
„Ich glaube, da war mal was", antwortete Rieke Husbargen schließlich.

„Es liegt allerdings schon sehr lange zurück. Bestimmt acht oder sogar zehn Jahre. Auf jeden Fall hat es damals einen großen Wirbel in der Presse verursacht. Es ging um die Anerkennung einer Vaterschaft. Nicht die ehemalige Geliebte von Hohenfels hatte ihn verklagt, sondern die angebliche Tochter. Ich kann mich gar nicht daran erinnern, wie die Sache ausgegangen ist. Merkwürdig! ... Vielleicht gab eine außergerichtliche Einigung, deren Inhalt nicht veröffentlicht wurde."
Also doch! War Gloria mit ihren Überlegungen auf dem richtigen Weg? Was konnte das konkret bedeuten? War diese uneheliche Tochter in die Angelegenheit verwickelt? Auch wenn ihr Herz vor Aufregung wild klopfte, konnte sie sich nicht vorstellen, welches Gesamtbild die einzelnen Bausteine ergeben sollten.
„Können Sie sich an weitere Details erinnern, zum Beispiel den Namen der Frau?", fragte sie, wobei sich ihre Stimme leicht überschlug.
„Nein, schauen Sie ins Internet. Ich habe darüber nachgedacht, aber er fällt mir nicht mehr ein. Es ist einfach zu lange her. Es gab später nie wieder eine Erwähnung."
„Würden Sie sie aufgrund der Fotos in der Zeitung wiedererkennen? Es gab doch Fotos von der Frau?", hakte Gloria weiter nach.
„Hmm, ja, die gab es. Sie war allerdings sehr jung – fast noch ein Mädchen. Kommt drauf an, wie sie sich weiterentwickelt hat." Rieke schien die Aufmerksamkeit zu genießen, die ihr durch das Gespräch zuteilwurde.
„Haben Sie die Artikel aufgehoben?" Die Journalistin dachte bereits weiter. Falls sie die Berichte in öffentlichen Archiven nicht fand, wäre es hilfreich, dafür auf Rieke Husbargen zurückgreifen zu können.
„Ja." Wieder errötete sie. „Ich habe alles aufgehoben. Wenn Sie nichts finden, kann ich es Ihnen zeigen."

Rieke in SPO | Mittwoch, den 07. April

Das Gespräch mit der Journalistin hatte Rieke gutgetan. Es war regelrecht befreiend gewesen, sich alles von der Seele zu reden. Außerdem nahm Gloria von Brandenburg sie ernst und hatte ein neues Licht auf die Untersuchung geworfen. Rieke war gespannt, ob die weitere Recherche dazu etwas ergab, was für die Ermittlung des Spions zielführend war.
Am liebsten hätte sie der Journalistin ebenfalls von dem Gespräch der beiden Models erzählt, welches sie mehr oder minder zufällig mitbekommen hatte. Allerdings wollte sie sich die Begegnung auf Augenhöhe nicht gleich wieder verscherzen. Da sie nicht wusste, ob das Model wirklich etwas gegen Hubertus Hohenfels in der Hand hatte, war es verfrüht, sofort darüber zu reden. Mit den bisherigen Informationen sowie der darauf aufbauenden Recherche war Gloria von Brandenburg ohnehin erst einmal beschäftigt.

Nach ihrem ursprünglichen Plan hatte Rieke bereits am Dienstagvormittag abreisen wollen, aber die Vorstellung, jetzt Gerrit von all dem erzählen zu müssen, was am Wochenende vorgefallen war, verlockte sie nicht im Mindesten nach Hause zu fahren. Zumal sie selbst unter Verdacht stand. Ihm unter diesen Umständen gegenüberzutreten, ging über ihre Kraft.
Dagegen genoss sie die Auszeit am Strand. Nach der Verabschiedung von der Reporterin trank sie einen Milchcafé und unternahm anschließend einen langen Spaziergang, der ihr inneres Gleichwicht zubrachte. Sie verlängerte den Aufenthalt in ihrem Bungalow um eine weitere Nacht, wobei sie geflissentlich darauf verzichtete, Gerrit anzurufen, um ihn darüber zu informieren. Rieke war sich sicher, er würde so lange auf sie einreden, bis sie schließlich nachgab und in ihr gemeinsames Heim zurückkehrte. Sie schrieb ihm lediglich eine SMS, in der sie andeutete, was passiert war. Deshalb müsse sie bleiben. Weiter begründete sie es nicht. Nach Absenden schaltete sie ihr Telefon aus. Sie bestellte sich ein leichtes Abendessen, welches sie allein auf der Terrasse ihres Ferienhauses verzehrte. Auf die Geräusche der Umgebung lauschend hing sie ihren Gedanken nach, ohne zu einem Ergebnis zu kommen, wie es für sie weitergehen sollte. Am liebsten hätte sie sich dazu eine Flasche Wein genehmigt, wollte aber für den folgenden Tag einen klaren Kopf behalten.

Als Rieke am nächsten Morgen aufwachte, fühlte sie sich entsprechend ausgeruht. Es gab ihr Kraft, optimistisch in den Tag zu schauen. Erst als sie nach dem Einschalten ihres Handys die Mailbox abhörte, wurde ihr ganz flau im Magen. Gerrit hatte sage und schreibe vier Nachrichten hinterlassen. Bei jedem weiteren erfolglosen Versuch, sie zu erreichen, war seine Laune schlechter. Obwohl sie sich morgens auf ihre Familie gefreut hatte, verging ihr wieder die Lust, ihre Koffer zu packen.

Der nachfolgende Anruf war allerdings noch beunruhigender. Ein Kommissar Fiete Nissen hatte es bei ihr versucht. Er forderte sie auf, zu ihnen auf das Polizeirevier zu kommen, ohne sein Anliegen weiter zu begründen. Was hatte das zu bedeuten? Wurde sie verdächtigt oder handelte es sich um eine Zeugenaussage? Nannte man das so? Vor lauter Unruhe war ihr der Appetit vergangen, weswegen sie sich lediglich eine Kanne Kaffee bestellte. Jetzt im Restaurant mit anderen Menschen Small Talk betreiben zu müssen, würde sie überfordern. Im Grunde wollte sie niemanden sehen, sondern lieber an einem einsamen Strandabschnitt mit nackten Füßen durch den Sand laufen oder einfach nur dasitzen, um über die Weite des Meeres zu blicken.

Doch das war natürlich nicht möglich. Gerrit mit einer SMS abzuspeisen, war eine Sache, aber die Aufforderung der Polizei zu ignorieren, das traute sich Rieke nicht. Erst als sie die Kaffeetasse zum Mund führte, merkte sie, wie sehr sie zitterte. Beinahe hätte sie sich bekleckert. Das wäre wirklich ärgerlich gewesen, weil sie ihre letzte saubere Bluse trug. Am besten brachte sie es gleich hinter sich, es würde ihr sonst den gesamten Tag verderben, das spürte sie deutlich. Außerdem blieb ihr wohl keine andere Wahl, als im Anschluss nach Hause zu fahren, wenn sie es sich mit Gerrit nicht gänzlich verscherzen wollte.

Mit einem mulmigen Gefühl erreichte sie eine Stunde später den Parkplatz der Polizeistation, auf dem bereits mehrere Autos parkten. Ohne es erklären zu können, verstärkte sich ihr Unwohlsein dadurch erheblich. Offensichtlich war nicht nur der Kommissar anwesend, der sie

am Morgen angerufen hatte, sondern weitere Personen. Sie würde sich vor einer ganzen Gruppe rechtfertigen müssen. Mit wackeligen Knien erklomm sie die wenigen Stufen und betrat das moderne Gebäude.
Vier erwartungsvolle Gesichter schauten ihr entgegen, als sie schließlich an den Besprechungstisch trat. Spontan wünschte sie sich nicht allein, sondern in Begleitung von Gloria von Brandenburg hergekommen zu sein. Obwohl das eigentlich albern war, weil sie ja nichts zu befürchten hatte, hätte ihr die Unterstützung der Journalistin ein wesentlich besseres Gefühl und außerdem Selbstbewusstsein vermittelt. Dafür war es jetzt zu spät.
„Guten Tag, ich bin Rieke Husbargen. Sie wollten mich sprechen." Sie bemühte sich um eine feste Stimme, bemerkte aber selbst das leichte Zittern. Um einen sicheren Eindruck zu vermitteln, hielt sie sich gerade, während sie den Anwesenden nacheinander direkt in die Augen guckte. Von den zwei Männern und zwei Frauen kannte sie bisher lediglich die junge Kommissarin mit der ultramodernen Frisur sowie dem Piercing im Gesicht.
„Moin Frau Husbargen! Schön, Sie bereits so früh zu sehen", begrüßte sie der Ältere der beiden Männer. „Kommissar Fiete Nissen. Ich habe Sie angerufen. Nehmen Sie Platz." Nachdem er ihr etwas zu trinken angeboten hatte, was sie mit einem Kopfschütteln ablehnte, stellte er ihr seine Kollegen vor. Obwohl alle einen freundlichen Eindruck erweckten, fühlte sich Rieke eingeschüchtert. Sie war gespannt, welchen Verlauf die Befragung nehmen würde.
„Stehe ich unter Verdacht?" Die Frage rutschte ihr einfach so heraus.
„Wir befinden uns mitten in der Ermittlung und verfolgen verschiedene Ansätze", kam die ausweichende Antwort von Kommissar Nissen, die ihre Unruhe verstärkte.

Offensichtlich gehörte sie zumindest zu dem Kreis der Verdächtigen, sonst hätte er schließlich verneint. Wo war sie nur hineingeraten? Sie hatte überhaupt keine Ahnung von Wirtschaftsspionage! Ging es darum oder vermutete die Polizei etwa, dass sie Laura umgebracht hatte? Ihr wurde abwechselnd heiß und kalt. Außerdem schien ihre Zunge am Gaumen festzukleben.
„Ich hätte doch gerne ein Glas Wasser“, bat sie, woraufhin die junge Frau nickend aufstand, um es ihr zu holen.
„Waren Sie jemals in dem Atelier von Hubertus Hohenfels?“ Die Frage der Kommissarin Wiesinger kam zu überraschend, um sich souverän zu zeigen. Rieke zuckte zusammen, was ihren Beobachtern bestimmt nicht entging. Sie hatte mit Small Talk gerechnet, um erst einmal warm zu werden, aber so ging selbst die Polizei dieser kleinen Küstengemeinde nicht vor.
„Nein“, antwortete sie mit leicht krächzender Stimme. Sie nahm einen Schluck von dem Wasser, bevor sie weitersprach: „Auch wenn mich das sehr interessiert hätte, gab es dazu weder einen Anlass noch die Gelegenheit.“
Die Kommissarin quittierte ihre Aussage mit einem durchdringenden Blick, dem Rieke nur mit äußerster Kraftanstrengung standhalten konnte.
„Gehört Ihnen dieses Medaillon?“, feuerte sie die nächste Frage ab, während sie nach einer kleinen durchsichtigen Tüte griff, die sie ihr schließlich reichte.
Bereits auf die Entfernung erkannte Rieke das Schmuckstück. Sie vermisste es seit einigen Wochen. Mehr als einmal hatte sie befürchtet, Gerrit würde fragen, warum sie es nicht mehr trug.
„Ja! Woher haben Sie das?“, fragte sie.
„Wir stellen hier die Fragen“, kam die Antwort in einer Schärfe, die Rieke fast zum Flüchten gebracht hätte. Es lief ganz und gar nicht, wie sie es sich erhofft hatte.

Scheinbar stand sie wirklich unter Verdacht. Wieder wünschte sie sich Unterstützung. Vielleicht hätte sie Gerrit doch lieber anrufen sollen, aber nun musste sie das allein durchstehen. Aus den Augenwinkeln konnte sie sehen, wie der ältere Polizist seiner Kollegin ein Zeichen gab, danach ergriff er wieder das Wort.
„Frau Husbargen, wir haben diese Kette in dem Atelier von Hubertus Hohenfels gefunden. Können Sie uns erklären, wie sie dorthin gekommen ist?"
„Nein, das kann ich nicht!" Ihre Stimme wurde lauter, so langsam wurde sie wütend. „Ich habe es Ihnen doch bereits gesagt: Ich bin dort nie gewesen. Warum fragen Sie nicht die Einbrecherin, die Sie in Gewahrsam genommen haben? Wenn sie in die Bungalows der *Weißen Düne* eindringen konnte, dann ja wohl auch in mein Haus. Vielleicht hat sie mein Medaillon in den Räumen von Hubertus Hohenfels deponiert, um den Verdacht auf mich zu lenken." Triumphierend nahm sie die erstaunten Blicke ihrer Zuhörer wahr, welche ihr Selbstbewusstsein wieder etwas stärkten. „Ich habe gestern mit Gloria von Brandenburg gesprochen. Sie vermutet eine persönliche Verbindung zwischen der Einbrecherin und dem Stardesigner."
„Sie wissen also aus einem Gespräch mit Frau von Brandenburg von unserer Festnahme. Hat sie Beweise für ihre Behauptung?" Fiete Nissen blieb gelassen.
„Nein, bisher ist es lediglich eine Vermutung, aber es gab vor vielen Jahren die Klage einer sehr jungen Frau auf Anerkennung der Vaterschaft gegen Hubertus Hohenfels. Frau von Brandenburg will in diese Richtung weiter recherchieren", erklärte Rieke den Kommissaren.
„Wissen Sie mehr darüber? Welches Urteil wurde gefällt?"

„Das weiß ich nicht. Ich vermute, es gab eine außergerichtliche Einigung.“ Rieke bedauerte es, sich nicht an die Einzelheiten erinnern zu können. Offensichtlich glaubten die Polizisten ihr aber. „Soll ich die Journalistin anrufen und sie fragen, ob sie etwas herausbekommen hat?“

„Wir kümmern uns darum“, antwortete Fiete, bevor er sie weiter zu ihrem Verhältnis zu Isabella Caspari und ihrer Zusammenarbeit befragte. Geduldig beantwortete sie alles, was er wissen wollte, obwohl sie sehr daran zweifelte, dadurch der Lösung des Falles näher zu kommen. Immerhin wurde sie wieder ruhiger. Trotzdem sehnte sie sich danach, das Revier verlassen zu dürfen. Oder sollte sie der Polizei über den Inhalt des Gesprächs berichten, welches sie im Restaurant der *Weißen Düne* zufällig mitangehört hatte? Wussten die Kommissare bereits etwas von der Affäre zwischen Hubertus Hohenfels und Laura? War es eine interessante Neuigkeit, dass mindestens eins der Mannequins mit dem Gedanken spielte, zu Isabella Caspari zu wechseln? Vielleicht hatte der Diebstahl der Kollektion damit etwas zu tun – auch wenn sie den interessantesten Teil nicht mitbekommen hatte. Konnte sie sich mit der Preisgabe dieser Informationen entlasten oder machte sie sich einfach nur lächerlich? Dieser Kommissar Fiete Nissen machte einen vertrauenerweckenden Eindruck auf Rieke. Einen Versuch war es wert.

„Da ist noch etwas“, begann sie zaghaft, weil sie selbst nicht überzeugt war. „Ich weiß allerdings nicht, ob es von Bedeutung ist oder sich lediglich um Klatsch handelt.“

Über das freundliche Gesicht des älteren Polizisten zog ein Lächeln. „Das ist unser Berufsrisiko. Nicht alle Hinweise, die wir prüfen, führen uns zum Ziel. Trotzdem dürfen wir nichts vernachlässigen, auch wenn es auf den ersten Blick unwichtig erscheint.“ Ganz offensichtlich

wollte er sie beruhigen und gleichzeitig ermutigen, ihm das anzuvertrauen, was sie umtrieb.
Rieke gab sich einen Ruck. Viel zu verlieren hatte sie nicht – im Gegenteil. Eigentlich konnte sie dadurch nur gewinnen. Sie nahm noch einen Schluck Wasser und berichtete ihm dann alles, was sie morgens am Buffet sowie am Frühstückstisch mitgehört hatte.
„Wie schade, dass Sie den vermutlich interessantesten Teil nicht verstanden haben. Wissen Sie die Namen der beiden Frauen? Kennen Sie sie?", fragte Kommissar Fiete Nissen nach.
„Nein, ich kenne sie nicht. Sie haben sich aber gegenseitig mit den Vornamen angesprochen. Die Vorlaute mit dem vermeintlichen Wissen über den Altmeister heißt Annalena. Und die andere ... warten Sie einen Moment, es fällt mir bestimmt gleich wieder ein ..." Rieke kramte in ihrem Gedächtnis. Sie war sich ziemlich sicher, auch den zweiten Namen gehört zu haben. „Ich glaube, es war Sara ... nein, Jana. Aber diese Annalena scheint wesentlich mehr zu wissen. Es sei denn, sie wollte vor ihrer Rivalin nur aufschneiden. Grün waren sich die beiden jedenfalls nicht."
„Trotzdem vielen Dank. Wir werden in diese Richtung weiterermitteln." Kommissar Nissen schien zufrieden zu sein.
Rieke dagegen wusste nicht, ob sie danach direkt nach Hause oder erneut an den Strand fahren sollte. Zu viele Gedanken wirbelten ihr durch den Kopf.
Gerade als sie sich schließlich verabschieden wollte, stürmte Gloria von Brandenburg in die Polizeistation. Ihrer Mimik nach zu urteilen, hatte sie die gewünschten Informationen gefunden.
„Moin in die Runde", begrüßte sie atemlos die Anwesenden. „Ach, das ist ja großartig, Sie alle hier anzutreffen.

Ich hatte schon befürchtet, Sie wären unterwegs." Gloria holte tief Luft, um sich ein wenig zu beruhigen. Rieke sah das amüsierte Lächeln auf dem Gesicht der Kommissarin Wiesinger, was irgendwie nicht zu der Situation passte.
„Moin Frau von Brandenburg. Ich habe gerade ein Déjà-vu", gab sie den Gruß zurück. „Im letzten Sommer sind Sie hier genauso außer Atem hereingerauscht. Sie erwecken jedes Mal den Eindruck, als ob sie von der *Weißen Düne* zu uns rennen."
„Wenn ich etwas Wichtiges herausgefunden habe, will ich einfach keine Zeit verlieren", begründete die Journalistin ihr Verhalten. „Schauen Sie." Sie hielt einige Blätter Papier in die Höhe. „Ich bin mir sicher, die Identität der Einbrecherin gelüftet zu haben. Das ist eine Neuigkeit, oder? Sagen Sie jetzt nicht, Sie wüssten längt, wer die Frau ist!" Erschöpft zog sie sich einen Stuhl heran und ließ sich darauf nieder. „Haben Sie vielleicht auch für mich ein Glas Wasser?"
Insgeheim bewunderte Rieke die Energie der Reporterin – und ihre Zielstrebigkeit. Sie hatte nicht aufgegeben. Daran sollte sie sich für die Planung ihres eigenen Weges ein Beispiel nehmen. Interessiert griffen die Kommissare nach den Papieren.
„Die Frau heißt Ria Bach", las Kommissarin Wiesinger vor, bevor sie schließlich die Fotos studierte. „Hhm, eine gewisse Ähnlichkeit ist vorhanden. Was meinen Sie?", wandte sie sich an ihre Kollegen. „Ist das die Frau, die in unserer Zelle auf ihre Vernehmung durch den Haftrichter wartet?"
„Schwer zu sagen", bemerkte der jüngere Polizist, dessen Namen Rieke vergessen hatte. „Wie alt sind diese Bilder?"
„Neun Jahre", antwortete Gloria.

„Fiete, schau doch mal, was du über Ria Bach findest. Vielleicht gibt es aktuellere Fotos von ihr. Ist sie wirklich die Tochter von Hohenfels? Mit Glück hast du Zugriff auf den Ausgang des Gerichtsverfahrens“, zählte er auf.
„Im Internet habe ich nichts weiter über sie gefunden“, meldete sich die Journalistin wieder zu Wort. „Entweder wurde die Klage abgeschmettert oder es gab eine Anerkennung der Vaterschaft unter Ausschluss der Öffentlichkeit. Ehrlich gesagt vermute ich, er hat sich ihr Schweigen mit einem Batzen Geld erkauft. Im Gegenzuge musste sie sich komplett zurückziehen. Es gibt keine Fotos, auf denen die beiden zusammen zu sehen sind.“
„Also gut“, kommentierte Fiete Nissen die Ausführungen. „Dann konzentriere ich mich auf alles, auf das nur wir Zugriff haben. Gebt mir etwas Zeit.“
Alle waren mit den Artikeln sowie dem Studium der Fotos beschäftigt und schienen ihre Anwesenheit komplett vergessen zu haben. Rieke überlegte, ob sie die Chance ergreifen sollte, einfach zu gehen. Andererseits wurde es gerade interessant. Immerhin hatte sie den Hinweis auf die uneheliche Tochter von Hohenfels gegeben. Wenn sich ihre Theorie bewahrheitete, würde sie vermutlich aus der Schusslinie der Polizei verschwinden – auch wenn das Medaillon sie belastete. Nur weil die Einbrecherin auf frischer Tat in einem der Ferienhäuser erwischt worden war, gab es keinen Beweis für den Diebstahl der Entwürfe aus dem Atelier ihrer Chefin. Was war mit dem Tod von Laura? Ein Einbruchsdelikt war nicht vergleichbar mit einem Mordanschlag – und wer hatte eigentlich ein Motiv das Model umzubringen?
„Frau Husbargen, wir sind soweit durch mit der Befragung“, unterbrach die Kommissarin Wiesinger ihre Gedanken. „Bleiben Sie länger in St. Peter-Ording?“

„Nein, ich wollte eigentlich schon gestern abreisen. Meine Familie wartet auf mich. Allerdings habe ich mir ein paar Gedanken gemacht ... äh ... ob es einen Zusammenhang zwischen all den Geschehnissen gibt. Und dem Wunsch des einen Models, zu Isabella Caspari zu wechseln.“
„Ja?“, fragte die Kommissarin nach.
„Wollen Sie sie hören?“ Rieke fühlte sich verunsichert.
„Sicher, nur zu, erzählen Sie!“
„Vielleicht denken Sie, ich will nur den Verdacht loswerden, der auf mir lastet, aber so ist es nicht. Ich habe keine Beweise für meine Theorie, aber kann es nicht sein, dass Laura von dem Diebstahl der Kollektion gewusst hat? Vielleicht hat sie Hubertus Hohenfels erpresst? Immerhin war sie mit ihm liiert. Wenn sie gedroht hat, ihn zu verraten – sowohl was die Spionage, als auch ihre Affäre anging? Zum Beispiel bei seiner Frau?“
„Mit welchem Ziel?“
„Vielleicht wollte sie ihn ganz für sich alleine haben – als die neue Frau Hohenfels.“
„Was vermutlich ein kurzes Vergnügen gewesen wäre“, murmelte die Kommissarin vor sich hin.
„Wenn es so ist, steckt Hubertus Hohenfels nicht nur hinter der Wirtschaftsspionage, sondern auch hinter dem Mord.“ Rieke entspannte sich durch das konzentrierte Zuhören der Kommissarin ein wenig.
„Was mir nicht aus dem Kopf geht, ist der Aspekt des Wechsels zwischen den Designern“, brachte sich der jüngere Kommissar erneut ein, ohne auf ihre Theorie einzugehen. „Kann dadurch die Möglichkeit gegeben sein, die Kollektion an den Konkurrenten zu verraten? Konkreter gefragt: Wollte Laura vielleicht zu Isabella Caspari wechseln und hat ihr im Vorwege die Entwürfe zugeschoben?“

„Und wurde deshalb von Hubertus Hohenfels umgebracht, als er dahintergekommen ist?“, fragte die Kommissarin nach.
„Na ja, wenn sie mit ihm eine Affäre hatte, war es bestimmt ein Leichtes, früh an die Entwürfe zu kommen“, antwortete er.
„Das halte ich für unwahrscheinlich. Deshalb begeht der keinen Mord. Außerdem glaube ich, dass die Kollektion von der Jungdesignerin entworfen wurde.“
Während sich die beiden Kollegen einen Schlagabtausch lieferten, hielt Rieke sich lieber rein beobachtend zurück. Genauso schien es Gloria von Brandenburg und der jungen Kommissarin zu gehen.
„Tja, wie Sie sehen, diskutieren wir Ihre Informationen. Ich danke Ihnen für Ihr promptes Erscheinen. Möglicherweise kommen wir auf Sie zurück. Verlassen Sie Hamburg bitte nicht, sondern halten Sie sich dort zu unserer Verfügung“, forderte sie Rieke schließlich auf, was einer Verabschiedung gleichkam.
Seufzend verließ Rieke das Revier, um sich auf den Heimweg zu begeben.

Torge in SPO | Mittwoch, den 07. April

Am späten Vormittag hielt Torge es nicht mehr aus. Er wollte unbedingt erfahren, wie es mit der Einbrecherin weitergegangen war. Schon am Ort des Geschehens hatte es ihn größte Überwindung gekostet, bei Knud anzurufen, um ihm die Verhaftung zu überlassen. Insgeheim musste er Gloria natürlich recht geben: Sich auf die Lauer zu legen und die Einbrecherin auf frischer Tat zu ertappen, war ein toller Erfolg. Auf das Gelingen seiner Idee war er richtig stolz. Die Frau selbst festzunehmen und zu verhören, hätte er zwar unglaublich gerne getan, aber zugegebenermaßen war das nicht seine Aufgabe. Außerdem konnten die Wiesinger und Knud das natürlich wesentlich besser.

Nicht auszudenken, wenn er es vermasselt hätte!

Trotzdem hatte er der Ermittlung wieder einen entscheidenden Schubs gegeben, was ihn zumindest dazu berechtigte, dabei zu sein. Den gestrigen Tag waren die beiden Kommissare in Hamburg gewesen, daraus musste sich etwas ergeben haben. Ob Fiete und die Neue es geschafft hatten, die Einbrecherin zum Schnacken zu bringen? Vielleicht hatte sie ja bereits ein Geständnis abgelegt!

Kurz überlegte er, ob er sich bei Gloria melden sollte, um mit ihr gemeinsam zum Revier zu fahren, verwarf die Idee aber wieder. Er wollte die Kommissare keinesfalls mit der Anwesenheit zu vieler Privatpersonen überfordern. Und der Hilfssheriff war schließlich er selbst.

Bei der Polizeistation angekommen, musste er feststellen, dass Glorias Wagen bereits auf dem Parkplatz stand. Er hätte sich also doch früher auf den Weg machen sollen! Nun war er der Letzte, der erfuhr, was gerade passierte.

Eilig nahm Torge zwei Stufen auf einmal und wäre fast gestolpert. Er mahnte sich selbst zur Ruhe, während er eintrat und die Anwesenden schließlich in einem angeregten Gespräch vorfand. Es schien Neuigkeiten zu geben.

„Moin Torge“, wurde er von Knud begrüßt. „Ich habe mich schon gefragt, wann du auftauchen wirst.“

„Knud! Warum hast du mir nicht Bescheid gesagt? Meine Idee und mein Einsatz haben zur Ergreifung der Einbrecherin geführt und nun sitzt Ihr hier alle zusammen – nur ich bin nicht dabei!“, beklagte er sich kurz, bevor er sich auf die Fakten konzentrierte. „Sag schon, wisst Ihr mittlerweile, wer die Frau ist und ob sie etwas mit dem Diebstahl der Kollektion zu tun hat?“

Knud fing an zu lachen. „Das ist unser Torge, wie er leibt und lebt. Ich gebe zu, dein Engagement im letzten halben Jahr vermisst zu haben. Wir erörtern gerade genau diese Fragen. Sie schweigt beharrlich und hatte keine Papiere dabei. Nichts, was ihre Identität bestätigt. Allerdings hat Gloria einiges herausgefunden.“ Knud weihte Torge in die Hinweise ein, die die Journalistin beigetragen hatte. Außerdem erzählte er ihm in knappen Sätzen von den Ergebnissen des Vortages in Hamburg.

„Wow, das hört sich ja vielversprechend an. Was glaubt Ihr in Hinblick auf die Wirtschaftsspionage? Verdächtigt Ihr Hohenfels oder Caspari als Auftraggeber? Irgendwie scheinen beide infrage zu kommen.“ Es fiel Torge schwer, seine Aufregung zu kontrollieren. Wie immer in solchen Momenten raufte er sich die blonden Locken.

„Genau das ist jetzt die Frage. Wir müssen alle Fakten zusammentragen, um im Anschluss das weitere Vorgehen zu besprechen. Derzeit warten wir ab, ob Fiete die Verwandtschaft zwischen dem Designer und der Einbrecherin verifizieren kann. Vielleicht hilft es weiter, wenn wir sie mit unserer Vermutung konfrontieren.“ Im Gegensatz zu Torge blieb Knud nordisch pragmatisch.

„Verstehe, was ist eigentlich mit dem Model? Was hat Ansgar herausgefunden? War es Mord?“, sprudelten die Fragen nur so aus dem Hausmeister heraus.

„Das wissen wir noch …“, setzte Knud zu einer Antwort an, doch Fiete fiel ihm ins Wort.

„Bitte entschuldige, Knud! Ich muss dich unterbrechen, der Obduktionsbericht kommt gerade herein. Wartet mal eben.“ Er legte eine Pause ein, um die eMail zu überfliegen. „Übrigens beschwert sich Ansgar über Eure Abwesenheit. In Zukunft könntet Ihr gerne wieder persönlich nach Husum kommen.“

„Fiete, spannen Sie uns nicht auf die Folter“, forderte Kommissarin Wiesinger ihn voller Ungeduld auf. Mittlerweile kannte Torge einige ihrer Gesten, an denen er ihre Gefühlslage ableiten konnte.

„Sie ist tatsächlich ermordet worden! Vergiftet mit einer Überdosis Morphin“, fügte er schließlich hinzu.
„Kann es sich um einen Selbstmord handeln?“, fragte die Kommissarin nach.
„Ansgar hält es für unwahrscheinlich, weil sie dann wohl eine höhere Dosierung eingenommen hätte, durch die der Tod sofort eingetreten wäre. Er schreibt dazu, dass bei gesunden Menschen sogenannte Opioide schon in geringer Menge tödlich wirken können. Dies geschieht durch Lähmung des Atemzentrums, in dessen Folge die Atmung langsamer und flacher wird. Das kann schnell gehen oder sich über mehrere Stunden hinziehen.“
„War sie drogenabhängig?“, überlegte Charlie weiter.
„Nein, Ansgar konnte keine dauerhafte Einnahme feststellen“, antwortete Fiete. „Er geht von einer Verabreichung kurz vor ihrem Auftritt aus, wahrscheinlich in flüssiger Form - aufgelöst in einem Getränk.“
„Wir haben es also tatsächlich mit einem Mordfall zu tun. Wie passt das ins Gesamtbild? Wer kommt als Täter dafür infrage? Knud, wie es aussieht, sind Sie wieder am Whiteboard gefordert. Uns dürfen jetzt keine Fehler unterlaufen“, übernahm Kommissarin Wiesinger wie üblich die Führung, wenn sie vermutete, der Aufklärung eines Falles nahe zu sein.
Wie es schien, hatte Torge doch den richtigen Zeitpunkt erwischt, um auf dem Revier aufzutauchen. Er warf einen verstohlenen Blick zu Lilly Morgenroth, die sich komplett im Hintergrund hielt. Er war gespannt, ob sie sich an der Besprechung beteiligen würde. Kess genug sah sie aus.
„Fiete, haben Sie etwas zu Ria Bach?“, fragte Kommissarin Wiesinger nach der Prüfung ihrer Notizen.
„Es laufen mehrere Abfragen, scheinbar sind die Systeme überlastet. Fangen Sie ruhig an, ich melde mich, wenn

ich mehr weiß“, antwortete Fiete, während er weiter auf seinen Bildschirm starrte. „Bisher habe ich lediglich die Bestätigung ihres Wohnortes. Sie lebt ebenfalls in Hamburg – im Stadtteil Barmbek Süd in der Flotowstraße.“
„Okay, das ist im Komponistenviertel – schöne Gegend übrigens. Damit ist die räumliche Nähe zu Hohenfels gegeben, auch wenn das nichts beweist“, kommentierte sie. „Stellen wir den Mord an dem Mannequin vorerst zurück und befassen uns mit dem Diebstahl der Kollektion. Wenn Isabella Caspari die Initiatorin war, hat sie durch ihre Assistentin im Atelier des Altmeisters die Kameras und Mikros installieren lassen. Die Sicherheitsvorkehrungen sind lasch. Rieke Husbargen hätte ohne große Probleme in das Gebäude eindringen können. Selbst das Passwort zum PC ist leicht zu hacken, dafür braucht man nicht viel Fantasie.“
„Das klingt alles viel zu offensichtlich“, meldete sich Lilly Morgenroth zu Wort. „Die Präsentation der Kollektion ist für die Designer das Ereignis des Jahres. Würde Hubertus Hohenfels nicht viel größere Sicherheitsvorkehrungen treffen? Und dann dieses Medaillon! Wenn ich irgendwo einbreche, verliere ich nicht meinen Schmuck, vermutlich trage ich gar keinen! Ich glaube eher, er hat es selbst dorthin gelegt, damit Sie es bei der Durchsuchung finden.“
„Sie glauben gar nicht, wie schlecht viele Firmen ihre Daten schützen, sowohl vor Angriffen von außen als auch von innen. Nicht selten sind die Mitarbeiter für den Diebstahl von Interna verantwortlich, oft natürlich bei einem Arbeitsplatzwechsel. Wir haben selbst einen Eindruck gewonnen. Ich denke, das Atelier ist in den vorherigen Jahren genauso schlecht geschützt gewesen. Und das Medaillon ..., tja, das kommt mir ebenfalls seltsam vor. Allerdings ist Rieke Husbargen eine Amateurin –

mal angenommen, sie ist wirklich in das Atelier eingedrungen“, überlegte die Kommissarin laut.
„Das können Sie vergessen!“, widersprach Knud ungewöhnlich heftig. „Reflektieren Sie den Eindruck, den sie eben hinterlassen hat. Ihre Knie schlotterten vor Angst bereits, als sie das Revier betreten hat, da gehe ich jede Wette ein. Nie und nimmer begeht die einen Einbruch, um Hohenfels an ihre Chefin zu verraten. Ich glaube viel mehr, dass sie ihn verehrt. Da halte ich die umgekehrte Variante für wahrscheinlicher.“
„Dagegen spricht die gefundene Kette. Die ergibt dann gar keinen Sinn“, kombinierte Lilly Morgenroth. „Wenn Rieke Husbargen die Entwürfe von Isabella Caspari an den Stardesigner verraten hat, was haben dann die Abhörgeräte und das Medaillon zu bedeuten?“
„Scharade“, kommentierte Knud trocken.
„Ja, ein Ablenkungsmanöver beziehungsweise eine falsche Spur. Hohenfels musste von einer Durchsuchung seines Ateliers ausgehen. Er installiert also die Technik und deponiert den Schmuck, um den Verdacht auf das Team der Caspari zu lenken“, bestätigte Kommissarin Wiesinger.
„Hinter dem Verrat steckt aber nicht Rieke Husbargen. Sie gerät durch das Medaillon viel zu sehr in den Fokus der Ermittlungen“, ergänzte Knud.
„Vielleicht ist das gerade der Plan. Auf diese Weise hat Hohenfels die Kollektion und wird die Spionin gleich wieder los“, widersprach die Kommissarin.
Torge war begeistert. Das war wirklich ein kniffliger Fall und bei Weitem nicht so gefährlich wie die Mordfälle im Spätherbst. Auf diese Weise machte ihm Polizeiarbeit Spaß! Er hoffte sehr, selbst ebenfalls etwas Konstruktives beitragen zu können. Gespannt lauschte er vorerst den Schlussfolgerungen der Experten.

„Ja, das wäre eine Möglichkeit“, gab Knud zu. „Aber wie passt unsere Einbrecherin ins Bild? Wenn es keine Verbindung zu dem Modeschöpfer gibt, können es zwei Fälle sein, die zufällig zur gleichen Zeit stattfinden. Wenn sich allerdings seine Vaterschaft bestätigt, halte ich einen Zufall für ausgeschlossen.“
„Sie vermuten, Ria Bach hat in Hohenfels´ Auftrag bei Isabella Caspari eingebrochen und die Kollektion gestohlen?“, fragte die Wiesinger nach.
„Jo“, bestätigte Knud. „Mit Sicherheitssystemen kann sie umgehen, das hat sie in der *Weißen Düne* unter Beweis gestellt. Vielleicht haben sich die beiden längst zusammengerauft und machen gemeinsame Sache.“
„Oder die Tochter hungert nach wie vor nach der Anerkennung ihres Vaters“, warf Torge ein. Alle Blicke wanderten zu dem Hausmeister. Sie schienen seine Anwesenheit komplett vergessen zu haben, weil er bisher die Rolle des stillen Beobachters vorgezogen hatte, was nicht unbedingt typisch war. Nun da er ihre volle Aufmerksamkeit hatte, führte er seinen Gedanken weiter aus: „Angenommen er hat seine Tochter damals nicht anerkannt, ... vielleicht wurde sie mit einem Batzen Geld zum Stillschweigen verdonnert. Das ist immerhin etwas, aber nicht das, was sie mit der Klage erreichen wollte. Sie nimmt also wieder Kontakt zu ihm auf, um von ihm akzeptiert zu werden.“
„Und dann?“ Knud war skeptisch. „Hat sie ihm vorgeschlagen, für ihn auf Raubzug zu gehen?“
„Das könnte doch sein!“ Wenn Torge eine Idee hatte, ließ er sich nicht so leicht davon abbringen. Er guckte in die Runde, ob er von anderer Seite Unterstützung für seine Theorie bekam. Überraschenderweise war Kommissarin Wiesinger nicht abgeneigt, den Gedanken weiterzuspinnen.

„Lassen wir uns für einen Moment darauf ein. Knud, denken Sie an die Konten von Hohenfels. Er hat in den letzten Monaten hohe Bareinzahlungen getätigt, die er mit Glück im Spiel begründet hat. Vielleicht füttert er sein Konto aus den Einbrüchen."
„Da könnten stattliche Summen zusammenkommen", schaltete sich Gloria in die Überlegungen ein. „In die Richtung habe ich recherchiert, als ich der Identität der Täterin auf die Spur kommen wollte."
„Die sie durchführt, um seine Anerkennung zu gewinnen?" Knud war skeptisch.
„Möglich wäre es! Seine Kreativität lässt nach. Statt weiter zu arbeiten, vergnügt er sich in einer Pokerrunde. Ob er dort wirklich etwas gewonnen hat, lässt sich bei Veranstaltungen dieser Art kaum nachvollziehen. Vielleicht verliert er ständig, ohne die Finger davon lassen zu können. Da tritt die Tochter wieder in sein Leben ..."
„... und erzählt ihm, dass sie besonders gerne in die Häuser anderer Leute einbricht, womit sie sein Problem lösen kann." Es war Knud deutlich anzusehen, wie sehr er sich über die Theorie von der Kommissarin amüsierte. Als die Wiesinger sein breites Grienen bemerkte, griff sie nach dem Apfel, der vor ihr auf dem Tisch lag, um ihn in die Richtung des Kollegen zu werfen. Dieser fing ihn geschickt auf, bedankte sich und biss genüsslich hinein.
„Ja, veräppeln Sie mich nur!", beklagte sie sich.
„Nichts für ungut, aber Sie haben mich gerade veräppelt!", bemerkte Knud und hielt die Frucht in die Höhe, bevor er sie weiter verzehrte.
Torge hatte mit einem kleinen Wutanfall der Kommissarin gerechnet, stattdessen fing sie an zu lachen.
„Die Details müssen wir noch ausarbeiten, das gebe ich zu. Was halten Sie davon abgesehen von dieser Theorie?

Knud, Sie sind raus. Was meinen die anderen?“, fragte sie in die Runde.

„Ich halte es gar nicht für so abwegig, wie es sich auf den ersten Blick anhört“, meldete sich der erfahrene Fiete zu Wort. „Die Frage dabei ist aber: Wie beweisen wir diesen Zusammenhang? Ria Bach hat bisher eisern geschwiegen. Nachher kommt ihre Anwältin, dann setzen wir das Verhör fort. Auf welche Weise locken wir sie aus der Reserve? Das Gleiche gilt für Hubertus Hohenfels. Der wird viel schwieriger zu knacken sein. Wie können wir die beiden überführen?“

„Vielleicht können wir sie gegeneinander ausspielen?“, schlug Lilly Morgenroth vor.

„Wie?“, hakte Kommissarin Wiesinger sofort nach.

„Äh, das weiß ich nicht. Es war eine spontane Idee, die wir zusammen weiterentwickeln müssen“, lächelte sie ein wenig verlegen.

„Finde ich gar nicht so schlecht“, kommentierte Fiete. „Ria Bach können wir provozieren, indem wir behaupten, ihr Vater würde sie belasten.“

„Aber wie kann er sie belasten, ohne sich selbst reinzureiten?“, fragte Knud dazwischen.

„Das ist ein Argument“, gab die Kommissarin zu. „Überlegt alle mal mit. Ihn müssten wir bei seinem Ego packen. Auch dazu habe ich noch keinen konkreten Fahrplan, aber er ist ein aufgeblasener Wichtigtuer, mit der richtigen Strategie könnte das klappen.“ Sie kam in Fahrt. Torge faszinierte dieser Anblick immer wieder.

„Ich sollte ja nichts mehr beitragen“, griente Knud weiter. „Aber wie passt der Mord ins Bild? Geht der ebenfalls auf Hohenfels´ Konto?“

„Das ist eine gute Frage“, gab Charlotte Wiesinger zu, ohne auf die Spitze einzugehen. „Welches Motiv könnte er dafür haben?“

„Sie weiß zu viel“, antwortete Knud.
„Aber sie war sein Topmodel. Wenn sie ihn angezeigt hätte, wäre ihr Job verloren gegangen. Das ergibt irgendwie keinen Sinn“, widersprach sie.
„Vielleicht hat sie ihn erpresst“, gab Lilly Morgenroth zu bedenken. „Wenn er sowieso in Geldnot war, hat ihn das in Panik versetzt. Außerdem hätte sie immer mehr verlangen können.“
„Oder eins der anderen Models hat ihr den Todestrank verpasst“, meldete sich Torge wieder zu Wort. „Erinnert Ihr Euch an den Streit, den ich zufällig mitbekommen habe? Zwischen den Mannequins herrscht ein großes Konkurrenzdenken. Möglicherweise wollte eine von ihnen Laura vom Thron stoßen, um selbst den Platz einzunehmen.“
„Wie viele kommen dafür infrage? Wir sollten sie erneut befragen. Wenn wir genug Druck ausüben, können wir ein Geständnis erzwingen. Außerdem weiß diese Annalena vielleicht wirklich mehr über ihren Chef.“ Fiete war offensichtlich angetan von der Idee.
„Aber außer der Einbrecherin in unserer Zelle sind alle Beteiligten wieder in Hamburg. Dann müssen wir in die Hansestadt zurückkehren, Knud“, schlussfolgerte die Kommissarin.
„Nein, Frau Wiesinger, etliche der Models von Hohenfels und Caspari sind in der Ferienanlage geblieben - wegen des Sturzes von Laura“, teilte Torge sein Wissen mit den Anwesenden. „Wer ist Annalena und wie kommt Ihr darauf, sie wüsste mehr?“
„Kommen Sie, Torge, wir fahren zurück in die *Weiße Düne*. Dort erzähle ich es Ihnen“, forderte Gloria den Hausmeister auf. „Ich glaube, die Kommissare wollen ihre Arbeit erledigen.“

„Ja, aber wir können auch etwas beitragen“, protestierte Torge.
„Gloria hat recht, Torge. Wir beginnen gleich mit dem Verhör der Einbrecherin. Da kannst du uns nicht unterstützen. Hoffentlich erhalten wir zusätzliche Informationen über sie, bevor ihre Anwältin eintrifft. Wir bereiten im ersten Schritt die Vernehmung vor, danach sehen wir weiter. Ich koche jetzt Kaffee. Wen kann ich damit beglücken?“, fragte Knud, woraufhin alle Anwesenden begeistert nickten.
Obwohl Torge sich abgeschoben fühlte, fügte er sich Knuds Anweisung. Am liebsten wäre er bei dem Verhör der Einbrecherin dabei gewesen. Hatten die hier eigentlich so einen Raum, der mit einer verspiegelten Scheibe getrennt war? Er nahm sich fest vor, das kurzfristig in Erfahrung zu bringen. Jetzt schienen die Kommissare dafür keinen Kopf zu haben. Vielleicht konnte er zusammen mit Gloria bei den Models etwas bewirken. Außerdem war er gespannt, was sie ihm über diese Annalena erzählen wollte.

Zurück in der *Weißen Düne* konnte Torge es gar nicht mehr abwarten, Gloria seinen Vorschlag zu unterbreiten, der ihm während der kurzen Autofahrt eingefallen war. Ungeduldig beobachtete er den Kaffee, der unendlich langsam aus dem Automaten in die Becher floss. Am liebsten wäre er sofort in sein Kabuff gestürmt, um zu überprüfen, welche Models noch in der Ferienanlage eingecheckt waren, aber natürlich sollte die Journalistin das versprochene Heißgetränk bekommen.
Als sie schließlich bei ihm eintraf, hatte er die gewünschten Informationen bereits recherchiert.

„Torge! Sie sehen aus, als wären Sie von einem Geistesblitz getroffen worden! Ihre Ohren glühen vor lauter Aufregung“, begrüßte sie ihn lachend, bevor sie sich mit dem üblichen Stöhnen auf seinem Besucherstuhl niederließ. „Das nächste Mal treffen wir uns in meinem Bungalow“, bemerkte sie gequält, was nicht ganz ernst gemeint war.
„Dort haben wir aber keinen Zugang zu den Daten der *Weißen Düne*“, antwortete Torge verschmitzt. „Ja, ich habe eine Idee, mit der wir die Ermittlungen vorantreiben können.“
„Das habe ich befürchtet“, antwortete Gloria mit einem Augenzwinkern. „Wollen Sie trotzdem wissen, was Rieke Husbargen über Annalena und Jana berichtet hat?“
„Die Informationen kamen von Casparis Assistentin? Interessant!“ Torge machte sich eine kurze Notiz. „Ja, klar, schießen Sie los!“, forderte er sie schließlich auf.
Die Journalistin gab den Inhalt des mitgehörten Dialogs zwischen den beiden Mannequins wieder und guckte Torge dann erwartungsvoll an. „Können Sie damit etwas anfangen? Passt das zu Ihrer famosen Idee, in die Sie mich jetzt bestimmt unbedingt einweihen möchten?“
Torge ließ sich von Glorias Spitzen nicht beirren. Trotzdem brauchte er einen Moment, um seine Aufzeichnungen zu ergänzen. Da er mehrere Varianten für möglich hielt, wollte er auf keinen Fall den Überblick verlieren.
„Wir werden die Models interviewen“, platzte er schließlich heraus.
„Was?“, fragte die Reporterin ungläubig nach.
„Die Gespräche, die hier und dort zufällig mitgehört wurden, zeigen doch, dass die Frauen mehr wissen. Vielleicht viel mehr, als auf den ersten Blick sichtbar ist. Das werden wir herausfinden!“ Torge strahlte Gloria an, aber die war nicht spontan begeistert.

„Sollten wir das nicht der Polizei überlassen?“, fragte sie skeptisch.
„Seit wann sind Sie einem tollen Artikel abgeneigt? Wir brauchen nur die richtigen Aufhänger, damit die Deerns ins Schnacken kommen: Was empfinden sie durch den Tod von Laura? Haben sie selbst Angst? Was sagen sie zu dem Magerkult? Will die eine oder andere wirklich zu Isabella Caspari wechseln, weil sie dann nicht mehr so eine strenge Diät einhalten muss?“ Torge kam richtig in Fahrt, die möglichen Interviewfragen sprudelten nur so aus ihm heraus. „Außerdem herrscht ein großes Konkurrenzdenken. Alle wollen sich in die erste Reihe drängen, um direkt im Rampenlicht zu stehen. Das können wir uns zunutze machen.“
Er schien einen Nerv bei der Journalistin getroffen zu haben, trotzdem zögerte sie weiterhin „Fallen wir den Kommissaren damit nicht in die Parade?“
„Im Gegenteil!“, protestierte Torge voller Inbrunst. „Sehen Sie das mal so: Eine attraktive Journalistin und ein schrulliger, mittelalter Hausmeister erhalten bestimmt viel mehr Informationen von den Mädels.“
Gloria musste unwillkürlich lächeln, was Torge in seinem Vorhaben bestärkte.
„Wir interviewen sie für einen großartigen Bericht aus Ihrer Feder. Wenn die Polizei sie befragt, wirkt es so, als stünden sie unter Verdacht. Sie werden viel zurückhaltender sein.“
Gloria gab sich geschlagen. „Also gut. Haben Sie einen konkreten Plan? Was haben Sie dort alles notiert?“
„Nur ein paar Gedanken, die uns vielleicht nützlich sind.“ Sich über Glorias Aufmerksamkeit freuend konzentrierte er sich, um sie in das einzuweihen, was ihm aufgefallen war. „Irgendwie finde ich es merkwürdig, dass ausgerechnet Rieke Husbargen, die ja selbst unter

Verdacht steht, dieses Gespräch belauscht haben will. Ob sie sich das nur ausgedacht hat, um von ihrer eigenen Person abzulenken?“
„Aber dabei geht es um den Mord, oder?“, gab Gloria zu bedenken.
„Und wenn die Models für Rieke Husbargen eine Show abgezogen haben? Angenommen diese Annalena hat nur Theater gespielt, als sie die Assistentin der Wettbewerberin bemerkt hat.“
„Mit welchem Ziel?“, hakte die Journalistin nach.
„Weil sie selbst die Mörderin ist und von sich ablenken wollte.“
„Klingt nicht überzeugend, aber mit Glück verrät sie uns, was sie ihrer Kollegin anvertraut hat. Das sollte unser Ziel sein.“ Gloria wiegte ihren Kopf. „Also gut. Sie haben mich mit im Boot, hier finden wir das jedoch nicht heraus. Schauen wir mal, wie viele der Models wir aufstöbern können. Vielleicht ist ein Interview doch eine gute Idee.“
Zufrieden verließ Torge an Glorias Seite sein kleines Büro, um die Rezeptionistin Klarissa zu bitten, die Bungalows der Mannequins abzutelefonieren. Sie sollte sie fragen, wer Interesse an einem Interview mit der Society-Reporterin Gloria von Brandenburg hatte, die daraus eine umfassende Reportage erstellen wollte.

Bereits eine halbe Stunde später trudelten die ersten Frauen auf der geschützten Südterrasse ein. Die Journalistin bestellte Getränke für ihre Gäste. Gemeinsam hatten sie beschlossen, dass Gloria vorerst die Gesprächsführung übernahm, während Torge sich auf das Beobachten beschränkte. Zum Warmwerden sollten sich die Deerns kurz vorstellen – hauptsächlich damit sie die Namen erfuhren, aber auch, weil jede Erzählung am

Rande Informationen und Einstellungen preisgab. Keine erhob Einwände gegen das Aufnahmegerät. Torge machte sich außerdem Notizen, um die Reaktionen der Models zu dokumentieren. Er war sich sicher, dabei etwas Konstruktives für die Ermittlung herauszubekommen!
Eine Weile plätscherte die Unterhaltung dahin. Gloria wollte mit dem sanften Einstieg nicht nur eine entspannte Atmosphäre schaffen, sondern außerdem ihr Vertrauen gewinnen. Damit stiegen die Chancen, die Geheimnisse zu lüften – das hatte sie ihm in der kurzen Vorbereitungszeit erklärt. Annalena und Jana waren bislang nicht eingetroffen, aber davon ließ Torge sich nicht verunsichern. Vielleicht waren sie nicht die Einzigen, die etwas Verdächtiges beobachtet oder auf andere Weise mitbekommen hatten.
Beim Thema ‚mager versus mollig' fingen die Frauen an zu diskutieren. Interessanterweise vertraten etliche von ihnen den Standpunkt, es würde zu dem Beruf gehören, sehr schlank zu sein. Es sei zu Recht das geltende Schönheitsideal – einfach, weil es viel besser aussah. Mittlerweile hatten sich einige der Normalgewichtigeren aus dem Team von Isabella Caspari eingefunden, wodurch ein Streit drohte. Gloria ließ es eine Weile laufen, bevor sie schließlich deeskalierend eingriff.
„Mädchen! Es lag nicht in meiner Absicht zu werten! Können nicht beide Varianten nebeneinander existieren? So wie Isabella Caspari es handhabt?", fragte sie freundlich in die Runde.
„Das wird meiner Meinung nach diese elende Diskussion darüber, ob wir zu dünn sind, weiter verschärfen", argumentierte eine der jungen Frauen. Torge konsultierte seine Notizen. Sie hieß Sara und gehörte zu Hohenfels.

„Könnten Sie sich vorstellen, zu Isabella Caspari zu wechseln?“, wollte Gloria von ihr wissen.
„Nein, ich weiß gar nicht, woher dieses Gerücht kommt, dass wir von Hubertus wegwollen. Bisher hat keine gewechselt und es gibt weder Bewerbungen noch Verhandlungen.“ Sara sprach mit großen Gesten, wobei zahlreiche Armreifen laut um ihr Handgelenk klapperten.
„Sind Sie sicher?“, hakte die Journalistin nach.
Torge freute sich über Glorias Interesse. Auch er fand diese Frage wichtig.
„Ja, ziemlich. Wir hatten zumindest vor Kurzem ein Treffen mit Hubertus, bei dem er selbst dieses Thema angeschnitten hat. Er wollte wissen, ob er sich auf uns verlassen kann.“ Das Klappern setzte sich fort.
„Ging es dabei ebenfalls um das Stillschweigen rund um die Kollektion? Waren Sie alle eingeweiht?“, fragte Gloria.
Mit großer Spannung wartete Torge auf die Antwort, musste sich aber gedulden. Drei weitere Models erschienen und zogen sich Stühle an den Tisch heran. Sie wurden als Annalena, Jana und Julia begrüßt. Jetzt wurde es spannend!
„Oh, Sie haben schon angefangen. Haben wir etwas verpasst?“, fragte eine Blonde mit sehr langen, glatten Haaren.
„Frau von Brandenburg will gerade wissen, ob wir alle in die Kollektion eingeweiht waren, Annalena“, kam die prompte Antwort, woraufhin Gloria und Torge einen kurzen Blick wechselten.
„Nein, das ist doch bereits bekannt. Nur Laura und Maria waren eingeweiht. Tja, da kann man mal sehen, wie viel Gefahr von Insiderwissen ausgeht. Die eine liegt krank im Bett und die andere ist tot!“ Annalena schnippte mit den Fingern nach dem aufmerksamen Kellner, der die

Neuankömmlinge bereits entdeckt hatte. Das Schicksal der Kolleginnen schien ihr nicht besonders nahe zu gehen. Torge riss sich von der Szene los, um noch einmal zu der Journalistin zu gucken. Ihr nervöses Spiel mit dem Kugelschreiber verriet ihre innere Anspannung.
„Tatsächlich?“, fragte sie trotzdem in einem ruhigen Tonfall. „Was hat Maria denn?“
„Ich glaube Magen-Darm“, kam die lakonische Antwort.
„Können Sie sich vorstellen, zu Isabella Caspari zu wechseln?“, fragte Gloria weiter, weil sie insbesondere von Annalena mehr wissen wollte. War der Diebstahl der Kollektion die Eintrittskarte bei der Jungdesignerin, wenn es wider Erwarten umgekehrt war? Vermutlich wäre es den Models, wenn auch mit einiger Mühe möglich gewesen, die Entwürfe zu stehlen.
„Ehrlich gesagt, habe ich mit dem Gedanken gespielt, aber mollige Mannequins sind nicht mein Ding – das war vorgestern Abend deutlich. Da halte ich lieber den Drill von Hubertus aus. Vielleicht startet er ja nach diesem Erfolg wieder richtig durch.“ Annalena nahm den schwarzen Kaffee entgegen, wobei sie dem Kellner ein mechanisches Lächeln schenkte. „Außerdem braucht er ein neues Topmodel. Mit Glück fällt seine Wahl auf mich.“
Torge hätte am liebsten mit den Augen gerollt, wollte aber kein Aufsehen erregen. Er hoffte, Gloria würde dem Themenwechsel zu Laura folgen. Fast wäre er selbst mit der nächsten Frage herausgeplatzt, konnte sich aber gerade noch beherrschen. Gloria war dafür die Fachfrau. Sie würde schon die richtige Strategie finden. In diesem Moment lächelte sie gewinnend und schmeichelte.
„Sie sind bestimmt Hubertus´ erste Wahl, oder? So wie Sie aussehen, wundert es mich, dass Sie nicht bereits diese Saison die Favoritin sind.“

Auf das spontane Strahlen folgte ein skeptischer Blick. „Meinen Sie das ernst oder wollen Sie mich verscheißern?“, fragte Annalena.
Die Wortwahl fand Torge bei dem hübschen Gesicht unpassend, aber das war vermutlich altmodisch gedacht. Trotzdem war es an der Zeit, sich in das Gespräch einzuschalten: „Gloria meint alles ernst, was sie sagt! Darauf können Sie sich verlassen.“
Das Model warf ihm einen prüfenden Blick zu. „Wer sind Sie denn?“, fragte sie ein wenig von oben herab, was Torge noch unpassender fand.
„Torge Trulsen“, gab er deshalb ohne weitere Erklärung zur Antwort. Am liebsten hätte er hinzugefügt, der Hilfssheriff der Ordinger Polizei zu sein, aber das war an diesem Punkt des Interviews wohl kontraproduktiv. Aus den Augenwinkeln konnte er sehen, wie die Journalistin sich ein Grinsen verkniff. Das hob seine Laune wieder.
„Können Sie sich vorstellen, wer Laura nach dem Leben getrachtet hat?“, zog Gloria in diesem Moment wieder die Aufmerksamkeit auf ihre eigene Person.
„Ja, allerdings. Dazu fällt mir einiges ein, aber ob ich das in einem so großen Kreis ausposaunen möchte, ist die zweite Frage“, antwortete sie ein wenig hochnäsig.
„Wir können im Anschluss unter vier beziehungsweise sechs Augen weiterreden“, schlug Gloria vor. „Überlegen Sie es sich. Ich würde mich sowieso gerne ausführlicher mit Ihnen unterhalten. Sie haben bestimmt eine große Zukunft vor sich, ich bin bei solchen Karrieren am liebsten von Anfang an dabei.“
Torge fand es ein bisschen zu dick aufgetragen, aber vielleicht konnte die Journalistin die Situation besser einschätzen als er selbst. Annalena dachte über den Vorschlag nach, aber es war deutlich zu sehen, wie sehr ihr die Anerkennung gefiel. Nach einigem Zögern stimmte

sie schließlich zu. Torges Aufregung stieg. Es musste ihm unbedingt gelingen, dabei zu sein, wenn Annalena offenbarte, was sie gesehen hatte. Konnte sie den Täter identifizieren, der Laura das Glas mit dem Gift gereicht hatte?

Charlie in SPO | Mittwoch, den 07. April

Als die Anwältin von Ria Bach das Polizeirevier betrat, kam sie Charlie sofort bekannt vor. Die hochgewachsene Frau trug einen eleganten Hosenanzug, eine strenge Hochsteckfrisur und nicht den Anflug eines Lächelns im Gesicht. Woher kannte sie diese Person? Sie war allemal eine Erscheinung, die einen bleibenden Eindruck hinterließ. Die Kommissarin ärgerte sich, dass sie Fiete nicht im Vorwege gefragt hatte, wie die Juristin hieß. Allerdings hatte sie nicht mit einer Promi-Anwältin gerechnet. Genau das war es. In dem Moment, da diese sich vorstellte, fiel es Charlie wieder ein.
„Guten Tag, ich bin Dr. Gabriella Königstein", begrüßte sie die Anwesenden mit einem eisigen Blick. „Wo ist meine Mandantin?"
„Kommissarin Charlotte Wiesinger. Moin! Kommen Sie, ich führe Sie zu ihr. Wie lange brauchen Sie für das Vorgespräch?"

„Das kann ich im Vorwege unmöglich sagen. Sie werden sich gedulden müssen, Frau Kommissarin.“
Es schwang ein Unterton mit, der Charlie gleich auf die Palme brachte, aber sie nahm sich zurück. Immerhin gab ihr das die Gelegenheit, über den Eisblock zu recherchieren und sich mit den Kollegen zu besprechen.
Als sie wieder unter sich waren, fragte sie gespannt: „Wissen Sie, wer Frau Dr. Königstein ist?“ Ohne jedoch eine Antwort abzuwarten, platzte sie heraus: „Sie ist eine Promi-Anwältin, die sich normalerweise bestimmt nicht um Einbruchsdelikte kümmert!“ Sie ließ ihren Blick durch die Runde schweifen, erntete allerdings lediglich verständnislose Reaktionen. „Na, es liegt doch auf der Hand, wer diese Frau engagiert hat!“
„Hubertus Hohenfels“, kam es zaghaft von Lilly Morgenroth.
„Bingo!“, antwortete Charlie mit einem amüsierten Lächeln in Knuds Richtung. „Sie ist bestimmt sein Rechtsbeistand. Das könnte sein entscheidender Fehler gewesen sein!“
„Verstehe ich nicht“, gab Knud ehrlich zu.
„Damit ist die Verbindung zwischen den beiden klar. Das spielt uns in die Hände“, versuchte Charlie, die Kollegen mit ihrem Optimismus anzustecken. „Okay, lassen Sie mich mal machen. Ich werde das Verhör zusammen mit Knud bestreiten. Sie können sich aufs Beobachten konzentrieren“, wandte sie sich direkt an den Kollegen. „Mittlerweile sind wir ein eingespieltes Team. Ich bin wild entschlossen, heute ein Geständnis aus Ria Bach herauszulocken, auch wenn die kühle, blonde Lady es verhindern will. Wir müssen die Einbrecherin hart herannehmen. Ah, das bekomme ich hin“, motivierte sich Charlie selbst, weil sie von den anderen nicht die gewünschte Begeisterung erntete. „Fiete, Sie recherchieren

derweil weiter. Lassen Sie sich von Lilly unterstützen. Wenn Sie etwas finden, reichen Sie es uns in den Besprechungsraum, damit wir so gut wie möglich informiert sind.“ Charlie war in ihrem Element. So langsam gelang es ihr, die Kollegen anzustecken. Standen sie wirklich kurz vor der Aufklärung der Diebstähle – sowohl was die Bungalows der Ferienanlage als auch die Kollektion betraf? Und gab es darüber hinaus eine Verbindung zu dem Mordfall? Ging der ebenfalls auf Hohenfels´ Konto? Die Kommissarin überflog ihre umfangreichen Notizen. Automatisch straffte sie sich. Ja, sie war bestens vorbereitet!

Endlich war es soweit. Das Verhör begann. Ria Bach hatte den gleichen überheblichen Gesichtsausdruck angenommen, wie ihre neue Anwältin – das war schnell gegangen. Oder kannten sich die beiden schon länger? Der Gedanke kam Charlie in dem Moment, in dem sie mit Knud den Frauen gegenüber Platz nahm. Immerhin brachte es sie in genau die Stimmung, die sie für eine aggressiv geführte Vernehmung brauchte. Trotzdem plante sie subtil starten.
„Nennen Sie für das Protokoll bitte Ihren Namen sowie Ihre Adresse“, forderte sie die Einbrecherin auf.
„Finden Sie es selbst heraus“, kam prompt die pampige Antwort, die den Blutdruck der Kommissarin weiter steigen ließ. Ohne sich zu vergewissern, ging sie davon aus, dass Knud ganz entspannt blieb. Wo nahm er nur diese Ruhe her? Sie schob den Gedanken beiseite und konzentrierte sich wieder auf ihr Gegenüber.
„Ja, das haben wir bereits“, antwortete sie bemüht gelassen. „Ria Bach, wohnhaft Flotowstraße drei in Hamburg Barmbek.“

„Wozu fragen Sie denn überhaupt, wenn Sie es sowieso schon wissen?“, motzte die Inhaftierte weiter.
Frau Dr. Königstein legte ihrer Mandantin beruhigend eine Hand auf den Arm. Eigentlich fing das Verhör genauso an, wie Charlie es sich gewünscht hatte. In dieser Stimmung konnte sie die Einbrecherin möglicherweise zu einer Aussage verleiten, die sie im Grunde gar nicht tätigen wollte. Jetzt war es wichtig, die richtigen Fragen zu stellen – und zwar in der richtigen Reihenfolge! Immerhin hatten sie sie auf frischer Tat ertappt. Für die Einbrüche in den Ferienbungalows war sie bereits überführt. Nun ging es darum, Hubertus Hohenfels dingfest zu machen. Charlie war sich sicher: Die Wirtschaftsspionage ging auf sein Konto.
„Kennen Sie Hubertus Hohenfels?“, eröffnete sie die Befragung, womit sie sofort die erste Verunsicherung auslöste. Es war lediglich ein kleines Flackern des Augenlides, aber es entging der Kommissarin nicht.
„Den Modeschöpfer? War ja wochenlang unübersehbar in der Presse“, antwortete Ria Bach ausweichend. Genau genommen wirkte sie nicht so, als würde sie regelmäßig Zeitung lesen, aber das war eine Mutmaßung, von der Charlie sich nicht ablenken ließ.
„Ja“, antwortete sie geduldig. „Kennen Sie ihn persönlich?“
Der kurze Blick zu ihrem Rechtsbeistand war Antwort genug. Eine Reaktion, die zumindest die Anwältin sicherlich ärgerte.
„Hat er Sie mittlerweile als seine Tochter anerkannt?“, schoss die Kommissarin die nächste Frage ab, ohne die Bestätigung von Knud erhalten zu haben, ob dies den Tatsachen entsprach.
Ein weiterer Blick zu Frau Dr. Königstein brachte diese zum Reden.

„Sie brauchen darauf nicht zu antworten. Das hat nichts mit unserem Fall zu tun“, informierte sie ihre Mandantin.
Charlie ignorierte den Zwischenruf, indem sie sich voll auf die Einbrecherin konzentrierte.
„Hat Hubertus Hohenfels sie zu den Einbrüchen in die Ferienhäuser angestiftet?“, schob sie die nächste Frage hinterher, die wieder ein Flackern des Augenlides hervorrief.
„Was soll dieser Modeschöpfer damit zu tun haben?“, mischte sich die kühle Blonde in das schleppende Gespräch ein.
„Genau das möchte ich von Ihrer Mandantin wissen, wenn Sie sie bitte selbst antworten lassen würden“, entgegnete Charlie selbstbewusst. „Im Übrigen stelle ich hier die Fragen. Sie können davon ausgehen, dass ich mir etwas dabei denke.“
Frau Dr. Königstein zog die Augenbrauen nach oben, kommentierte die Ansage aber nicht weiter. Vermutlich war sie es nicht gewohnt, so viel Gegenwind zu erhalten, noch dazu von einer Polizistin auf dem platten Land.
„Nun?“, wandte die Kommissarin sich wieder Ria Bach zu. „Hat er?“
Die Verunsicherung war der jungen Frau anzusehen. Ganz offensichtlich hatte sie nicht damit gerechnet, sofort auf diese Verbindung angesprochen zu werden. Wie es aussah, wagte sie es nicht, erneut ihre Anwältin per Blickkontakt um Hilfe zu bitten. Also schwieg sie, so wie sie es bereits bei der ersten Befragung getan hatte. Erstaunlicherweise wurde Charlie dadurch wieder ruhiger.
„Nun gut, wenn Sie nicht mit mir reden wollen, dann rede ich mit Ihnen. Um Ihnen die Entscheidung zu erleichtern, vielleicht doch eine Aussage zu machen, fasse

ich die Fakten gerne zusammen. Da wir Sie bei dem Einbruch in das Feriendomizil festgenommen haben, steht dieser Tatbestand fest. Dies ist Ihre Ausgangsposition. Eine Verurteilung ist Ihnen selbst mit der Staranwältin an Ihrer Seite so gut wie sicher." Charlie warf Frau Dr. Königstein einen kurzen Blick zu, den diese leicht verkniffen erwiderte. Innerlich zufrieden sprach sie weiter zu Ria Bach: „Gegen Hubertus Hohenfels steht eine Beschuldigung im Raum, nach der er seiner Wettbewerberin die Entwürfe für ihre diesjährige Kollektion gestohlen hat. Da Isabella Caspari in ihrem Atelier einen hohen Sicherheitsstandard hat, wird der Designer kaum selbst bei ihr eingebrochen sein. Wenn sich zwischen Ihnen beiden die familiäre Beziehung verifiziert, wird dieses Eindringen mit großer Wahrscheinlichkeit ebenfalls Ihnen zur Last gelegt."

Charlie konnte förmlich sehen, wie es hinter der Stirn der jungen Frau arbeitete. War sie lediglich durch die kaputten Familienverhältnisse und die Ablehnung ihres Erzeugers in diesen Schlamassel hineingeraten? Die Vorstellung, der Drahtzieher der Geschichte würde straflos davonkommen, während seine Tochter allein dafür büßen musste, ließ eine Welle der Wut durch ihren Körper laufen. War Hubertus Hohenfels wirklich so verantwortungslos? Von einem Mann seiner Bildung hätte sie mehr erwartet.

Wie konnte sie Ria Bach dazu bringen, gegen ihn auszusagen? Wie weit würde sie gehen, um endlich seine Anerkennung zu erhalten? Die Kommissarin musste ihr klarmachen, wie nutzlos das für sie im Gefängnis war.

„Wollen Sie allein dafür geradestehen? Hat Ihr Vater nicht viel mehr von diesen Raubzügen profitiert als Sie?", versuchte Charlie es weiter.

„Ich verbitte mir diese Suggestion, Frau Kommissarin. Sie unterstellen hier Sachverhalte, für die Sie überhaupt keine Beweise haben und versuchen gleichzeitig, meine Mandantin zu einem Geständnis zu überreden. Lassen Sie das! Wenn Sie Fragen haben, können Sie die stellen – aber nicht auf diese Art und Weise!" Frau Dr. Königstein wandte sich schließlich an Ria Bach: „Sie müssen darauf nicht reagieren. Die Polizei hat keine Grundlage für derartige Unterstellungen."
Die Unsicherheit der Festgenommenen vergrößerte sich, das war deutlich, trotzdem schwieg sie weiter.
Charlie versuchte es anders, indem sie die Rechtsanwältin attackierte: „Auf wessen Seite stehen Sie eigentlich? Hat Herr Hohenfels Sie geschickt, damit Sie möglichst seinen Kopf aus der Schlinge ziehen oder wollen Sie dieser Frau hier an diesem Tisch helfen?"
Vor lauter Empörung bekam die eben noch so selbstsichere Juristin keine Luft mehr. Ihrer Schnappatmung zur Folge hatte Charlie ins Schwarze getroffen. Am besten schoss sie gleich den nächsten Pfeil in Richtung der Einbrecherin ab.
„Vermutlich haben Sie es mitbekommen: Es gibt in diesem Zusammenhang einen Mord. Wenn Ihnen der ebenfalls zur Last gelegt wird, kommen Sie ihr ganzes Leben nicht mehr aus dem Gefängnis heraus! Ist es das, was Sie wollen? Ist Ihnen die Anerkennung durch Ihren Erzeuger wirklich so wichtig?"
Die Verunsicherung war der blanken Angst gewichen. Bei allem, was die junge Frau sich hatte zuschulden kommen lassen, spürte Charlie Mitleid aufwallen. „Ich versichere Ihnen, kein Vater auf der Welt ist es wert, an seiner Stelle in den Knast zu gehen – und ich weiß, wovon ich rede." Kaum hatte sie die Worte ausgesprochen, fragte

sie sich, ob sie zu weit gegangen war. Ohne Knud anschauen zu müssen, wusste sie genau, wie er auf so eine Aussage reagierte. Noch immer hatte sie ihm kaum etwas von ihrer eigenen unerfreulichen Kindheit erzählt – und wollte daran in nächster Zukunft auch nichts ändern.

Bei Ria Bach zeigte ihre kleine Rede jedoch Wirkung. Die Kommissarin ließ ihr einen Moment Zeit, um sich zu sammeln und ihre nächsten Schritte zu überlegen. Weil die Anwältin ebenfalls schwieg, guckte Charlie zu Knud. Wie erwartet, beobachtete er sie genau. Als ihre Blicke sich trafen, bedachte er sie mit einem aufmunternden Nicken. Es tat ihr gut, sich seiner Unterstützung sicher zu sein.

„Ist das Ihr Ernst? Hubertus soll für Lauras Tod verantwortlich sein? Welchen Grund sollte er haben, sein eigenes Topmodel umzubringen?“, brach schließlich die Juristin das Schweigen.

„Dafür könnte er unterschiedliche Motive haben, aber natürlich geben wir in einer laufenden Ermittlung darüber keine Auskunft – Sie kennen ja das Prozedere.“

Charlie wäre es lieber gewesen, wenn die Anwältin sich rausgehalten hätte, aber dafür war sie natürlich nicht gekommen. Trotzdem versuchte die Kommissarin, auf die Einbrecherin einzuwirken.

„Frau Bach, ein Geständnis wird sich strafmindernd auswirken. Bisher werden Sie lediglich wegen Einbruchs angeklagt. Sie sind doch noch so jung. Wollen Sie sich wirklich Ihr Leben mit einer Mordanklage versauen?“ Charlie war klar, dass sie sich auf dünnem Eis bewegte. Genau aus diesem Grund fiel ihre Wortwahl drastischer als gewöhnlich aus.

„Ich habe mit dem Tod von Laura nichts zu tun, das müssen Sie mir glauben, Frau Kommissarin“, flehte Ria Bach schließlich. Während die Anwältin ihre Hand hob, um sie am Weiterreden zu hindern, sprudelte es nur so aus ihr heraus. „Ich kann mir nicht vorstellen, dass Hubertus etwas damit zu tun hat. Davon war nie die Rede. Außerdem hat er sie wirklich gern. Die beiden hatten eine Affäre, wissen Sie. Warum sollte er sie umbringen?"

Frau Dr. Königstein verschlug es die Sprache – fassungslos schüttelte sie mit dem Kopf. Indes spürte Charlie eine Welle der Erleichterung durch ihren Körper laufen. Sie hatte es geschafft! Ria Bach bestätigte gerade die Verbindung zu Hubertus Hohenfels. Wenn sie sachte genug vorging, würde sie bestimmt ein Geständnis zu dem Diebstahl der Kollektion von der jungen Frau erwirken. Mittlerweile glaubte sie ohnehin, die Mörderin unter den Mannequins zu finden.

„Wollen Sie mir erzählen, wie es gewesen ist?", fragte die Kommissarin leise, obwohl sie damit rechnete, dass die Anwältin ihr wieder in die Parade fallen würde – was sie auch prompt tat.

„Ria, Sie müssen darauf nicht antworten", startete sie einen halbherzigen Versuch, ihre Mandantin von einem Geständnis abzuhalten. Diese straffte sich jedoch und sprach Charlie direkt an.

„Versprechen Sie mir Strafminderung, wenn ich Ihnen alles berichte, was ich weiß?", fragte sie mit fester Stimme. Als Charlie es ihr bestätigte, holte sie einmal tief Luft, bevor sie ihre Geschichte von Anfang an erzählte: „Als meine Mutter starb, war ich gerade achtzehn geworden. Ich hatte meine Lehre beendet und bin tatsächlich übernommen worden, obwohl meine Noten nicht besonders toll waren. Endlich war das Geld nicht mehr so knapp wie in all den Jahren, in denen wir uns zu zweit durchschlagen mussten." Sie legte eine Pause ein, schien plötzlich an einem fernen Ort zu weilen. „Kann ich vielleicht ein Glas Wasser haben?", fragte sie schließlich mit

rauer Stimme. Erst als Knud damit in den Raum zurückkehrte und sie einen großen Schluck getrunken hatte, setzte sie ihre Ausführungen fort: „Der Unfall hat alles zerstört, was wir uns erträumt hatten. Wir waren gerade dabei, unsere erste Reise zu planen, dafür hat das Geld vorher nie gereicht. Aber daraus ist nichts geworden. Der andere Fahrer war betrunken und ist meiner Mutter voll in die Seite geknallt. Sie ist ... sie ist direkt am Unfallort gestorben.“ Ria Bach kämpfte mit den Tränen. Ihre Anwältin reichte ihr ein Taschentuch, das sie automatisch entgegennahm, ohne sich dafür zu bedanken. „Können wir eine Pause machen? Ich ... brauche einen Moment“, bat sie die Kommissarin, die verständnisvoll nickte.
„Ich hole mal Kaffee“, teilte Knud den Frauen mit und verließ kurz darauf den Raum. Charlie öffnete das Fenster. Sofort wehte eine frische Brise in das Zimmer, die Ria Bach ganz offensichtlich guttat.
„Okay“, sagte sie bereits nach kurzer Zeit. „Bringen wir es hinter uns. Wo war ich stehen geblieben?“
„Sie sprachen von Ihren Reiseplänen“, leistete Charlie Hilfestellung.
„Ja, die kamen für meine Mutter zu spät.“ Sie blickte der Kommissarin direkt in die Augen, als sie weitersprach. „Es hat mir den Boden unter den Füßen weggerissen. Wissen Sie, wie fürchterlich es ist, wenn von einem Leben nur noch Bürokratie übrigbleibt? Von einem so jungen Leben, das einfach verschwendet wurde. Sie war noch nicht einmal vierzig, als sie starb.“ Dankend nahm sie den Pott Kaffee entgegen, den Knud ihr schließlich reichte und rührte gedankenverloren darin herum, obwohl sie weder Milch noch Zucker hineingetan hatte. „Aber das wollen Sie wahrscheinlich alles gar nicht wissen. Es ist nur der Anfang meiner ... tja, wie soll ich es nennen? Vater-Tochter-Beziehung? Eigentlich haben

wir die nie gehabt. Meine Mutter hatte mir immer verschwiegen, wer mein Vater ist. Angeblich hatte sie ihm das versprochen – als ob er es ihr gedankt hätte! Ich habe es erst am Tag der Testamentseröffnung erfahren." Ria Bach hörte auf, in ihrem Kaffee zu rühren, und nahm einen Schluck, nachdem sie in den Becher gepustet hatte. „Ich werde nie den Tag vergessen, an dem ich ihn angerufen habe. Na ja, besser gesagt: Ich habe versucht, ihn anzurufen. Mit Hubertus Hohenfels kann man nicht direkt Kontakt aufnehmen. Man landet immer bei seiner Sekretärin oder dem Auftragsdienst. Lange Rede, kurzer Sinn: Er hatte überhaupt kein Interesse, mich kennenzulernen. Null! ... Das hat mir den Rest gegeben. Ich habe meine Arbeit verloren und bin abgerutscht. Schließlich habe ich mich mit kleinen Einbrüchen über Wasser gehalten. Nach einer Weile habe ich einen Mann getroffen, der mir ein paar Tricks beigebracht hat. Er war auch derjenige, der mich zu der Klage ermuntert hat." Sie stellte den Kaffeebecher zurück auf den Tisch. „Wahrscheinlich war es von Anfang an eine bescheuerte Idee. Jedenfalls hat sie nicht funktioniert. Um möglichst kein Aufsehen zu erregen, hat er mir einen Vergleich angeboten. Mein Anwalt hat gekniffen. Er hat mir dazu geraten, die Kohle anzunehmen und auf die Anerkennung der Vaterschaft zu verzichten. Es sei bei einer volljährigen Person eh nicht mehr wichtig. Blödmann! Der wollte nur seinen Anteil abstauben. Ich habe mich also mit ein paar Tausend Euro abspeisen lassen, weil ich viel zu fertig war, um das alleine durchzukämpfen. Ja, so war das." Es schloss sich ein längeres Schweigen an.
Charlie wartete geduldig auf die Fortsetzung, die allerdings nicht erfolgte. Schließlich fragte sie nach: „Und wie kam es dann zu einer erneuten Kontaktaufnahme?"

„Tja, das war Zufall – oder Schicksal? Wer weiß das schon! Vor zwei Jahren hat mich mein Freund verlassen. Ich habe das zum Anlass genommen, es noch einmal auf legalem Weg zu versuchen. Es war ein mieser Job in einer Bar mit zwielichtigen Typen, aber es war ein Anfang – dachte ich. Eines Abends, genau genommen war es mitten in der Nacht, kam Hubertus in diese Bar. Er hatte bereits gut getankt, war aber wegen eines verlorenen Pokerspiels frustriert und wollte einfach weitertrinken. Ich war nicht nur erwachsener geworden, sondern auch echt aufgebretzelt, sodass er mich nicht erkannt hat. Als er mir den vierten Drink mit einer ausladenden Geste quasi über die Klamotten geschleudert hat, war er untröstlich. Er ist auf Kaffee umgestiegen und wir sind ins Quatschen gekommen. Irgendwann saßen wir alleine dort. Er hat mir tatsächlich sein Herz ausgeschüttet. Tja, niemand vermutet, die Barfrau aus einer derartigen Kaschemme wiederzusehen. Als er von meiner kleinen Einbrecherkarriere hörte, hat er mir vorgeschlagen, daraus ein gemeinsames Projekt zu machen. Ja, so hat er sich ausgedrückt: Ein gemeinsames Projekt – weil ihn seine Spielschulden auffraßen und er trotzdem nicht die Finger davon lassen konnte. So hat es angefangen. Erst nach einer Weile habe ich mich als seine Tochter geoutet. Ich dachte, er würde den Kontakt wieder abbrechen, aber er wollte auf den Geldstrom nicht mehr verzichten. Schließlich ist er auf die Idee mit dem Diebstahl der Kollektion gekommen. Die Teilnahme von Isabella Caspari an der Modenschau des Jahres war ihm von Anfang an ein Dorn im Auge. Er hatte einfach Angst, sie würde ihn überflügeln." Erschöpft lehnte sich Ria Bach auf dem Stuhl zurück, wobei sie gleichzeitig erleichtert schien.

Vermutlich waren es bei ihr tatsächlich die Umstände gewesen. Ihr Leben wäre bestimmt ganz anders verlaufen,

wenn ihre Mutter nicht in diesen tödlichen Unfall verwickelt worden wäre.
„Er hat wirklich geglaubt, damit durchzukommen?“, fragte Charlie.
„Ja“, Ria Bach zuckte mit den Schultern. „Ich fand den Plan auch eher gewagt, aber Hubertus hat mich unter Druck gesetzt. Er wollte es unbedingt und bisher ist immer alles gutgegangen. Dumm gelaufen, dass Sie mich ausgerechnet in einem der Ferienhäuser erwischt haben, aber irgendwann ist es eben immer vorbei. Was soll´s!“
Die Kommissarin war etwas überrascht, wie pragmatisch die junge Frau ihre Festnahme sah, obwohl es eigentlich den Eindruck bestätigte, den sie von ihrem Gegenüber gewonnen hatte. Gern wollte sie noch einige offene Fragen klären und war gespannt, inwieweit Hohenfels seine Tochter eingeweiht hatte.
„Nach unseren Informationen hat immer das Los über die Reihenfolge entschieden, in der die Kollektionen gezeigt wurden. Wie hat Ihr Vater es geschafft, an zweiter Position und vor allem vor Isabella Caspari zu präsentieren?“, fragte Charlie.
„Ich denke mit seinem Charme, wenn er nicht vorher den Lostopf manipuliert hat. Ich weiß nicht, wie es abgelaufen ist, aber er kann Menschen bestens beeinflussen. Am Ende erreicht er genau das, was er will und alle anderen haben das Gefühl, ihren eigenen Willen bekommen zu haben. So etwas ist für Hubertus Hohenfels eine Kleinigkeit.“
„Wie hat er es bei Ihnen geschafft? Warum haben Sie das alles mitgemacht?“
„Ich war entwurzelt, habe mich allein gefühlt – schlimmer, ich war einsam. Dieser Job in der schmuddeligen Bar war keine Perspektive. Ich hatte nach wie vor auf seine Anerkennung gehofft. Seine Welt war der Glamour,

davon wollte ich gerne ein Teil werden. Na ja, er hat mich letztendlich für seine Zwecke benutzt. Im Grunde hat er mir das damals schon deutlich gemacht, ich wollte es aber nicht wahrhaben. Nun muss ich die Konsequenzen tragen, aber irgendwann werde ich wieder frei sein. Ich versichere Ihnen, mit dem Mord an dem Mannequin nichts zu tun zu haben.“
Ria Bach schaute Charlie wieder direkt in die Augen. Die Kommissarin war sich sicher, von ihr die Wahrheit zu hören.
„Und Ihr Vater? Glauben Sie, er hat eine andere Person manipuliert, die für ihn den Mord begangen hat?“
„Ich fürchte, das müssen Sie selbst herausfinden, Frau Wiesinger.“

Nicht lange nachdem die Anwältin das Revier der Küstengemeinde wieder verlassen hatte, betraten Gloria und Torge in Begleitung einer sehr schlanken Frau ihre Räume. Wenn Charlie sich richtig erinnerte, handelte es sich um eins der Mannequins von Hubertus Hohenfels.
Gerade freuten sich die Kommissare über ihren Anfangserfolg in der Ermittlung und besprachen das weitere Vorgehen, um im zweiten Schritt den Mord aufzuklären. Charlie wog ab, ob dieser ebenfalls auf das Konto des Stardesigners gehen könnte. Beauftragter Einbruch und Wirtschaftsspionage aus einer finanziellen Notlage heraus waren keine Kavaliersdelikte, aber etwas ganz anderes als Mord. Hatte der Modeschöpfer so extrem den Bezug zur Realität verloren? Die Kommissarin nahm sich fest vor, dies herauszubekommen.
Doch erst einmal forderten Gloria von Brandenburg und Torge Trulsen ihre Aufmerksamkeit. Was hatte es zu bedeuten, dass sie eins der Models in die Polizeistation

brachten? Hatten sich die beiden wieder in die Ermittlungen eingemischt? Nach Trulsens zufriedenem Gesichtsausdruck zu urteilen, sah es ganz danach aus!
„Moin in die Runde!“, begrüßte er sie im gleichen Moment. „Ihr glaubt nicht, was wir herausgefunden haben!“
Er legte eine Pause ein, um sich der vollen Aufmerksamkeit der Anwesenden sicher zu sein. Dabei wirkte er ein wenig beifallheischend, woraufhin sich Charlie ein Lächeln nicht verkneifen konnte. So kannte sie Torge Trulsen! Sie musste zugeben, ihn ebenfalls vermisst zu haben. Auch Knud zeigte sein typisches Grienen.
„Weih uns ein, bevor du platzt“, forderte der Kommissar seinen Kumpel auf.
„Nichts lieber als das. Gloria und ich haben die Models interviewt“, leitete er seine Ausführungen ein. „Das hier ist Annalena. Sie hat am Abend der ersten Modenschau beobachtet, wer Laura kurz vor dem Auftritt ein Glas Sekt – vermutlich mit dem Gift – gereicht hat und sie möchte eine Aussage machen.“
„Tatsächlich?“ Charlie war erstaunt. „Wie haben Sie das denn hinbekommen?“
„Ich möchte nicht die Nächste sein, die vergiftet wird“, meldete sich das Mannequin selbst zu Wort. „Wie es aussieht, habe ich sehr gute Chancen, das nächste Topmodel bei Hubertus zu werden. Da ist es wohl besser, eine Anzeige zu erstatten.“
„Wenn das so ist, dann nehmen Sie mal Platz“, forderte Charlie die junge Frau auf.
Dieses Mal begann Knud die Befragung. Die Kommissarin war gespannt, ob sie dadurch wirklich auf die Spur der Mörderin kommen würden.
„Was genau haben Sie beobachtet?“, eröffnete er.
„Na ja, da gibt es nicht viel zu erzählen. Bei einer Modenschau ist hinter den Kulissen immer hektisch. Uns bleibt

nie viel Zeit, um uns umzuziehen. Dabei helfen wir uns gegenseitig ... Reißverschlüsse am Rücken schließen, alles zurechtzupfen und sowas. In dieser Location war es heiß in dem Bereich hinter dem Laufsteg. Vielleicht hat die Klimaanlage nicht richtig funktioniert – keine Ahnung. Auf jeden Fall war Laura total aufgeregt, das war sie eigentlich immer. Sie hat unter furchtbarem Lampenfieber gelitten. Normalerweise legt sich das, wenn man den Laufsteg betritt, aber bei ihr war es anders. Ihre Nerven flatterten grundsätzlich bis zum Ende einer Veranstaltung. Am letzten Wochenende war es noch schlimmer. Vielleicht weil es so warm war. Nadja hat versucht, sie zu beruhigen. Sie reichte ihr ein Glas, in dem sich ein Schluck Sekt befand. Eigentlich stoßen wir damit nach der Show an. Ich habe mir nichts dabei gedacht, weil es einfach schien, als wäre sie besorgt um Laura. Auch wenn wir Konkurrentinnen sind, halten wir während einer Show Backstage zusammen. Der Erfolg des Abends ist dann das Wichtigste. Es kam mir also erst nach Lauras Sturz komisch vor. Es ging alles so schnell. Nadja sagte: ‚Hier trink einen Schluck, das wird deine Nerven beruhigen. Nur noch das Finale, dann hast du es geschafft. Du bist die Größte'. Erst nach all diesen dramatischen Ereignissen fiel mir unser Streit wieder ein. Im Nachhinein klang ihre Aussage wie eine Ankündigung – so als hätte sie bereits am Samstag gewusst, was passieren würde."
Das war der Streit, den Trulsen belauscht hatte. Manchmal fragte sich die Kommissarin, wie er es anstellte, immer zur rechten Zeit am rechten Ort zu sein. Das war wirklich ein Phänomen. In diesem Moment war er stolz wie Oskar, etwas Entscheidendes zu den Ermittlungen beigetragen zu haben. Charlie musste zugeben, dass sie sich freute, ihn wieder mit im Team zu haben – wenn auch nur inoffiziell. Irgendwie gehörte er einfach dazu.

Insgeheim war sie außerdem erleichtert, die Wette gewonnen zu haben, auf die sie sich eingelassen hatte. Das war leichtsinnig gewesen. Nun würde sie den Schlüssel von Knud entgegennehmen müssen, eine Verantwortung, die sie eigentlich nicht wollte. Trotzdem war es ihr lieber, als wenn er Zugang zu ihrem Haus bekommen hätte.

Während ihre Gedanken abschweiften, führte Knud konzentriert die Befragung fort: „Hat Nadja nach Ihrer Einschätzung aus eigener Motivation gehandelt oder könnte es sein, dass Hubertus Hohenfels dazu den Auftrag gegeben hat?"

„Hubertus soll Nadja dazu angestiftet haben? Das kann ich mir nicht vorstellen! Welchen Grund sollte er haben, sein Topmodel zu vergiften? Er hätte sie doch einfach feuern können." Annalenas Unverständnis schien authentisch zu sein.

„Vielleicht wollte sie Herrn Hohenfels wegen der gemeinsamen Affäre erpressen?", fragte Knud weiter.

„Seine Frau wusste von seinen Seitensprüngen. Da hätte Laura keinen Hebel ansetzen können. Nein, Nadja wollte Laura loswerden. Sie war sich sicher, sie zu beerben – nicht nur als Topmodel, sondern außerdem an der Seite von Hubertus. Sie hatte nicht geschnallt, wie es läuft."

„Aber Sie wollen doch ebenfalls die Favoritin im Team sein", schaltete sich Gloria überraschenderweise in das Gespräch ein.

„Ist das wahr?", fragte Knud sofort nach. „Haben Sie Laura selbst das Glas gereicht?"

Obwohl sein Ton ungewohnt scharf geworden war, blieb Annalena gelassen. „Nein, das habe ich nicht. Dieser Job ist echt anstrengend. Wenn ich es aber schaffe, ein paar Jahre durchzuhalten, habe ich genug verdient, um in den

USA studieren zu können. Das ist mein Traum! Den versaue ich mir nicht, indem ich zur Mörderin werde. Das ist die Sache nicht wert. Außerdem gibt es eine Menge Zeugen dafür, wer Laura das Glas gegeben hat. Fragen Sie die anderen. Sie werden es Ihnen bestätigen."

Epilog

Einige Tage später traf sich das Team zur gewohnten Abschlussbesprechung mit Pharisäer und selbst gebackenem Kuchen von Greta Petersen. Torge freute sich besonders, dieses Mal wieder dabei zu sein. Die Runde war gegenüber dem letzten finalen Treffen deutlich gewachsen. Das wusste er trotz seiner Abwesenheit nach dem Doppelmord im Spätherbst.
Von der neuen Kommissarin Lilly Morgenroth hatte er noch keinen aussagekräftigen Eindruck erhalten, aber jetzt war er ja wieder an Bord, da würde er sie im Laufe der Zeit schon kennenlernen. Bestimmt brachte sie frischen Wind in das Team der Kommissare.
Nun war er gespannt, was Knud und die Wiesinger bei ihrem erneuten Besuch in der Hansestadt herausgefunden hatten. Bisher wusste er lediglich, dass Hubertus Hohenfels verhaftet worden war. Ob er wohl seinen Fehler eingesehen und ein Geständnis abgelegt hatte? So wie

der arrogante Fatzke Torge begegnet war, wagte dieser, es zu bezweifeln. Und was war mit dem Model, das des Mordes beschuldigt wurde? Er war gespannt!
„Moin und willkommen, alle zusammen“, begrüßte Fiete in diesem Moment die Anwesenden. „Danke für deinen unermüdlichen Einsatz, uns mit den Kaffeespezialitäten zu verwöhnen, Knud. Tja, ich muss sagen, dieser Anblick macht mich immer froh, weil er bedeutet, dass wir wieder einen Fall gelöst haben. Gute Arbeit, Kollegen.“
Lilly Morgenroth schnupperte an ihrem Becher. „Ist da tatsächlich Alkohol drin? Sind wir nicht alle im Dienst?“
„Das ist eine nicht so kräftige Version, aber zum Abschluss einer kniffligen Ermittlung steht der bei uns immer auf der Tagesordnung“, antwortete ein sehr entspannter Fiete.
Die neue Kommissarin nahm einen kleinen Schluck und verzog das Gesicht. „Ich denke, ich bleibe nüchtern – für alle Fälle.“
„Das ist Ihre Entscheidung. Nun gut, bestimmt warten alle gespannt auf den abschließenden Bericht von Charlotte und Knud. Wer von Euch möchte uns einweihen?“, wandte er sich an die beiden Kommissare, die daraufhin einen Blick wechselten.
„Ich werde beginnen. Charlotte und ich haben zusammen mit einem Hamburger Kollegen das Verhör von Hubertus Hohenfels durchgeführt. Allerdings ist dabei nicht viel Neues herausgekommen. Er bleibt bei seiner Version, Isabella Caspari hätte ihm die Kollektion gestohlen. Selbst die Verbindung zu Ria Bach hat er abgestritten. Er scheint in eine Welt abgetaucht zu sein, in der er sich seine eigene Wahrheit gebildet hat. Seine Computer sind zusammen mit den von der Jungdesignerin bei Experten, die vermutlich herausfinden werden, welche Dateien früher erstellt wurden. Wir gehen fest davon aus, dass

die Aussage von Ria Bach vor Gericht Bestand haben wird und der Modeschöpfer sowohl wegen Wirtschaftsspionage als auch wegen Anstiftung zum Einbruch verurteilt wird." Knud nahm einen Schluck aus seinem Becher. „Ist doch köstlich", bemerkte er mit einem Augenzwinkern zu Lilly Morgenroth. „Ah, da werden Sie sich schon dran gewöhnen."
„Ja, Hochmut kommt vor dem Fall", ergänzte Kommissarin Wiesinger. „Außerdem wird Isabella Caspari eine Nebenklage wegen Rufschädigung einreichen. Sie ist trotzdem sehr erleichtert und bereits wieder fleißig beim Entwurf der nächsten Kollektion. Mit Rieke Husbargen hat sie sich ausgesprochen. Die beiden wollen es noch einmal mit einer Zusammenarbeit versuchen."
„Wie ist denn nun das Medaillon in Hohenfels´ Atelier gekommen?", fragte Lilly Morgenroth.
„Natürlich hatte Rieke Husbargen nichts damit zu tun. Sie ist nie dort gewesen – so, wie sie uns gesagt hatte. Ria Bach ist bei der Assistentin eingebrochen. Der Stardesigner hat es als falsche Spur deponiert", antwortete Knud.
„Nicht gerade ein genialer Schachzug", bemerkte die Jungkommissarin.
„Passt perfekt ins Gesamtbild. Aber was ist mit dem Mord? Wurde das Model verhaftet oder geht der auf das Konto von dem Lackaffen?", wollte Torge endlich wissen.
„Nein, mit dem Mord an Laura hat Hubertus Hohenfels nichts zu tun. Tatsächlich wollte Nadja ihre Konkurrentin auf diese Weise loswerden. Sie dachte, in der Hektik, die grundsätzlich bei einer Modenschau hinter den Kulissen herrscht, würde niemand zuordnen können, wer Laura das Glas gereicht hat. Normalerweise sind alle immer sehr mit sich selbst beschäftigt."

„Welche Beweise gibt es außer der Beobachtung durch Annalena?“, fragte Torge. Diese Details fand er besonders spannend. „Sind Reste von dem Gift bei ihr gefunden worden?“
„Nein, aber zwei weitere Models haben gesehen, wie Nadja den Sekt geöffnet und Laura ein Glas in die Hand gedrückt hat. Außerdem hat sie einen Bruder, der unter chronischen Schmerzen leidet, die mit Morphin gelindert werden. Wir gehen davon aus, dass sie etwas von seinem Vorrat abgezweigt hat. Sie besucht ihn regelmäßig“, antwortete Knud. „Das wird wohl ausreichen, um sie schlussendlich zu überführen. Gestanden hat sie ebenfalls noch nicht.“
„Was war denn eigentlich mit dieser Vertrauensschadenversicherung, die Hubertus Hohenfels abgeschlossen hat?“, fragte Lilly Morgenroth, was ihr einen anerkennenden Blick von der erfahrenen Kollegin einbrachte.
„Geäußert hat er sich dazu nicht, aber wir haben die Police von einem Rechtsanwalt prüfen lassen. Er hat sich dabei genau gegen so einen Fall abgesichert – allerdings wird sie bei einem internen Datendiebstahl durch eine Mitarbeiterin beziehungsweise eine Vertrauensperson fällig. Damit sind Vermögensschäden abgedeckt. Offensichtlich hatte er davor Angst. Aus diesem Grund hat er auch die Kameras und Mikrofone installiert, um seine eigenen Mannequins und Schneiderinnen zu überwachen. Die hat er schließlich einfach hängen gelassen, weil sie zusammen mit dem Medaillon in seine Strategie passten, von der Jungdesignerin ausgespäht worden zu sein. Vielleicht hat ihn die Versicherung auf die absurde Idee gebracht. Isabella Caspari hat uns bestätigt, dass die Modeschöpfer sich dieses Mal ohne das Losverfahren auf die Reihenfolge der Präsentation geeinigt haben. Hohenfels hat es ihr schmackhaft gemacht, als Neuling das Finale

der Show bestreiten zu dürfen. Sie hatte sich zwar darüber gewundert, aber natürlich nicht so eine Motivation dahinter vermutet. Bestimmt hätte Hohenfels versucht, sich den angeblichen Schaden über die Police ausgleichen zu lassen, wenn er nicht vor ihr hätte präsentieren können."

„Das klingt ziemlich kompliziert gedacht. Warum das alles?", hakte Lilly Morgenroth nach.

„Er spielt leidenschaftlich Poker – mit hohen Einsätzen. Außerdem ist er wohl wirklich ziemlich ausgebrannt. Ich habe mir seine Kollektionen der letzten Jahre angeschaut. Im Grunde ist das mit kleinen Variationen immer wieder das Gleiche. Die steile Karriere der jungen Wettbewerberin hat seine kriminelle Energie freigesetzt", antwortete Charlotte Wiesinger. „Und wie gefällt es Ihnen bei uns? Immerhin hat sich Ihr erster Fall als richtig komplex erwiesen."

„Es gefällt mir sehr gut, Sie sind alle sehr nett. Natürlich bin ich auch froh, wieder an der Küste zu sein. Ich kann es kaum erwarten, meinen Kite und das Board bei meinen Eltern abzuholen", freute sich die Neue über die Nachfrage.

„Frau von Brandenburg, Sie sitzen so schweigend bei uns, das sind wir von Ihnen gar nicht gewohnt", bezog die Kommissarin schließlich ihre Besucherin ein.

„Ja, da haben Sie recht. Ich fand es spannend, zu hören, wie sich die letzten losen Enden zusammenfügen. Außerdem bin ich wirklich in Versuchung, mir hier einen Zweitwohnsitz zuzulegen. Ich muss das mit meinem Herbert besprechen, aber ich habe Torge schon gebeten, Augen und Ohren offen zu halten. Die Gegend wächst mir immer mehr ans Herz – und Sie natürlich auch", lächelte Gloria gewinnend in die Runde.

„Ich höre mich gerne für Sie um“, bestätigte Torge. „Schön, wieder in vertrauter Runde zusammenzusitzen – wie in alten Zeiten. Dann ist der Fall ja gelöst.“

„Bleibt nur noch die Übergabe des Wetteinsatzes“, schmunzelte Fiete zufrieden vor sich hin. „Oder habt Ihr das schon heimlich ohne uns erledigt?“

„Nein, haben wir nicht“, antwortete Knud, während er in die Tasche griff, um den Schlüssel mit einem Pompon-Schaf-Anhänger herauszuholen. Er überreichte ihn der Kommissarin mit einer angedeuteten Verbeugung: „Ihr freier Zutritt zu meinem Haus, Charlotte. Ich freue mich sehr, wenn Sie ihn nutzen.“

„Vielleicht werden Sie darauf eine Weile warten müssen“, antwortete sie, nahm ihn aber zögernd entgegen.

„Wir Nordfriesen sind geduldige Menschen“, gab Knud zurück. Die Freude war ihm trotzdem anzusehen.

Kleines Lexikon norddeutscher Begriffe

Moin/Moin Moin	Begrüßung für den ganzen Tag
zu Potte kommen	weitermachen, fertig werden
Gosch	Fischrestaurant aus Sylt
sabbelig	redselig
piesacken	zusetzen, triezen
Gezuckel	langsames Fahren
„mach hinne“	mach weiter, werde fertig!
Klönschnack	gemütliche Plauderei
schnacken	sich unterhalten
dumm Tüch	dummes Zeug
lütt	klein
Buddel Köm	Flasche Korn
scheun	schön
grienen	Grinsen, lächeln
Priel	Rinne im Wattenmeer, in der sich auch bei Ebbe Wasser befindet
min seute Deern	mein süßes Mädchen
vertellen	erzählen
Schiet	Scheiße
Kopp in Nacken	Kopf in den Nacken
verklickern	erklären
Friesengeist	nordischer Schnaps
Pharisäer	Kaffeespezialität mit Rum und Schlagsahne
Pott Kaffee	Becher Kaffee
aufgebretzelt	chic angezogen/zurecht gemacht
schnieke	Chic
Rundstück	einfaches helles rundes Brötchen
Alsterwasser	Bier und weiße Limonade
Gedöns	als überflüssig erachtete Gegenstände

Scheibenkleister	s. Schiet
Butter bei die Fische	Klartext reden, nichts zurückhalten
Auf dem Kieker	Besondere Aufmerksamkeit, wörtlich Fernglas
Franzbrötchen	Plunderteig mit Zimt und Butter, ursprünglich aus Hamburg
Jo	Ja
fünsch	wütend, ärgerlich
vertüdeln	vergeuden
Wo geiht di dat?	Wie geht es Dir?
Klönschnacktür	Zweigeteilte Außentür, bei der man einen Klönschnack halten kann, indem man nur den oberen Teil öffnet
Mors	Hinterteil
Friesenschnitten	Blätterteig, Pflaumenmus, Sahne
Kluntjes	Kandiszucker
Graue Stadt am Meer	Husum, der Begriff wurde von dem Dichter Theodor Storm geprägt

Sylt
Nordfriesische Inseln
Föhr
Amrum
Langeneß
Hooge
Halligen Nationalpark
Pellworm
Nordstrand
Deutsche Bucht
Dagebüll
Nordfriesland
Husum
Westerhever
Tating
Schleswig-
St.Peter-Ording
Holsteinisches
Wattenmeer
Helgoland
Helgoländer Bucht
Trischen
Büsum
Dithmarschen
Heide
Eider
Rendsburg
Nord-Ostsee-
Scharhön
Neuwerk
Nationalpark Hamburgisches Wattenmeer

Schleswig-Holstein

Über die Autorin

Stefanie Schreiber ist Fach- und Krimiautorin.

Ihre kleine Reetkate Tating, die sie seit 21 Jahren an Feriengäste mit und ohne Hund vermietet, steht bei Sankt Peter-Ording und liegt ihr genauso am Herzen wie das Schreiben ihrer Regional-Krimis. Die Verbundenheit sowohl mit dem Landstrich als auch mit der Mentalität der Küstenbewohner lässt sie in ihre Romane einfließen.

Inspiriert durch ihr Journalismus-Studium veröffentlicht sie seit 2014 erfolgreich Praxis-Ratgeber zum Thema Vermögensaufbau mit Ferienimmobilien.
2019 erschien ihr Krimi-Debut.

www.StPeterOrding-Krimi.de

Torges Tipps für Ihren Urlaub in SPO und dem schönen Nordfriesland

Folgen Sie dem schrulligen Hausmeister der Ferienanlage *Weiße Düne* auf Facebook: www.facebook.com/TorgeTrulsen

Hat Ihnen die Geschichte gefallen?

Dann freue ich mich sehr über eine positive Rezension bei *amazon* oder auf einem anderen Portal, denn Bewertungen werden für uns Autoren immer wichtiger. Das muss kein langer Text sein, schreiben Sie einfach, was Sie anderen Lesern gerne zu dem Buch mitteilen wollen. (Aber natürlich nicht verraten, wie die Geschichte endet ☺.)
Ich danke Ihnen im Voraus!

Herzlich
Ihre Stefanie Schreiber

Danksagung

Wenn ein Buch in der ersten Fassung fertig ist, erfüllt mich das mit Freude und Erleichterung. Ein großes Stück Arbeit ist geschafft. Ich räume meinen Schreibtisch auf und bringe die Notizen sowie die zahlreichen Erinnerungszettel für Recherchedetails ins Archiv oder werfe sie in den Papierkorb.

Dann wird der Text mehrfach überarbeitet! Ich freue mich sehr, dass ich dafür so großartige Unterstützung habe. Ich danke meinem Lektoren-Team Elke und Wolfgang Lensch. Mir ist niemand bekannt, der mehr Kriminalromane gelesen hat als diese beiden Experten, die außerdem auf lange Jahre der redaktionellen Arbeit zurückblicken. Danke für Eure Anregungen und Eure kritischen Augen.
Ich danke meinem Korrektor Sándor Sima, der mit seiner gründlichen Arbeit dazu beiträgt, das Buch möglichst fehlerfrei zu produzieren.
Großer Dank gebührt meiner Illustratorin Sabine Schulz, die nun nicht nur Torge, sondern auch Charlie und Knud genau das Gesicht verliehen hat, das in meiner Vorstellung war. Großartig!

Schließlich gilt mein Dank einigen Testlesern und Torge-Fans, die mich im Schreibprozess unterstützt haben.

Danke!
Stefanie Schreiber

Bereits von der Autorin erschienen:

Mord im Watt vor St. Peter-Ording
Der erste Fall für Torge Trulsen und Charlotte Wiesinger

Todesfalle Hochzeit in St. Peter-Ording
Der zweite Fall für Torge Trulsen und Charlotte Wiesinger

Das 13. Kind aus St. Peter-Ording
Der dritte Fall für Torge Trulsen und Charlotte Wiesinger

Doppelmord hinterm Deich bei St. Peter-Ording
Der vierte Fall für Torge Trulsen und Charlotte Wiesinger

Tatort Weiße Düne in St. Peter-Ording
Der fünfte Fall für Torge Trulsen und Charlotte Wiesinger

20 Jahre Reetkate Tating - Aus dem Ferienhaus geplaudert | Erstaunliche Geschichten und emotionale Momente aus dem Alltag der Vermietung

Mit Ferienimmobilien Vermögen aufbauen und Steuern sparen! In elf Schritten zur erfolgreichen Vermietung

Das Arbeitsbuch! Mit Ferienimmobilien Vermögen aufbauen und Steuern sparen | Ihr persönlicher Begleiter auf den elf Schritten zur erfolgreichen Vermietung

Erfolgreiche Vermarktung Ihrer Ferienimmobilie!
Der optimale Marketing-Mix inklusive Social Media für Ihren Vermietungserfolg

Ihr Ferienimmobilien-Marketingplaner!
Eine strukturierte Arbeitsvorlage für Ihren optimalen Marketing-Mix inklusive Social Media

Reihe Ferienimmobilie aktuell:

Band 1: Richtige Kaufentscheidung und erfolgreicher Start mit Ihrer ersten Ferienimmobilie!

Band 2: Wirtschaftlichkeitsberechnung und Finanzierung Ihrer erfolgreichen Ferienimmobilie!

Bibliografische Information der Deutschen Nationalbibliothek
Die Deutsche Nationalbibliothek verzeichnet diese Publikation in der Deutschen Nationalbibliografie; detaillierte bibliografische Daten sind im Internet über www.dnb.de abrufbar.

Covergestaltung und Buchdesign: anonymus Design
Umschlagfoto: AdobeStock
Lektorat: Elke und Wolfgang Lensch
Korrektorat: Sándor Sima
Kapitelfotos:
Paul Fröls, Manfred Meyer und Stefanie Schreiber
Illustrationen *Torge Trulsen, Charlotte Wiesinger und Knud Petersen*: Sabine Schulz
Printed in Germany

Broschiert ISBN 978-3-96608-022-4
ebook ISBN 978-3-96608-023-1

Alter Elbdeich 124
21217 Seevetal-Over
www.servitus-verlag.de